文學研究叢書·文學理論叢刊

撥雲倚樹雜稿
——古今文學辨析叢說

李學銘　著

目次

自序

一

　　我在《東漢史事述論叢稿》（2013）的《自序》中，曾預告會繼續整理、出版自己的文學或史學論文集。因此在《讀史懷人存稿》（2014）一書出版後，我現在又把《撥雲倚樹雜稿——古今文學辨析叢說》這部書，奉呈在讀者眼前。

二

　　《撥雲倚樹雜稿——古今文學辨析叢說》一書，共收論文十二篇及「代序」一篇，內容主要是談論中國古今文學作品的思想、內容或藝術技巧，大多言有所據，少作無根的泛論。其中有《楚辭》的探討，也有詩詞和散文的述論。《楚辭》方面，本書收錄論文四篇，其中之一，是較宏觀地談論研究《楚辭》的「內」、「外」問題，而其他三篇，則分別述說聞一多（1899-1946）、詹安泰（1902-1967）的講論心得和錢鍾書（1910-1998）的言外之意。詩詞方面，所涉及的，是《无盦詞》、《煙澨詩》、《煙澨詞》三部詩詞集的討論。兩則讀《桃花源記》札記，內容是考辨《桃花源記》「衣著悉如外人」一語的意思。《論語的言語藝術與文學情味》一文，則是嘗試從文學理解和欣賞的角度，析論《論語》的言語表達藝術。《懷「萍居」主人丁平兄》是一篇我為《萍之歌——丁平詩集》所作的「代序」，從題目看，大家已知道這是一篇不具學術討論形式的篇章。這篇「代序」之所以選入，是因為內

容涉及一部當代新詩集，有時代的氣息和意義，而且自己的行文，在引述中也帶有抒情的成分，這或可約略調和其他篇章較嚴肅的辨析罷。《語文與文學之間的困惑》一文，發表於一九九一年，內容主要是討論語文、文學兩者的關係，這在當時及較早期是個教育界爭議較多的論題；到了今天，仍然有人會拿來作為語文教育的話題。據我所知，愛好文學的人，頗多不同意語文、文學分科，又抗拒語文基本屬性中有工具性的說法。我無意評論語文、文學分科的是非，但嘗試根據語文的特質，談談「語文」的概念，並舉述一些實例，說明語文與文學之間的關係。希望意見對立的人，有時不妨寬容地看待異己之說，或嘗試認識異己之美，這或許有助於減少一些意氣之爭。《撥雲尋道，倚樹聽泉》是一篇演講稿，聽講者是香港公開大學教育及語文學院碩士班的學生，內容主要是論證歷史文化知識對理解、欣賞文學作品的重要。正因為有了這篇講稿，觸發我編集文稿時把書名定為《撥雲倚樹雜稿——古今文學辨析叢說》，自己覺得大致可概括本書的內容。

三

　　談文學，當然離不開文學作品。我們接觸到古代或現代文學作品時，多少總會有些看法。這些看法，或許是內容意旨的理解，或許是文筆情意的欣賞，或許是抉訛糾謬的批評……。把這些看法撰寫成文，有時會引起見仁見智的爭議。為了要增強文章的說服力，作者就得要提供一些辨析理據，或在行文時加入一些感性語句。至於讀者肯不肯認同這些辨析理據，願不願受感性語句打動，就應該由讀者自己來決定。本書各篇在討論文學作品時，大多會提供辨析的理據，因此在書名以外，還附了個副題——《古今文學辨析叢說》。「撥雲倚樹」與「文學辨析」之間，有些甚麼關係？原來李白（701-760）《尋雍尊

師隱居》一詩，有「撥雲尋古道，倚樹聽流泉」這麼兩句，我以為「撥雲」和「倚樹」，可以借用過來，說明辨析文學作品的過程和結果。在措詞上，「撥雲」是為了「尋道」，撥開迷霧去探尋，需要的是理性和客觀；「倚樹」是為了「聽泉」，泉聲本來是客觀存在的事實，但停下來靜心聆聽，聲入心通，有時或會引發一些感性的情思。本書各篇的撰作，作者就是存有這種「撥雲倚樹」的心態。

四

現代是個電子化的時代，社會上許多工作的進行，似乎都離不開電腦，書籍的出版也不例外。因此文稿在送交出版社前，為了增強效率和減少疏漏或訛誤，往往須事先通過電腦的整理和編集。本書文稿的處理，幸有李康其同學的幫助，他在篇章打印、調整、覆核、校訂的過程中，出力甚多。而江燕媚、黃偉豪兩位同學也樂於助我，曾為我打印文稿或掃描印本，然後再以電郵傳送給負責統籌的康其作最後整理。這些工作，頗為繁瑣、費神而又耗時，沒有他們的共同合作，本書的出版，不知會延遲到哪一天。我對他們的盡心協助，謹在此致以衷誠的謝意。身為現代人的我，到了今時今日仍未能親自操作電腦來處理自己的文稿，時時要增添他人的麻煩，實在感到無奈和抱歉，同時不得不老實承認自己的「滯後」。再說，一天到晚都把心思耗費在紙本書的出版上，而且不斷在原稿紙上寫、寫、寫，也真是「滯後」得不可救藥了！

二〇一六年十二月於未敢廢書室

語文與文學之間的困惑

一 討論目的與範圍

語文、文學分科的問題，長久以來，引起了不少爭論。有人認為，語文、文學應是一個整體，絕不可分，分科只是強行割裂篇章的本質，這種割裂，會很不利於中文科的教學與學習，會使學生的中文程度日漸低降。有人基本上不反對「語文」這一個科目的名稱，但認為文學是語文的主體，研讀文學作品，才是語文學習的最重要部分，因此在語文教學中，特別標榜文學作品教學，並強調文學欣賞和文學常識的重要。也有人認為，本港語文、文學的分科，其實是師法中國大陸中學的漢語、文學分科教學；中國大陸實行分科教學開始於一九五六年秋季，可是不到兩年，又突然廢止了[1]，可見分科措施並不成功，本港何必再盲從中國大陸已廢止的措施！主張分科教學的人，當然也提出他們的理由。歸納他們的理由，大抵有：語文、文學分科，是為了配合本港社會、學制的發展與需要；分科教學，可使教學的目標、範圍、方法更為清楚，而教學內容，也較易作主從、輕重、先後的安排，而不是割裂篇章本質；中國大陸的漢語、文學分科，在性質上與本港的語文、文學分科並不相同，漢語科並不就是語文科，把兩者混為一談，不是認識不清，就是故意牽合；中國大陸分科廢止於五〇年代，本港分科於七〇年代，主持本港分科的人，大抵會參考七〇

---

1 中國大陸漢語、文學分科教學，在1958年3月廢止。

年代中國大陸、臺灣、新加坡等地的中文教學要求，而不會照搬中國大陸在五〇年代已廢止的措施[2]。兩方面的意見，當然還有不少，其中有持論溫和的，有措詞偏激的，也不必一一枚舉了。

我今次討論，實無意為對立的意見分辨是非，也無意評論語文、文學分合的短長，不過顯而易見，不少對立意見的產生，往往是由於大家對「語文」的概念和中文教學的要求，有不同的理解與認識。概念不同，再加上觀點、喜好的差異，於是兩方面的人，有時不免會出現各持己見、難以溝通的對立情況。我以為，概念相同或相近，是一切討論的基礎，否則自說自話，爭論永無休止，到頭來，恐怕仍無補於是非的判斷。在下面，我嘗試根據語文的特質，談談「語文」的概念和中文教學的要求，並舉一些實例，說明語文與文學之間的關係。明白了語文與文學的關係，我們對今後中文教學的路向問題，或許會有深切的反思，同時也可能會使意見對立的人，減少一些不必要的爭論。

二 「語文」的概念與特質

特質，指本質的屬性。一門學科的本質屬性，往往能決定這個學科的教學目標、教學內容和教學方法。語文科是學科之一，當然也不例外。只是談到語文科的特質，大家的說法並不相同，主要的理由，是大家對「語文」這一概念的理解有分歧。

「語文」是甚麼？有人認為，「語文」是語言和文字；有人認

---

2 關於大陸和本港分科的情況，參閱下列兩文，可以得到一些簡要資料：蘇輝祖《香港中小學中國語文科教學近況簡介》，1974年香港教育署課程發展委員會編印小冊子之一，共16頁；羅大同《對漢語、文學分科的看法》，《中學語文教學簡論》，1986年6月湖北教育出版社（武漢），頁64-69。

為，「語文」是語言和文學；有人認為，「語文」是語言和文章；有人認為，「語文」是語言和文化，等等[3]。大家都把「語」解釋為「語言」，這是相同的地方，雖然大家對「語言」的理解可能並不完全相同，而分歧最大的，是對「文」字的解釋。解釋不同的人，都有他們的根據，要他們自圓其說，大抵也可以提供一套理由。細察他們分歧的原因，主要有兩個。一個原因是「語文」的內涵實在非常豐富，牽涉的範圍也很廣闊，只從宏觀或微觀去看「語文」都不免有偏差；另一個原因是，談論問題的人，都會自覺或不自覺地選擇不同的觀點和論據。觀察不同，論據各異，自然就會形成不同的概念和說法。上述各種說法，不能說沒有道理，但其中顯然有些過偏之論。我們究竟該根據甚麼去選擇、調協分歧的說法，是個值得留意的問題。我以為，從語文特質的理解去澄清一些誤解，使大家有一個可以認同的概念，或許是個解決的辦法。

語文有甚麼特質？張鴻苓和張銳在《中學語文教學》中，指出語文有一個基本屬性，兩個從屬屬性。所謂基本屬性，指的是工具性；所謂從屬屬性，指的是思想性和知識性[4]。他們沒有把藝術性包括在語文特質之內，或許著眼在實用方面，有他們充分的理由，但我個人認為，把藝術性摒除在語文特質之外，是值得商榷的。

我很同意把工具性定為語文的基本屬性，因為聽、說、讀、寫是每個受過教育的人所應掌握的基本技能，而聽、說、讀、寫的工具，就是語文。語文是思考、溝通的工具，是學習文化知識、科學技術的工具，是進行各項工作的工具，所以語文帶有很明顯的工具性。我們承認語文具有這方面的特質，才會有足夠的信心，明確地鼓勵、督促自己的子女或學生，在求學階段學習怎樣去掌握好語文這個工具，使

3　參閱張鴻苓、張銳《中學語文教學》，1987年8月光明日報出版社（北京），頁2。

4　參閱同上，頁3-4。

自己在日常生活中，能聽、能說、能讀、能寫，也就是能利用口頭語和書面語這個語文工具，準確而又熟練地學習、工作、溝通。

思想性和知識性顯然是從屬屬性，但也不該忽略，其實也不能忽略。因為每篇用文字寫成的篇章，無論是實用的或不實用的，都蘊含不同性質、不同層次的思想或感情。質優的語文篇章和有效的語文學習，可以擴大我們對人、對生活、對社會、對文化的認識，而且可以提高我們的思想境界和判斷是非的能力。此外，我們的道德信念、公民意識、人生方向，都可以藉著篇章研讀、語文學習來形成。所以語文的思想性，是教育工作者所重視的，也是許多人所強調的。知識是技能的基礎，知識與技能如果不能取得相對的平衡，我們的聽、說、讀、寫能力，就得不到相應的發展。所以語文具有知識性的特質，是很顯著的。學習語文，必須掌握語音、文字、詞彙、語法、修辭、邏輯等知識，同時也要認識文體、文化、社會、人生等知識。知識的豐富程度，會影響語文學習的效率和水平。只是程度不同、職業不同的人，會有不同的知識要求，這是從事語文教育的人所應該留意的。

語文的藝術性，實際存在於口頭語和書面語的表達中，是不可抹殺的，即使是日常生活的語文表達，也常常有表達得好不好的問題。有些人的談吐得體、動人，有些人的應用文字精彩、漂亮，都有藝術加工成分。在中、小學語文科的課文中，不少具有明顯的藝術感染力和吸引力，中學的語文篇章，更有許多文學作品，甚至是名家的名篇。因此，在語文教學中，教師常常要對篇章作適當的分析與說明，使學生認識一些表達技巧和欣賞方法。此外，學生研讀語文篇章，會受到思想感情、道德情操的薰陶，並能提高他們對生活、對自然的審美能力。上述種種，關乎語文的藝術性，可見把藝術性定為語文從屬屬性之一，應該符合語文教學的實際要求。

談過語文的特質，我們再回過頭來回答「『語文』是甚麼」的問

題，就覺得「『語文』是語言和文章」的說法，可能有較大的涵蓋性。葉聖陶在《答孫文才》一信中，對「語文」一詞有簡要的說明：

> 口頭為語，筆下為文，合成一詞，就稱「語文」。自此推想，似以語言文章為較切。文謂文字，似指一個個的字，不甚愜當。文謂文學，又不能包容文學以外的文章。[5]

葉氏認為「語文」就是口頭語和書面語，他不同意把「文」解釋為「文字」或「文學」。關於這方面的意見，葉氏後來在《答滕萬林》一信中，有更詳細的說明：

> 「語文」一名，始用於一九四九年華北人民政府教科書編審委員會選用中小學課本之時。前此中學稱「國文」，小學稱「國語」，至是乃統而一之。彼時同人之意，以為口頭為「語」，書面為「文」，文本於語，不可偏指，故合言之，亦見此科「聽」、「說」、「讀」、「寫」宜並重，誦習課本，練習作文，固為讀寫之事，而苟忽於聽說，不注意訓練，則讀寫之成效亦將減損。……其後有人釋為「語言」「文字」，有人釋為「語言」「文學」，皆非立此名之原意。第二種解釋與原意為近，唯「文」字之含意較「文學」為廣，緣書面之「文」不盡屬於「文學」也。課本中有文學作品，有非文學之各體文章，可以證之。第一種解釋之「文字」，如理解為成篇之書面語，則亦與原意合矣。[6]

5　見《葉聖陶答教師的100封信》，1989年7月開明出版社（上海），頁9。

6　見同上，頁56。沈蘅仲在《文學‧文字‧文章》中也說：「我覺得『語文』的『文』，理解為『文章』似乎更為確切。」詳細說明，參閱沈氏的《語文教學散論》，1983年11月上海教育出版社（上海），頁29-32。

根據葉氏的意見，可知「語文」指「語言和文章」，也就是口頭語和書面語，是最初立名的原意。「文」指「成篇之書面語」，不是一個個「文字」，其中有文學作品，也有非文學作品。口頭語和書面語的理解與表達，當然有文化的成分，也有文化知識的要求，但把「文」解釋為「文化」在概念上不免有不周全的地方。

三　語文、文學之間舉隅

我們如果同意語文有藝術性的屬性，語文教學，就不能沒有藝術技巧的分析與欣賞，而語文篇章，自然也該有些藝術性高的文學作品。不過，我們如果同意工具性是語文的基本屬性，而藝術性是語文的從屬屬性，那麼，在研讀文學作品和討論藝術技巧的同時，是不是該結合語文的基本屬性來討論？在語文教學中只強調文學作品教學，在語文課中大談特談藝術欣賞，在語文課中空講文學概念和文學術語，把語文課教成文學課，而偏偏忽略了語文的基本屬性，這是葉聖陶所不同意的[7]。

下面試舉一些語文、文學之間的例子，希望可以為語文教育工作者，提供一些思考、討論的資料。我所選的例子，全部是人人熟悉的古典文學掌故和入選為中學語文教材的古典文學名篇，用意在強調：古典文學作品未嘗不可以用來作為語文教材，達到語文教學的目的。

（一）「僧敲月下門」的「推」「敲」

賈島（779-843）《題李凝幽居》詩云：

---

[7]　參閱《葉聖陶答教師的100封信》，頁52-53。

閒居少鄰竝，草徑入荒園，鳥宿池邊樹，僧敲月下門。過橋分野
色，移石動雲根；暫去還來此，幽期不負言。

胡仔（1110-1170）在《苕溪漁隱叢話》中引述劉餗（賓客）《隋唐嘉
話》的記述云：

> （賈）島初在京師，一日，於驢上得句云：「鳥宿池邊樹，僧敲
> 月下門。」始欲著推字，又欲著敲字，練之未定，遂於驢上吟
> 哦，時時引手作推敲之勢……韓（愈）立馬久之，謂島曰：「作
> 敲字佳矣。」[8]

究竟「推」字好還是「敲」字好？有人認為用「敲」意境較好，有人
不同意。談意境，有時很難有統一的看法。文學欣賞，本來就各從所
好。韓愈（768-825）斟酌了好一會兒，認為「敲」字好意境的考
慮，可能是因素之一，但最主要的，恐怕是音節的考慮。楊樹達在
《漢文言文修辭學》中說：

> 敲字響，推字啞；故敲字優也。[9]

「敲」比「推」響亮，這是對的。古人判斷字的音節，往往憑直覺與
經驗，在今天，我們完全可以借助現代語音學的知識來說明[10]。在文

8　見胡仔《苕溪漁隱叢話》前集卷十九，1962年6月人民文學出版社（北京），頁
　126。按唐代叢書本《隋唐嘉話》不見這一條記述。

9　見楊樹達《漢文言文修辭學》第三章「修辭舉例」，1960年11月商務印書館（香
　港），頁18。

10　舒化龍、蕭淑琴在《「敲」何以比「推」響》中說：「語音學告訴我們，語音的響亮
　度，決定於元音的響亮度，而元音的響亮度又決定於舌位的高低、舌位的前後、唇

學作品中，許多時要考慮文字音節是否適當的問題，詩詞在這方面的要求尤為嚴格。在現代語文應用以至文學創作中，似乎很少人講究平仄、四聲、九聲的問題，但即使是日常語文的應用或現代文學的創作，是不是用字響亮或沈啞，有時也會影響表達的效果？抑揚頓挫，不但是文學作品的需要，也是日常語文應用的需要。通過「推」「敲」的說明，似乎也有助於日常語文的應用和現代文學的創作。

談到語文的應用，我們會問：「生活真實」重要還是「藝術技巧」重要？王夫之（1619-692）在《夕堂永日緒論》內編中說：

> 「僧敲月下門」，祇是妄想揣摩……知然者，以其沈吟「推」「敲」二字就他作想也。……若即景會心，則或推或敲，必居其一；因景因情，自然靈妙，何勞擬議哉！[11]

王氏把「即景會心」放在第一位，可見他認為「生活真實」重要。周振甫在《詩詞例話·推敲》中有清楚的闡釋：

> 我們認為哪個字好，首先決定於生活的真實，其次才講究音節，不該把音節放在第一位。……要是看到僧人在敲門，就用敲字，看到僧人在推門，就用推字，所謂「即景會心」。[12]

形的圓展。通常情況下，後、低元音總是比前、高元音響亮，同時每一個音節都有一個主要元音，這個主要元音的響亮度代表音節的響亮度。『敲』的韻母是（iao），主要元音『a』是後、低元音，『推』的韻母是（uei），主要元音『e』是前、高元音，所以『敲（qiāo）』比『推（tuī）』響亮。」（見《古詩文詞語紛議辨析》，1983年12月廣西民族出版社〔南寧〕，頁6。）

11 見戴鴻森《薑齋詩話箋注》卷二，1981年9月人民文學出版社（北京），頁6。

12 見周振甫《詩詞例話》，1962年9月中國青年出版社（北京），頁102。

「修辭立其誠」，文學創作，也要盡量照顧「真實」，即使不是「事」真，也要「情」真，何況是日常語文的應用！僧人的「推」「敲」如果不是實有其事，當然應該選用一個最好、最恰當的字，如果實有其事，也就不必刻意因辭害志，尤其是日常語文的應用，更不可不理會「真實」，當然有意說謊是例外。

（二）「春風又綠江南岸」的「到」「綠」

王安石（1021-1086）《泊船瓜洲》詩云：

> 京口瓜洲一水間，鍾山只隔數重山；春風又綠江南岸，明月何時照我還？

洪邁（1123-1202）《容齋隨筆》卷八「詩歌改字」條記述與這詩有關的故事：

> 吳中士人家藏其草，初云「又到江南岸」，圈去「到」字，注曰「不好」，改為「過」；復圈去而改為「入」，旋改為「滿」；凡如是十許字，始定為「綠」。[13]

王安石先作「又到」，認為不好，考慮用「又過」、「又入」、「又滿」，最後決定用「又綠」。錢鍾書在《宋詩選注》中指出「綠」字這種用法，在唐詩中實「早見而又屢見」[14]。於是錢氏問：

---

13 見洪邁《容齋隨筆五集》第二冊，1956年4月臺灣商務印書館國基叢書本（臺北），頁78。

14 錢鍾書《宋詩選注》云：「王安石《送和甫寄女子》詩裏又說：『除卻春風沙際綠，一如送汝過江時』，也許是得意話再說一遍。但『綠』字這種用法在唐詩中早見而

王安石的反覆修改是忘了唐人的詩句而白費心力呢？還是明知道
這些詩句而有心立異呢？他的選定「綠」字是跟唐人暗合呢？是
最後想起了唐人詩句而欣然沿用呢？還是自覺不能出奇制勝，終
於向唐人認輸呢？[15]

上述各種情況，都有可能，但最正確的答案，除了王安石，錢氏和我
們都不能提供。答案歸答案，「綠」字的確是「最佳選擇」。周振甫在
《詩詞例話・精警》中說：

第一，「又綠」，比其他的字色彩鮮明。讀到「又綠」，在我們面
前喚起一片江南景色。其他文字都比較抽象，沒有這種作用。第
二，用「又綠」喚起我們聯想。王維《送別》詩：「春草年年
綠，王孫歸不歸？」說「春風又綠江南岸」，讓我們想到王維的
詩，想到春草綠時容易引起思歸的念頭，這就跟下文「明月何時
照我還」密切呼應。有了這種聯想，不僅使詩句緊密呼應，也豐
富了詩的意味。[16]

根據周氏的說明，可見這一種由「又到」而至「又綠」的修改過程，
其實正是由語文到文學的過程。楊樹達在《積微翁回憶錄》中這樣
記述：

亦屢見：丘為《題農父廬舍》：『春風何時至？已綠湖上山』；李白《侍從宜春苑賦
柳色聽新鶯百囀歌》：『東風已綠瀛洲草』；常建《閒齋臥雨行藥至山館稍次湖亭》：
『行藥至石壁，東風變萌芽，主人山門綠，小隱湖中花』。」（1979年6月人民文學
出版社〔北京〕，頁57。）

15 見同上。

16 見周振甫《詩詞例話》，頁201。

徐茂恂來山，邀余往談。徐云：「王介甫詩，『春風又到江南岸』，此文法句子，改到為綠，則為文學的句子矣。」語頗有見。[17]

所謂「文法句子」，即合乎語言規律的句子，所謂「文學的句子」，即藝術性高的句子，前者是「語文」，後者是「文學」。「又過」、「又入」，應近於「語文」；「又滿」，則近於「文學」了。從事文學創作或從藝術技巧的角度來考慮，當然以「綠」字為最好，但日常生活的語文應用，則人多用「到」、「過」、「入」，也可能會用「滿」。語文教學，當然要說明「綠」字的好處，但如果教師只向學生大談「綠」字的佳妙而不提及各字的用法，甚或引導學生得出這樣的結論：用「綠」字對，用「到」或其他字都不對。這樣的語文教學，只局限於文學藝術的欣賞，而並沒有為學生在文學作品與語文應用之間，興築一道相通的橋梁。進一步說，「綠」字的優點是色彩鮮明，容易引起讀者的聯想，詩人的修辭選擇，是不是也可啟發我們在語文應用中的用字要求？日常生活的語文應用，我們有時也要借助色彩鮮明、易生聯想的字，去增強表達的力量。

（三）《岳陽樓記》的景物描寫

范仲淹（989-1052）的《岳陽樓記》是一篇語文教材，同時也是一篇文學作品。其中一大段景物的描寫，充分顯示了作者的高明藝術技巧。這段描寫是：

若夫淫雨霏霏，連月不開，陰風怒號，濁浪排空，日星隱耀，山

---

17 見楊樹達《積微翁回憶錄·積微居詩文鈔》合冊，1986年11月上海古籍出版社（上海），頁367。

岳潛形。商旅不行，檣傾楫摧。薄暮冥冥，虎嘯猿啼。登斯樓也，則有去國懷鄉，憂讒畏譏，滿目蕭然，感極而悲者矣。至若春和景明，波瀾不驚。上下天光，一碧萬頃。沙鷗翔集，錦鱗游泳。岸芷汀蘭，郁郁青青。而或長煙一空，皓月千里，浮光躍金，靜影沈璧。漁歌互答，此樂何極。登斯樓也，則有心曠神怡，寵辱皆忘，把酒臨風，其喜洋洋者矣。

這段文字，既有陰雨景色的描寫，也有晴朗景色的描述，而且用了大量辭藻，去形容動態、聲音、顏色、氣味、心情，其中更不乏色彩鮮明、華美的字眼，甚至採用了許多對偶句。錢鍾書在《管錐編》「全梁文卷三三」條中說：

范仲淹《（岳陽樓）記》末「春和景明」一大節，艷縟損格，不足以比歐蘇之簡淡；陳師道《後山集》卷二三《詩話》云：「范文正公為《岳陽樓記》，用對語說時景，世以為奇。尹師魯讀之曰：『傳奇體爾！』……」尹洙抗志希古，糠粃六代，唐人舍韓柳外，亦視同鄶下，故睹范《記》而不識本原。[18]

錢氏一方面指出《岳陽樓記》「艷縟損格」，不如歐陽修（1007-1072）、蘇軾（1036-1101）的「簡淡」，另一方面，則辨正范文中的對偶句，並不是模仿唐代的傳奇小說，尹洙的批評，是犯了「不識本原」的毛病。其實用對偶句來寫景，在唐以前已常見，漢魏六朝的文學作品，就不乏這方面的例子，只是唐宋的古文家，為了提倡散文，往往故意把對偶拆散，而唐代的傳奇小說，則仍然用了大量對偶句來

18 見錢鍾書《管錐編》第四冊，1979年10月中華書局（北京），頁1409-1410。

寫景。范氏著重寫景，用了許多華美辭藻，主要是為了要突出「覽物之情」的主旨，所謂「一切景語皆情語也」[19]。錢氏斥為「艷縟損格」，可能是他性好「簡淡」的關係。周振甫在《文章例話・對語》中這樣分析：

> 范仲淹的寫景，他主要是寫「先天下之憂而憂，後天下之樂而樂」的抱負，寫景物就是要引出憂樂來。所以結合陰雨來寫憂，結合晴和來寫樂；對景物要求著重描寫，才能突出覽物之情的或憂或樂，才好歸結到他對憂樂的看法，寫出他的抱負來。要是像歐蘇那樣的寫法，就不能達到他寫景物的要求。這是由於兩者的用意不同所造成的。著重寫陰雨晴和來突出憂樂，從而突出「仁人之心」的「不以物喜，不以己悲」，歸結到「先天下之憂而憂，後天下之樂而樂」。[20]

用意不同，著重不同，寫景繁簡和辭藻的運用就會各異，這是藝術技巧為主題服務，是「因志用辭」，不是「以辭害志」。這本來是文學藝術的討論，但認識這種藝術技巧，我相信也有助於日常語文應用的表達。對偶句指結構相同或相似、字數相等的一對句子。這類句子句式整齊，排列工整，平仄協調，聲調和諧，具有形式美和音樂美。古代的詩詞和駢文，平仄聲調的要求尤為嚴格。在古代散文中，對偶句的採用仍很常見，只是聲調的要求，沒有那麼嚴格，但語句還是有很強的節奏感。

---

19 王國維《人間詞話》云：「昔人論詩詞，有景語、情語之別。不知一切景語皆情語也。」（見滕咸惠《人間詞話新注》修訂本，1986年8月齊魯書社〔濟南〕，頁47。）王氏所論，雖以詩詞為限，但他的意見，其實也適用於其他體裁的篇章。
20 見周振甫《文章例話》，1983年12月中國青年出版社（北京），頁333。

現代的語文應用，是不是也有描述景物的需要？是不是有時也會採取傳送「覽物之情」的表達方式？如果答案是肯定的，《岳陽樓記》的表達藝術，就值得我們借鏡。對偶句的採用，在現代語文應用以至現代文學創作中，都不可能也不必要對字數、結構、詞性、平仄有嚴整的要求，但字數大致相等、結構大致相當、聲調抑揚頓挫，往往會增強語文的感染力，因此《岳陽樓記》中的對偶表達形式，也可以是語文教學中口頭語或書面語的訓練教材。

（四）《醉翁亭記》的過渡手法

歐陽修《醉翁亭記》是文學的名篇，篇中有許多值得欣賞、效法的藝術技巧，例如「過渡」手法，就是其中之一。所謂「過渡」，指文章的轉折。一般的轉折是，文章先講一個意思，然後轉入另一個意思。《醉翁亭記》先交代「環滁皆山也」，跟著提到風景優美的琅玡山；進山後由水聲帶出釀泉，由釀泉帶出亭子，最後點出亭子名「醉翁亭」，並解釋命名的理由。寫到這裏，一般會轉入醉翁亭附近的景色描寫，這就是常用的過渡手法。但歐陽修的過渡手法更高明，他在寫景色前用了下面這些語句作為過渡段：

> 醉翁之意之不在酒，在乎山水之間也。山水之樂，得之心而寓之酒也。

他提到「山水」，其實是要過渡到下文一天和四季的景色：「若夫日出而林霏開，雲歸而巖穴暝，晦明變化者，山間之朝暮也。野芳發而幽香，佳木秀而繁陰，風霜高潔，水落而石出者，山間之四時也。」他提到「樂」，其實是要過渡到下文悅樂的心情：「四時之景不同，而樂亦無窮也。」「樹林陰翳，鳴聲上下，遊人去而禽鳥樂也。然而禽鳥

知山林之樂而不知人之樂，人之從太守遊而樂，而不知太守之樂其樂也。」他提到「酒」，其實是要過渡到下文的醉態：「蒼顏白髮，頹乎其中者，太守醉也。」這種寫法，是作者與酒結合，酒與山水結合，山水與作者的心情結合，造成一種渾然的意境，使讀者分不開哪是人，哪是景，哪是情，人、景、情融合為一，於是一切提到亭、酒、山水、禽鳥、遊人的話語，都富有情味，讀者忙於欣賞這些情味、忙於體會作者的心，在不知不覺中接受了作者過渡的安排。在過渡過程中有兩個關鍵的字，一個是「醉」字，另一個是「樂」字[21]。

上面的說明，無疑屬於文學欣賞的範圍，但日常生活的口頭語和書面語表達，是不是有時也要用幾句話或一段文字作為過渡？因此，在語文教學中，《醉翁亭記》這種「花香暗渡」的過渡手法，也值得引導學生認識、學習，使他們的表達技巧可以達到一個較高的水平。退而求其次，學生最低限度也要學習、掌握文章的一般過渡技巧，即由一個意思轉折到另一個意思的技巧。作為語文學習的範文，《醉翁亭記》可以提供過渡手法的實例，至於解說的深淺，就不妨由教師根據施教對象的程度來決定。

四　餘話

「語文」一詞，是否可理解為「語言和文章」，即「口頭語和書面語」？我們如果有同樣的理解，就會同意所謂「語文教學」，其實就是在聽、說、讀、寫四方面，訓練學生口頭語和書面語的理解和運用。口頭語和書面語都有技巧的要求，而且技巧也有高低之別，因此

21　參閱周振甫《承轉》，同上，頁266至267；又，薛瑞生《醉翁四筆》，鄧雲生編《中國古代名文欣賞》，1984年7月嶽麓書社（長沙），頁168-170。

在語文教學中選用一些文學作品作為教材，並討論教材的藝術技巧和
有關知識，是合理的，也是不可避免的。只是語文教學很重視時代、
社會、應用，忽視時代、社會、應用而大講特講文學概念、文學技
巧、文學知識，就只是葉聖陶所批評的「文學課」而不是他所主張的
「語文課」。這就是說，在語文教學中教不教文學作品不是問題，怎
樣教才是問題。只重視語文的基本屬性而忽視其他從屬屬性，固然是
一種偏差，只重視語文的從屬屬性而不理會基本屬性，更是一種很大
的偏差。古人所處時代距離現代甚遠，但他們所發表有關語文教學或
學習的言論，即在今日也還有啟發的作用。例如孔子有「言語」一科
的教學，這科的部分教材是《詩》。孔子說：

> 不學《詩》，無以言。[22]

又說：

> 《詩》，可以興，可以觀，可以群，可以怨。邇之事父，遠之事
> 君；多識於鳥獸草木之名。[23]

古代諸侯、卿大夫交接鄰國、會見賓客的時候，往往要「稱《詩》以
諭其志」[24]。換句話說，《詩》是當時重要場合中的重要傳意材料。適
當地用《詩》來傳意，需要認識和技巧，所以孔子就用《詩》來作為

---

22 見《論語·季氏篇》，楊樹達《論語疏證》卷十六，1986年2月上海古籍出版社（上
　海），頁438。

23 見《論語·陽貨篇》，楊樹達《論語疏證》卷十七，頁454-457。

24 《漢書》卷三十《藝文志》第十云：「古者諸侯卿大夫交接鄰國，以微言相感。當
　揖讓之時，必稱《詩》以諭其志，蓋以別賢不肖而觀盛衰焉。故孔子曰『不學詩，
　無以言』也。」（1964年11月中華書局校點本〔北京〕，頁1755-1756。）

「言語」訓練的部分教材。興、觀、群、怨，無疑是借助教材的思想內涵來發揮影響；事父事君，指的是做人處事的態度；多識鳥獸草木之名，是知識的吸收。無論是發揮《詩》的思想或認識《詩》的知識，以至學習掌握「稱《詩》以論其志」的技巧，在當時都有現實生活的意義，並不脫離那個時代、那個社會的語文應用。可見孔子當時的「言語」教學很重視語文的基本屬性——工具性，又不忽視其他從屬屬性。目前中國語文科課程的教材，有許多是現代文學和古典文學的作品。語文教師面對這些作品，當然要指導學生去理解和欣賞，但必然不能忽略作品中的語文基本屬性，必然要在文學作品與語文應用之間，為不同程度的學生，搭上一道可通的橋梁。我以為這是個重要的原則。這個原則，無論是設計九〇年代中等語文教學課程的人或是策畫語文教師培訓課程的人，都值得加以留意。將來語文、文學兩科會不會合而為一，我們現時不能預知，假若有這樣的情形，我相信上面所提到的原則，也還是要留意的。時至今日，在中學純理解、純欣賞的文學作品教學，即使是文學科教學，仍然是不切實際的。

> ——原載《語文教育學院第六屆國際研討會論文集》（1991年12月），後收入李學銘《中國語文教學的現況與發展》，學思出版社（1997年6月）

錢鍾書先生的《離騷》辨析與憂患意識

一　引言

　　錢鍾書先生（1910-1998）的《管錐編》出版於一九七九年，是一部文言撰寫、札記形式的學術著作，內容是分析評論十部古籍中的問題，包括：《周易正義》二十七則、《毛詩正義》六十則、《左傳正義》六十七則、《史記會註考證》五十八則、《老子王弼註》十九則、《列子張湛註》九則、《焦氏易林》三十一則、《楚辭洪興祖補註》十八則、《太平廣記》二百一十五則、《全上古三代秦漢三國六朝文》二百七十七則。上述古籍分屬經、史、子、集四部，幾乎囊括了中國文化的各個領域。一九八二年及一九九一年，《管錐編增訂》及《管錐編增訂》（之二）也相繼出版[1]。

　　《管錐編》內容淵博浩瀚，全書共徵引四千多位學者和作家的上萬著作，涉及西方學者和作家也達千人以上，而四、五種外國語言的著作，也有一千七百八十多種。本文討論的範圍，只集中在錢氏辨析《楚辭洪興祖補註》中的《離騷》部分。

1　參閱周振甫《〈管錐編〉述說・引言》，蔡田明《〈管錐編〉述說》，1991年4月中國友誼出版公司（北京），頁1；孔慶茂《錢鍾書與楊絳》，1997年3月海南國際新聞出版中心（海口），頁260。

二 「雖賞析之作，而實憂患之書也」

錢鍾書先生在《談藝錄‧序》中說：

> 《談藝錄》一卷，雖賞析之作，而實憂患之書也……憂天將壓，
> 避地無之……銷愁舒憤，述往思來。[2]

《談藝錄》成書於中日抗戰時期，在艱苦危難的歲月中撰作，的確是
「憂患之書」。同《談藝錄》一樣，《管錐編》可說是錢氏的另一部
「憂患之書」，因為此書撰作於十年動亂的文化大革命後期，這段時
期，對錢氏來說，也是艱苦危難的歲月。

在文化大革命中，許多知識分子都飽受羞辱、磨折，甚至死於非
命。例如錢氏的老朋友傅雷夫婦、陳夢家、陳麟瑞、陳翔鶴、老舍、
吳晗、鄧拓、以群、聞捷、楊朔、翦伯贊等都相繼自殺了，他的女婿
王得一也逃不過被迫自殺的命運。而錢氏夫婦，則不斷被批鬥、被磨
折、被勞改。到了文化大革命後期，錢氏夫婦從幹校回到北京，家中
房子仍被一對造反派年輕夫婦所佔據，強鄰難與共處，只好借住在中
國社會科學院文學研究所的辦公室[3]。雖有感冒、哮喘纏身，錢氏仍然
利用歷年寫下五麻袋的讀書筆記，埋頭苦幹，動筆撰作，到了一九七
五年，終於完成了《管錐編》的初稿。在這種政治氣候惡劣的環境下，
錢氏在撰作時，很自然會把自己感時憂世的苦心，借古諷今，從筆端

---

2 見錢鍾書《談藝錄》，1948年6月上海開明書店初版印行（上海），1984年9月中華書
局（北京）補訂本，頁1。按：《自序》作於壬午（1942）。

3 年輕夫婦指林非和肖鳳。絕大多數的論述，都對錢氏夫婦表示同情和支援，只有肖
鳳發表於《作品與爭鳴》（2000年第4期）的《林非被打真相》，則公開譴責錢氏夫
婦的不是。參閱湯溢澤編《錢鍾書圍城批判》，2000年12月湖南大學出版社（長
沙），頁245-252。

流露出來[4]。余英時在《我所認識的錢鍾書先生》一文中就指出：

> 《管錐編》雖若出言玄遠，但感慨世變之語，觸目皆是。[5]

可以說，《管錐編》是錢氏抱著強烈的憂患意識來完成的，只是礙於情勢，他不免在借古時用筆顯，在諷今時用筆晦。例如錢氏在論及趙高（？-前207）屈打李斯（？-前208）誣服時，說：

> 「趙高誣斯，榜掠千餘，不勝痛，自誣服。」按屈打成招，嚴刑逼供，見諸吾國記載始此。……夫刑，定罪後之罰也；不鈎距而遽用枷棒，是先以非刑問罪也……欲希上旨，必以判刑為終事，斯不究下情，亦必以非刑為始事矣。古羅馬修辭學書引語云：「嚴刑之下，能忍痛者不吐實，而不忍痛者吐不實」；蒙田亦云：「刑訊不足考察真實，祇可測驗堪忍」。酷吏輩盡昧此理哉！蓋成見而預定案耳。[6]

知識分子在文化大革命期中受到「屈打成招，嚴刑逼供」是慣常的事，錢氏的意見，無異是強烈而悲痛的抗議。辨析《楚辭洪興祖補註》是《管錐編》一書的部分內容，錢氏在下筆時，無可避免地也會

---

4 參閱孔慶茂《錢鍾書與楊絳》，頁254及頁258-259。德國波恩大學的莫妮卡・莫茨在《〈管錐篇〉：一座中國式的魔鏡》中也說：「《管錐篇》寫於文化革命中極其困難的政治條件下。當時錢鍾書正在患病，用他自己的話說，他的工作是在『和死亡賽跑』。《管錐編》的產生使人驚訝，但也絕非偶然，重要的著作往往寫於危難時刻和危難境遇，這種心理現象在西方也十分普遍。」（周紅譯）見錢鍾書研究編輯委員會編《錢鍾書研究》第二輯，1990年11月文化藝術出版社（北京），頁94。

5 見沈冰主編《不一樣的記憶——與錢鍾書在一起》，1999年8月當代世界出版社（北京），頁183。

6 見錢鍾書《管錐編》第一冊，1979年8月中華書局（北京），頁333。

帶有感時憂世的情緒。本文嘗試勾稽抉發的，就是有關《離騷》辨析
方面的資料。

三　《離騷》辨析與憂患意識

（一）與「愁」告「別」

根據《管錐編‧楚辭洪興祖補註》的引述：

> 王逸《離騷經章句‧序》：「『離』、別也，『騷』、愁也，『經』、徑
> 也；言己放逐離別，中心愁思，猶依道徑，以風諫君者也」；洪
> 興祖《補註》：「太史公曰：『離騷者，猶離憂也』；班孟堅曰：
> 『離猶遭也，明己遭憂作辭也』；顏師古曰：『憂動曰騷』。余按
> 古人引『離騷』，未有言『經』者，蓋後世之士祖述其詞，尊之
> 為『經』耳，非屈原意也。逸說非是。」[7]

錢鍾書先生的評論是：

> 按《補註》駁「經」字甚允，於「離騷」兩解，未置可否。[8]

他指出了洪興祖（1090-1155）並沒有解決「離騷」兩解的問題。至
於《項氏家說》和《困學紀聞》據《國語‧楚語》和《韋昭註》，則
指出「離騷」即「騷離」，是「楚人之語自古如此」，意云「離畔為
愁」。錢氏認為這種「單文孤證」的說法，只可聊備一解。他自己對
「騷」的解釋是：

7　見錢鍾書《管錐編》第二冊，同上，頁581。
8　見同上。

均是單文孤證也,竊亦郢書燕說,妄言而姑妄聽之可乎?王逸釋
「離」為「別」,是也;釋「離騷」為以離別而愁,如言「離
愁」,則非也。「離騷」一詞,有類人名之「棄疾」、「去病」或詩
題之「遣愁」、「送窮」;蓋離者,分闊之謂,欲擺脫憂愁而遁避
之,與「愁」告「別」,非因「別」生「愁」。[9]

總而言之,所謂「離騷」,意思就是:

莫非欲「離」棄己之「騷」愁也。[10]

其實,把「離騷」解作「與愁告別」或「因別生愁」,都未嘗不可,
錢氏也自承自己的看法,是「單文孤證」,「郢書燕說」,不過,他仍
然引述不少前人的語句,來支持自己看法。他這樣做,與其說是引論
據以破人家之說,倒不如是自述與「愁」告「別」的急迫。我們試看
他的傾訴[11]:

「遠離顛倒夢想」。(《心經》)
「離恨天」,乃謂至清極樂,遠「離」塵世一切愁「恨」。(《西遊
記》第五回)
「駕言出遊,以寫我憂」。(《詩‧泉水》)
「遊於無人之境」、「大莫之國」,則可「去君之累,除君之憂」。
(《莊子、山木》)
「深藏欲避愁」。(庾信《愁賦》)

---

9 見同上,頁582-583。
10 見同上。
11 見同上。

「吁咄哉！僕書室坐愁，亦已久矣。」(李白《暮春江夏送張祖
監丞之東都序》)

「忽忽乎吾未知生之為樂也，欲脫去而無因」。(韓愈《忽忽》)

「欲上高樓本避愁」。(辛棄疾《鷓鴣天》)

上述語句，可說是文化大革命時期許多知識分子在困阨中的心聲，也
正是錢氏的心聲。至於妻離子散，親友阻隔，在當時倒屬慣見尋常的
事，為了避免因「別」生「愁」，倒不如更進一層，索性祈求與
「愁」告「別」。祈求是願望，願望能不能實現，也就不管了！我們
不妨從錢夫人楊絳《將飲茶‧丙午丁未年紀事》所記的鱗爪，略窺錢
氏當時處境，由他的處境，或可約略推想他的心境和期望：

> 有一天默存回家，頭髮給人剃掉縱橫兩道，現出一個「十」字；
> 這就所謂「怪頭」。……有一晚，同宿舍的「牛鬼蛇神」都在宿
> 舍的大院裏挨鬥，有人用束腰的皮帶向我們猛抽。默存背上給抹
> 上唾沫、鼻涕和漿糊，滲透了薄薄的夏衣。我的頭髮給剪去一
> 截。鬥完又勒令我們脫去鞋襪，排成一隊，大家傴著腰，後人扶
> 住前人的背，繞著院子裏的圓形花欄跑圈兒；誰停步不前或直起
> 身子就挨鞭打。[12]

這樣困阨的處境，誰能不愁？誰不祈求與「愁」告「別」？

(二) 背國不如捨生

為了「離」棄自己的「騷」愁，遷地遠引是一種解決方式。錢鍾

---

12 見《楊絳作品集》第2冊，1995年3月中國社會科學出版社(北京)，頁157。

書先生在《管錐編‧楚辭洪興祖補註》中說：

> 《遠遊》開宗明義曰：「悲時俗之迫阨兮，願輕舉而遠遊」……
> 正是斯旨。憂思難解而以為遷地可逃者，世人心理之大順，亦詞
> 章抒情之常事，而屈子此作，其巍然首出者也。逃避苦悶，而浪
> 跡遠逝，乃西方浪漫詩歌中一大題材，足資參印。[13]

話雖如此，但屈原（約前339-前278）不是個輕於離棄祖國的人，這
就使內心產生了極大的矛盾與掙扎。錢氏從《離騷》裏摘錄了不少語
句來說明這方面的情況：

> 「不難夫離別」，乃全篇所三致意者，故《亂》「總撮其要」曰：
> 「又何懷乎故都！」「忽反顧以遊目兮，將往觀乎四荒」；「濟沅
> 湘以南征兮，就重華而陳詞」；「駟玉虯以乘鷖兮，溘埃風余上
> 征」；「何離心之可同兮，吾將遠逝以自疏」；「懷朕情而不發兮，
> 余焉能忍與此終古」；「騷」而欲「離」也。「回朕車以復路兮，
> 及行迷之未遠」；「僕夫悲余馬懷兮，蜷局顧而不行」；「騷」而欲
> 「離」不能也。棄置而復依戀，無可忍而又不忍，欲去還留，難
> 留而亦不易去。即身離故都而去矣，一息尚存，此心安放？江湖
> 魏闕，哀郢懷沙，「騷」終未「離」而愁將焉避！[14]

逃避苦悶，「騷」而欲「離」，是人之常情；欲「離」而不能，並非真
不能，而是不忍，而是對故國有依戀，這樣，自然達不到與「愁」告

---

13 見錢鍾書《管錐編》第二冊，頁583。
14 見同上，頁584。

「別」的目的，結果可能以死亡為歸宿。因此，錢氏進一步闡釋屈原的心境：

> 寧流亡而猶流連，其唯以死亡為逃亡乎！故「從彭咸之所居」為歸宿焉。思緒曲折，文瀾往復……語意稠疊錯落，如既曰：「余固知謇謇之為患兮，忍而不能舍也」，又曰：「寧溘死以流亡兮，余不忍為此態也」，復曰：「阽余身而危死兮，覽余初其未悔」；既曰：「何方圓之能周兮」，復曰：「不量鑿而正枘兮」；既曰：「世溷濁而不分兮，好蔽美而嫉妒」，復曰：「時溷濁而嫉賢兮，好蔽美而稱惡」；既曰：「心猶豫而狐疑兮，欲自適而不可」，復曰：「欲從靈氛之吉占兮，心猶豫而狐疑。」諸若此類，讀之如覘其鬱結蹇產，念念不忘，重言曾欷，危涕墜心。曠百世而相感，誠哉其為「哀怨起騷人」（李白《古風》第一首）也。[15]

錢氏自述讀《離騷》「如覘其鬱結蹇產」，「曠百世而相感」，可見他對屈原「騷」欲「離」而不能的苦悶，有感同身受的同情，由同情而轉為悲痛，則因為屈原不是「遠逝」，而是「長逝」。錢氏說：

> 去父母之邦，既為物論之所容，又屬事勢之可行。而始則「情懷不發」；至不能「忍與終古」，猶先占之「靈氛」；占而吉，尚「猶豫狐疑」，遲遲其行，再占之「巫咸」；及果「遠逝」矣，乃「臨眺舊鄉」，終「顧而不行」。讀「又何懷乎故都」而試闔卷揣其下文，必且以為次語是《魏風·碩鼠》「去女適彼」之類，如馬融《長笛賦》所謂「屈平適樂園」，安料其為「吾將從彭咸之

---

15 見同上，頁584-585。

所居」，非「遠逝」而為長逝哉！令人爽然若失，復黯然以悲。¹⁶

於是錢氏總結屈原的心意是：

> 蓋屈子心中，「故都」之外，雖有世界，非其世界，背國不如捨
> 生。眷戀宗邦，生死以之，與為逋客，寧作纍臣。¹⁷

沈冰在一篇訪談錄中，記錄了許景淵的意見：

> 錢先生最偉大的著作《管錐編》就寫於「文化大革命」中最黑暗
> 的期間，也他最困苦、最寂寞的時候。……他在牛棚裏面受苦的
> 時候，也毫不後悔當初沒有去國外講學的選擇。¹⁸

而楊絳在《幹校六記・誤傳記妄》的記述，就更為具體、真切：

> 我想到解放前夕，許多人惶惶然往國外跑，我們倆為甚麼有好幾
> 條路都不肯走呢？思想進步嗎？覺悟高嗎？默存常引柳永的詞：
> 「衣帶漸寬終不悔，為伊消得人憔悴。」我們只是捨不得祖國，
> 撇不下「伊」──也就是「咱們」或「我們」。儘管億萬「咱
> 們」或「我們」中素不相識，終歸同屬一體，痛癢相關，息息相
> 連，都是甩不開的自己的一部分。¹⁹

---

16 見同上，頁597。

17 見同上。

18 見沈冰《瑣憶錢鍾書先生──許景淵（勞隴）先生訪談錄》，沈冰主編《不一樣的
　　記憶──與錢鍾書在一起》，頁6。

19 見《楊絳作品集》第2冊，頁46-47。楊絳提到柳永詞的語句，王國維在《人間詞
　　話》中引述時，則明指是歐陽修的《蝶戀花》。楊氏所據，大抵是《彊村叢書》本

楊氏更記下了自己和錢氏的對話，並把自己和錢氏比較：

> 我問：「你悔不悔當初留下不走？」
> 他說：「時光倒流，我還是照老樣。」
> 默存向來抉擇很爽快，好像未經思考的；但事後從不游移反覆。
> 我不免思前想後，可是我們的抉擇總相同。既然是自己的選擇，
> 而且不是盲目的選擇，到此也就死心塌地，不再生妄想。[20]

錢氏的抉擇，何等堅決！何等爽快！楊氏雖有「思前想後」，但抉擇
並無分別。不過，如果我們說，錢氏夫婦在飽受磨折、凌辱之餘，完
全不會想到「去父母之邦，既為物論所容，又屬事勢之可行」，恐怕
並非事實，否則，又怎會拿來作為談論的話題？但他們「眷戀宗邦，
生死以之」的心意，卻從未動搖，這是可以肯定的。錢氏認為，在屈
原心中，「故都」之外，雖有世界，非其世界；他表面上是抉發屈原
的心意，其實正是他們夫婦的潛台詞。

《樂章集》，王氏在原稿自註及《靜庵文集續編‧文學小言》的根據，則是宋本
《歐陽文忠公近體樂府》。劉若愚在《北宋六大詞家》中特別指出：「在《全宋詞》
裏，這首詞既見於歐陽修詞中，又見於柳永詞中。就風格而言較近於前者，詞的第
二第三行所用意象甚似歐陽修另一首詞《踏莎行》。」（見王貴苓譯本，出版年月不
詳，幼獅文化事業公司〔臺北〕，頁39。）劉逸生《宋詞小札》錄柳永《蝶戀花》，
但在附註中指出這首詞又收入《歐陽文忠公近體樂府》（1996年2月香港中華書局再
版，頁53）。其實有關作品著作權的爭論，古今不乏其例，除非深入考證，提出論
據，否則就不宜認定誰人之說為必誤，更不必因不同意王國維之說就進而貶抑他的
學問。我無意介入這場著作權爭論，但想指出的是：我們在引述楊絳的話語時，固
然不能因個人的看法，而把柳永逕改為歐陽修，同樣的理由，在引述王國維《人間
詞話》的話語時，也不宜把歐陽修逕改為柳永；這是徵引他人言論時應有的態度。
我在這裏稍作說明，省得別有用心的人趁機「說三道四」。

20 見《楊絳作品集》第2冊，同上，頁47。

不過，錢氏在最困難的時候，固然沒有選擇「遠逝」，但也沒有仿效屈原的「長逝」──自毀生命。為甚麼呢？林湄在《一代學者錢鍾書》中這樣記述：

> 我想起了《圍城》中主人公讀叔本華著作的情節，於是又問：「錢老，您對哲學有精深研究，您認為叔本華的悲觀論可取麼？」大概他對這個問題感到興趣，從座椅上起身，微笑中又帶幾分嚴肅地說：「人既然活著，就本能地要活得更好，更有意義。從這點說，悲觀也不完全可取。但是，懂得悲觀的人，至少可以說他是對生活有感受，發生疑問的人。有人渾渾沌沌，嘻嘻哈哈，也許還不意識到人生有可悲的方面呢。」錢先生本身就不是個悲觀主義者，他的幽默就包含著他的樂觀。[21]

錢氏向來對生活有感受和疑問，無疑是個懂得悲觀的人，所以有很強烈的憂患意識，但他不是個悲觀主義者。他幽默而有癡氣[22]，他要活著，而且要活得更好、更有意義。

（三）「恐美人之遲暮」

一九七二年三月，錢鍾書先生從幹校回到北京，席不暇暖，就急

---

21 見沈冰主編《不一樣的記憶──與錢鍾書在一起》，頁194。

22 楊絳《記錢鍾書與〈圍城〉》說：「眾兄弟間，他（錢氏）比較稚鈍，孜孜讀書的時候，對甚麼都沒個計較，放下書本，又全沒正經，好像有大量多餘的興致沒處寄放，專愛胡說亂道。錢家人愛說他吃了癡姆媽的奶，有『癡氣』。我們無錫人所謂『癡』，包括很多意義：瘋、傻、憨、稚氣、駿氣、淘氣等等。」（見《楊絳作品集》第2冊，頁139。）又，陳子謙《〈圍城〉與它的作者之謎》說：「錢鍾書的『癡氣』有各種表現，即使在他的學術巨著《管錐編》裏，我們也看得出來，那些連珠妙語和獨特發現正是他『癡氣』的寫照。」（見田蕙蘭、馬光裕、陳軻玉編《錢鍾書楊絳資料集》，1997年1月華中師範大學〔武漢〕，頁714。）

急整理讀書筆記，為撰寫《管錐編》而努力，這時他的年齡是六十二歲。他這樣趕忙撰作，固然與他的個性——鍾書（鍾愛書籍）有關，同時他也似乎急於追回已浪費了的光陰。在文化大革命期中，有哪個知識分子沒有浪費光陰的？在《管錐編・楚辭洪興祖補註》中，就透露了錢氏的心聲：

> 「惟草木之零落兮，恐美人之遲暮」。按《詩・衛風・氓・小序》「華落色衰」，正此二句之表喻；王逸註所謂「年老而功不成」，則其裏意也。[23]

「美人」或謂指楚王，或謂指「善人」，或謂屈原自稱，這且不管，錢氏所重視的，是裏意——「年老而功不成」。他跟著說：

> 下文又云：「老冉冉其將至兮，恐脩名之不立」；「及榮華之未落兮，相下女之可貽」；「恐鵜鴃之先鳴兮，使百草為之不芳」；「及余飾之方壯兮，周流觀乎上下」。言之不足，故重言之。不及壯盛，田光興感；復生髀肉，劉備下涕；生不成名而身已老，杜甫所為哀歌。後時之悵，志士有同心焉。[24]

無論是屈原或田光（生卒年不詳）、劉備（161-223）、杜甫（712-779），都有「遲暮」的憂慮或感慨。《離騷》反覆言之，固然顯示了屈原的心情，而錢氏再三申言，也顯示了他對已逝光陰的痛惜。徒然痛惜於事無補，重要的是採取積極行動，把失去的時間追回來。《宋詩選註》出版於一九五八年，曾經遭受嚴厲的大批判，錢氏並沒有以

---

23 見錢鍾書《管錐編》第二冊，頁586。
24 見同上。

前科為誠，剛從幹校回到北京，就以「歲月無多」的心情，馬上展開撰寫《管錐編》的工作，而不理會居住環境的惡劣和物質條件的匱乏[25]。他這樣做，是因為他向來對時光的消逝，有很敏感的反應。楊絳在《錢鍾書手不釋卷》中這樣記述：

> 鍾書老愛說：「老去增年是減年。」當然，老人活一年少一年，但增減的總和既不得知，管它又減去多少呢！我只驚詫說：「我現在比我的爸爸媽媽都老了。」鍾書驚詫說：「我比我的爺爺都老了。」[26]

有癡氣的錢氏，竟然把「增年」視為「減年」。一九六六年，錢氏五十六歲，他寫詩給朋友，詩題是：《叔子書來自嘆衰病遲暮余亦老形漸具寄慰》[27]。他的「寄慰」，其實也是自解。一九七四年，錢氏有《老至》一詩，其中有云：

> 徙影留痕兩渺漫，如期老至豈相寬……坐知來日無多子，肯向王喬乞一丸。[28]

由「老形漸具」到「老至」，遲暮之感是很明顯的。早於《老至》，錢氏在《管錐編·序》中，已有清楚的表白：

---

25 參閱楊絳《將飲茶·丙年丁未年紀事》，《楊絳作品集》第2冊，頁181-182。
26 見沈冰主編《不一樣的記憶——與錢鍾書在一起》，頁1。
27 見錢鍾書《槐聚詩存》（楊絳手抄影印本），1994年11月時報文化出版企業有限公司（臺北），頁143。
28 見同上，頁148。

瞥觀疏記，識小積多。學焉未能，老之已至！……假吾歲月，尚
欲賡揚。[29]

《管錐編·序》寫於一九七二年八月，到了一九七八年一月，錢氏又
補記「多病意倦，不能急就」[30]，這都可以看出他對「恐美人之遲
暮」、「老冉冉其將至兮」等等《離騷》的語句，產生強烈的共鳴。在
文化大革命期中，知識分子的時間最沒價值，我們讀楊絳的《幹校六
記》和《將飲茶》中的《丙午丁未年紀事》，應該深有感受[31]。如果
說，錢氏對《離騷》語句的共鳴，其中沒有混雜了因文化大革命而失
去了寶貴光陰的痛苦之情，恐怕不大可能。

有人指出，錢氏是一位與世無爭、淡泊自處的才人和學人。這個
意見，大抵沒有人會反對。不過我們也應該知道，錢氏的「無爭」與
「淡泊」，只是對世俗的人事和名利，在學問上，他總是常懷「年老
而功不成」、「生不成名而身已老」的感慨，因此他特別珍惜讀書、撰
述的光陰。朱寨在《走在人生邊上的錢鍾書先生》中這樣記述：

> 日常所見的錢鍾書先生，總是衣冠楚楚，倜儻瀟灑，面帶微笑。
> 有一幀《錢鍾書先生寫作》的照片，卻照出了他日常難得見到的
> 一面：伏案握管，蹙眉苦顏，孜孜雕琢，一副刻苦勤勞的形象。
> 從中不難想見他的「晨讀昏書」。[32]

「瀟灑」是「表」，「刻苦」是「裏」，錢氏的孜孜勤勞，為的是要與

---

29 見錢鍾書《管錐編》第一冊，正文前頁1。
30 語見同上。
31 參閱《楊絳作品集》第2冊，頁5-49及頁155-183。
32 見沈冰主編《不一樣的記憶──與錢鍾書在一起》，頁299。

時間競跑。年逾耳順、有志撰述的錢氏，借了《離騷》的語句來表達
「遲暮」的感歎，應該是自然而不難理解的事。

（四）「怨靈脩之浩蕩兮」

《管錐編・楚辭洪興祖補註》云：

> 「怨靈脩之浩蕩兮，終不察夫民心」；《註》：「『浩』猶『浩浩』，
> 『蕩』猶『蕩蕩』，無思慮貌也」；《補註》：「五臣云：『浩蕩、法
> 度壞貌。』」按「無思慮」之解甚佳；高拱無為，漠不關心國
> 事，即可當《北齊書・後主紀》所謂「無愁天子」，而下民不堪
> 命矣。[33]

錢鍾書先生很贊同「浩蕩」的解釋是「無思慮貌」。他更進一步引
申，君主「無思慮」，就會「漠不關心國事」，最後「下民」就「不堪
命」了。他的闡釋，有沒有言外之意？值得我們思考。錢氏又說：

> 「靈脩」不僅心無思慮，萬事不理，抑且位高居遠，下情上達而
> 未由，乃俗語「天高皇帝遠」耳。蓋兼心與身之境地而言；陶潛
> 名句曰：「心遠地自偏」，皇帝則「地高心自遠」，所謂觀「存
> 在」而知「性行」者也。[34]

「心無思慮」，就會「萬事不理」；「位高居遠」，就會「下情」不能
「上達」。其中道理，本來非常平實，錢氏卻鄭重借了《離騷》的王

---

33 見錢鍾書《管錐編》第二冊，頁590。
34 見同上，頁591。

逸註文來發揮，並把陶潛（365-427）的名句，轉換為「地高心自遠」，來批評「遠離羣眾」的統治者。

　　錢氏撰寫《管錐編》時，正當文化大革命的後期，他很有可能結合耳聞、目覩、身受的種種，發而為委婉的針砭。除了針砭，他更從書籍中摘引一些語句，來表達自己對統治者的期望。這些語句包括[35]：

> 「天之處高而聽卑」。（《呂氏春秋・制樂》）
> 「天處高而聽卑」。（《三國志・蜀書・秦宓傳》）
> 「天去人亦復不遠」。（《南齊書・蕭諶傳》）
> 「一還一報一齊來，如今見天矮」。（《北宮詞紀》）
> 「這裏天何等近」！（《琵琶記》第二六折李贄評）
> 「這天矮矮的，唬殺我了」！（《醒世姻緣傳》第五六回）
> 「這天爺近來更矮，湯湯兒就是現報」。（《醒世姻緣傳》第五七回）

錢氏的按語是：

> 皆謂「靈脩」雖居處「浩蕩」，與下界寥闊不相聞問，而宅心不「浩蕩」，於人事關懷親切。……「近」、「矮」正同「聽卑」、「不遠」，皆「浩蕩」之反，言其能下「察夫民心」也。[36]

居處「浩蕩」而宅心可以「不浩蕩」，統治者（靈脩）就顯得「近」、「矮」、「不遠」而肯「聽卑」，對民眾有「關懷親切」之情，這樣，

35　見同上。
36　見同上。

才可以下「察夫民心」。上述意見，可說是錢氏對統治者的期望。我
們結合錢氏的撰著年代，再來細讀他對《離騷》語句和《王逸註》、
《洪興祖補註》的詮釋和發揮，包括各類徵引，「靈脩」就不再是遠
古的歷史人物，而是現實生活的政治人物。

四　餘論：「塊然孤喟發群哀」

楊絳在《將飲茶・記錢鍾書與〈圍城〉》中說：

> 我認為《管錐編》、《談藝錄》的作者是個好學深思的鍾書，《槐
> 聚詩存》的作者是個「憂世傷生」的鍾書，《圍城》的作者呢，
> 就是個「癡氣」旺盛的鍾書。[37]

楊氏的意見，顯示了錢鍾書先生每部著作的主要特色。知錢莫若楊，
楊氏的意見自然有她的權威性，不過也不宜一概而論。例如錢氏就自
述《談藝錄》是「憂患之書」，「憂患」即所謂「憂世傷生」，我們結
合《談藝錄》的成書年代，的確可以從字裏行間，看到錢氏憂患之
思。我們讀《管錐編》，也可以結合它的成書年代，來了解錢氏的文
心，辨析《離騷》的語句，只是其中一些例子而已。其實，「好學深
思」與「憂世傷生」之間，並沒有不可並存的矛盾。也就是說，《談
藝錄》、《管錐編》既可顯示錢氏的「好學深思」，又可顯示他的「憂
世傷生」，兩者完全可以並行不悖。

錢氏一般不欣賞「詞意淺直」的論述[38]，他的著作，對同時代的
人和事，常常語帶鋒稜，以譏諷代不滿，而詞意則委婉而深刻。對文

---

37 見《楊絳作品集》第2冊，頁152。
38 參閱錢鍾書《管錐編》第二冊《楚辭洪興祖補註》，頁590。

化大革命，錢氏無疑有切膚之痛的感受，但根據他的性格，他不會採
用《幹校六記》、《丙午丁未年紀事》的表達方式，而寧願採用《管錐
編》的表達方式。即使在一九八一年接受訪問，他對文化大革命的批
評也相當約制，不過從他約制的言詞，已可了解他的態度。彥火在
《錢鍾書訪問記》中記述了錢氏的意見：

> 我對人生的看法是，眼光不能放得太遠，從某個意義來講，一個
> 人的事業與心願都是有距離。大如一個國家也是一樣，有些政治
> 領袖最初也很想把國家搞好，作了很長遠的規畫，但往往因客觀
> 因素所限，不能如願，例如中國的「文革」就是一種最初意料不
> 到的災難。[39]

錢氏所謂「眼光不能放得太遠」，是針對現實情況有感而發之言，語
調是沈痛的。錢氏又說：

> 總之理想、計畫跟自己所能做到的不符。而且還有不少外來的干
> 擾，如中國的作家經歷「反右」和「文革」這兩個運動就很不
> 幸，許多人儘管有很多計畫，也因無法繼續創作而不能實現。從
> 這個意義來講，這也是人的悲劇。[40]

上述意見，固然是錢氏為「許多人」代言，也可說是他的「夫子自
道」。錢氏在文化大革命期中把精力投入《管錐編》的撰作，並採用
較艱深難懂的文言文來表達，無論有甚麼理由，其中之一，必然是在

---

39 見沈冰主編《不一樣的記憶——與錢鍾書在一起》，頁198。
40 見同上。

十年動亂的歲月裏，他故意採用了這種較難解讀的語言載體——文言文，好方便自己寄託言外之意，而又能減少文字賈禍的機會。錢氏曾半真半假地向人表示，他用文言文寫《管錐編》，為的是「可以減少毒素的流傳」[41]。這當然是表面理由，內在的理由可能是：讀不懂它的人，就難以扣它「毒素流傳」的帽子。李慎之在一篇悼念錢氏逝世的文章中，曾有扼要而傳神的透露：

> 給我深刻印象的是書名起得十分謙虛的《管錐編》……這書是在仍然險惡的政治空氣下寫的。當時，「文革」還未結束，錢先生就敢寫那些與「三忠於，四無限」毫無關係，只有「封建餘孽」才寫得出來的書，不但膽識驚人，而且遠見洞察實非常人可及……因此，一九七九年我看完四卷《管錐編》後，就去向他祝賀，特別欽佩他「自說自話」，無一趨時語。他只是淡淡一笑，搖搖手說「天機不可洩漏」。[42]

好一句「天機不可洩漏」！如果李氏的描述真實可靠，《管錐編》中的「自說自話」，就不可能不是「有為而發」。屈原在《離騷》中說：「長太息以掩涕兮，哀民生之多艱。」[43]錢氏在《閱世》中也說：「閱世遷流兩鬢摧，塊然孤嘯發群哀。」[44]錢氏的「孤嘯」與屈原的「太息」，不是很近似嗎？

---

41 參閱余英時《我所認識的錢鍾書先生》，李明生、王培元編《文化崑崙——錢鍾書其人其文》，1999年7月人民文學出版社（北京），頁205。

42 見李慎之《千秋萬歲名，寂寞身後事——送別錢鍾書先生》，沈冰主編《不一樣的記憶——與錢鍾書在一起》，頁147。

43 語見《離騷》，姜亮夫《屈原賦校註》，1972年3月中華書局（香港），頁33。

44 語見錢鍾書《槐聚詩存》（楊絳手抄影印本），頁157。按：《閱世》一詩，作於1989年。

五 小結

　　《離騷》在《楚辭》中是憂患意識極濃的篇章，歷來讀《離騷》的人，絕大多數都會有「憂世傷生」的感受。尤其是當國家面臨厄難、社會處於動亂、人間是非難分黑白的年代，讀者的感受就會更為深刻。把深刻的感受變為感慨世變之語或針砭現實的文字，正是中國讀書人的傳統。錢氏對《楚辭洪興祖補註》的辨析，當然有解說、訂正、補充、引申的作用，對研讀《楚辭》的人大有幫助，同時他又結合當時現實的情況，借用《楚辭》的語句和《補註》的註文加以發揮，甚至詳徵博引，「自說自話」，目的是抒發感慨，針砭人物和時事。限於篇幅和時間，我暫時只選取有關《離騷》的部分加以闡釋。其實，《管錐篇》一書，蘊藏了不少錢氏憂患意識的資料，這些資料，並不只見於《楚辭》的辨析，更不會只見於《楚辭‧離騷》的辨析。不過，任何人要抉發或解讀錢氏著作的微意——言外之意，都逃不過錢氏把話說在前頭的譏諷——「搜拾棄餘，矜詡創獲」，「鑿空索隱，發為弘文」[45]。只是，我不禁這樣想：錢氏如果不接受人家抉發自己著作中的微意，除非他的著作根本「詞意淺直」，沒有甚麼微意！否則，埋了微意卻不讓人發掘，有甚麼用處呢？而且，人人都不知道的微意，又怎算得是微意呢？

　　　　——原載《南大語言文化學報》第五卷第一期，南洋理工大學
　　　　中華語言文化中心（2002年）

---

45 語見同上，頁6。

《楚辭》研究的「內學」和「外學」

一　「內學」和「外學」

「內學」和「外學」是相對的詞語，有「內」自然有「外」。《後漢書・方術列傳序》云：

> 光武尤信讖言，士之赴趣時宜者，皆騁馳穿鑿，爭談之也。故王梁、孫咸名應圖籙，越登槐鼎之任……自是習為內學，尚奇文，貴異數，不乏於時矣。[1]

關於「內學」一詞，李賢（653為-684）等注云：

> 內學，謂圖讖之書也，其事祕密，故稱內。[2]

換句話說，圖讖以外的書，都是「外學」。佛家則以佛學為「內學」，而研習他教典籍及世間法的，則稱為「外學」。《陳書・傅縡列傳》云：

> 《三論》之興，為日久矣，龍樹創其源，除內學之偏見；提婆揚

1　見《後漢書》卷八十二上《方術列傳》，1973年8月中華書局（北京）校點本，頁2705。
2　見同上。

其旨，蕩外道之邪執。[3]

可見談「內學」的人，都從自己立場出發，凡自己所信服的，就是
「內」，否則，就是「外」。研究佛學的人是這樣，講論圖讖之學的人
也是這樣。在這些人的心目中，「內」是主，「外」是次，「內」是最
重要的。

　　我在這裏用了「內學」和「外學」來談論《楚辭》的研究，在概
念上並不同於佛學或圖讖之學，因為我認為「內學」指的是《楚辭》
作品本身的內部探究，而「外學」指的是《楚辭》作品上下四方有關
參考資料的整理或辨析，甚至包括那些借古論今、隱含諷諭的延伸闡
發。也就是說，無論是「內學」或「外學」，都是《楚辭》研究的一
部分，都有本身的價值，雖然「內學」的價值應該較大，因此跟「外
學」比較起來，就顯得較為重要。但缺乏「外學」的《楚辭》研究，
就不會出現多姿多采的局面，而「內學」的一些研究課題，也不可能
有深入的考察、體會或啟發。不過，深入探索《楚辭》每篇作品的精
意深旨和藝術技巧，特別看重作品本身的價值，這種態度，還是近於
研究佛學和講論圖讖之學的人。

二　《楚辭》研究「內學」舉隅

　　研究《楚辭》各篇的比興手法和其他表達技巧，應屬「內學」的
範圍。下面試舉例說明：

3　見《陳書》卷三十《傅縡列傳》，1974年2月中華書局（北京）校點本，頁401。

（一）比興手法的運用

談論古代詩歌的人，都喜歡根據《周禮·大師》和《毛詩正義·毛詩序》，提出「六詩」、「六義」的說法。所謂「六詩」、「六義」，就是風、賦、比、興、雅、頌。一般人都同意，風、雅、頌，指的是詩歌的類別；賦、比、興，指的是表達手法。關於賦、比、興的意義，以朱熹（1130-1200）《詩集傳》卷一的解說最易明白：

> 興者，先言他物以引起所詠之詞也。⋯⋯賦者，敷陳其事而直言之者也。⋯⋯比者，以彼物比此物也。[4]

《詩經》多用比、興的手法，這是大家都知道的，《國風》各篇，尤其是多有這方面的例子。《楚辭》也是多用比、興手法的詩歌專集，王逸（生卒年不詳）《楚辭章句》的《離騷經序》說得很清楚：

> 《離騷》之文，依詩取興，引類譬諭，故善鳥香草，以配忠貞；惡禽臭物，以比讒佞；靈修美人，以媲於君；宓妃佚女，以譬賢臣；虯龍鸞鳳，以託君子；飄風雲霓，以為小人。[5]

王逸之說，本來專指《離騷》，但涉及比、興的手法，其實也適用於《楚辭》各篇，只是《離騷》中的例子更多就是了。現試舉《九歌·湘夫人》的語句為例：

4　見朱熹《詩集傳》卷一，1976年2月中華書局（香港），頁1-4。「興」的說明見《關雎》（頁1）；「賦」的說明見《葛覃》（頁3）；「比」的說明見《螽斯》（頁4）。

5　見洪興祖《楚辭補注》卷一，1983年3月中華書局（北京），頁2-3。

沅有芷兮澧有蘭，思公子兮未敢言。荒忽兮遠望，觀流水兮潺
湲。[6]

朱熹在《楚辭集注》中的解說是：

此章興也。……所謂興者，蓋曰沅則有芷矣，澧則有蘭矣，何我
之思公子，而獨未敢言耶？思之之切，至於荒忽而起望，則又但
見流水之潺湲而已。其起興之例，正猶越人之歌，所謂「山有木
兮木有枝，心悅君兮君不知」。[7]

「沅有芷」、「澧有蘭」，是正常的情況，也是天地事物順理的事情，
因此「思公子」而「敢言」，才符合天地事理的大順。可是現在卻是
「思公子」而「未敢言」，這就逆乎常理。我們在日常生活中如遭遇
了逆理的事情，就會惆悵無奈，鬱結難宣，於是不免會有下文所謂
「荒忽兮遠望，觀流水兮潺湲」的迷惘表現。越人歌的「山有木」、
「木有枝」，也是天地事物的大順，而「心悅君」，「君」竟然「不
知」，也就逆乎常理，因此越人歌者的處境和心情，與「思公子」者
的處境和心情，是同樣受到逆理的衝擊而惆悵、抑鬱。這種「先言他
物以引起所詠之詞」，就是《楚辭》起興的表達手法。
　　關於起興的表達手法，歸納起來，約有幾種不同方式，現試圖表
如下：

6　見朱熹《楚辭集注》卷二，1987年10月上海古籍出版社（上海），頁36。
7　見同上。

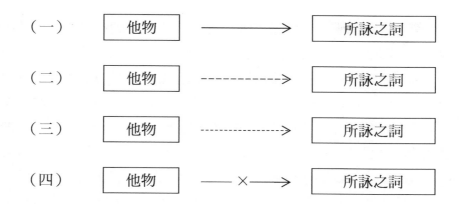

　　第一種方式，「他物」與「所詠之詞」的關係非常明顯、密切，而且符合事理之順。例如《詩經》的《關雎》，先言「關關雎鳩，在河之洲」作為起興，然後順接「窈窕淑女，君子好逑」，而其中又有關雎之鳥與君子、淑女相比之意。例如《九歌·少司命》的「秋蘭兮青青，綠葉兮紫莖；滿堂兮美人，忽獨與余兮目成」。這是以上兩句作起興，即景生情，引出下面兩句，其中又以茂盛的秋蘭與滿堂美人相比，兩者的關係比較明顯、密切。

　　第二種方式，「他物」與「所詠之詞」的關係，表面看來不大明顯、密切，但仔細考慮，兩者是有關聯的。至於「他物」與「所詠之詞」，有順接的，也有不順接的。上面以「沅有芷兮澧有蘭」起興，是屬於這一方式而不順接的例子。其中「沅芷」、「澧蘭」並不只是用來起興，也是用來比喻人。又例如《九歌·湘君》的「采薜荔兮水中，搴芙蓉兮木末；心不同兮媒勞，恩不甚兮輕絕」。朱熹認為是「比而又比」[8]，當然不錯，但其實也是以上兩句起興，然後引出下面兩句。採薜荔不從木末，搴芙蓉不從水中，採、搴非其地，則用力雖勤，仍會徒勞無功。「譬彼昏媾，兩情若異，則媒雖勞而皆不成；

8　語見同上，頁34。

又如交友，兩情未洽，則雖成而易絕」[9]。可見「他物」與「所詠之詞」是有關聯的，只是意思不免稍有轉折，不能讓人一下就看出來。

第三種方式，「他物」與「所詠之詞」之間，可說並無意義上的關係，但因「他物」而觸景生情，因情而產生「所詠之詞」，也可說是無意義的聯繫而有情感或氣氛關聯。例如《九歌·湘君》的「石瀨兮淺淺，飛龍兮翩翩；交不忠兮怨長，期不信兮告余以不閒」。這是見水流的疾速和船隻的飛馳，因而生感，於是以石瀨上的流水和仿若飛龍的船起興，而接著發表自己的意見。「他物」的描述，或可顯示人物內心的焦急，而「所詠之詞」，則是在焦急心情下所生發的。

第四種方式，「他物」與「所詠之詞」之間，在意義或情感上完全沒有關係，在詩歌中可能為了起韻，在表達上可能只為了要打開下面的話題，從《楚辭》和古代詩歌中，可找到不少這樣的例子。只是第四種方式和第三種方式之間，有時難以明確區分，三或四，往往決定於讀者對詩句作怎樣的理解或推求。

（二）《湘君》和《還鄉》的表達技巧

《湘君》是《楚辭·九歌》中的一篇，成於先秦時代，《還鄉》是卞之琳的作品，作於三〇年代。兩者時代相距極遠，內容、面貌、情味又絕不相同，本來是風馬牛不相及的兩篇作品，為甚麼會拉在一起來討論？一般而論，兩篇作品的確有許多不同的地方，但全詩的表達方式，卻出現非常近似的技巧。這就是主觀語句與客觀語句在作品中交替運用的手法。為了易於理解，我把兩詩的語句表列、對比如下：

9　語見姜亮夫《屈原賦校注》，1972年3月中華書局（香港），頁217。

	《湘君》	客觀／主觀	《還鄉》
1	君不行兮夷猶， 蹇誰留兮中洲？ 美要眇兮宜修，	想像／追憶	「大狗叫，小狗跳，」 阿西他們的聲音也許在搖 窗外的楊柳。
2	沛吾乘兮桂舟。 令沅湘兮無波， 使江水兮安流。	描述	什麼！前頭是奔牛站嗎？ 還有多少站？一站兩站…… 眼底下綠帶子不斷的抽過 去， 電桿木量日子一段段溜過 去。
3	望夫君兮未來， 吹參差兮誰思？	抒情／追憶	總喜歡向窗外發獃， 小時候我在教室裏 常常把白雲當作我的書頁。
4	駕飛龍兮北征， 邅吾道兮洞庭。 薜荔柏兮蕙綢， 蓀橈兮蘭旌。 望涔陽兮極浦， 橫大江兮揚靈。 揚靈兮未極，	描述	眼底下綠帶子不斷的抽過 去。 真的，火車頭常使我 想起瓦特的開水壺。
5	女嬋媛兮為余太息！ 橫流涕兮潺湲， 隱思君兮陫側。	想像	「你瞧，壺蓋動了，瓦特哥 哥， 我知道你肚子裏有鬼計， 別儘裝瞌睡哪！」 奈端伯伯的瞌睡 被一隻蘋果打斷了！ 「漂在海上的不是樹枝嗎， 哥倫布，哥倫布？」

	《湘君》	客觀／主觀	《還鄉》
6	桂櫂兮蘭枻， 斲冰兮積雪。	描述	眼底下綠帶子不斷的抽過去。
7	採薜荔兮水中， 搴芙蓉兮木末。 心不同兮媒勞， 恩不甚兮輕絕。	議論／追憶	可不是，孩子們窗口的天邊總是那麼遙遠呵。
8	石瀨兮淺淺， 飛龍兮翩翩。	描述	眼底下綠帶子不斷的抽過去， 電桿木量日子一段段溜過去。
9	交不忠兮怨長， 期不信兮告余 以不閒。	議論／想像 ／追憶	那時候老祖父最疼我。 老年人的身體是一支風雨錶； 你瞧他眉一皺天就陰了。
10	鼉馳鶩兮江皋， 夕弭節兮北渚。 鳥次兮屋上， 水周兮堂下。 捐余玦兮江中， 遺余佩兮醴浦。 採芳洲兮杜若， 將以遺兮下女。	描述	又到了什麼站了？
11	時不可兮再得， 聊逍遙兮容與！	抒情／追憶	我還記得：「好孩子， 抱你的小貓來， 讓我瞧瞧他的眼睛吧── 是什麼時候了？」

根據上表對比資料，我們或可提出幾點來談談：

　　一、《湘君》和《還鄉》同樣採取主觀和客觀交替出現的寫法，在表達技巧上有驚人的雷同。我們根據主觀和客觀的文字加以畫分，兩篇剛好都可分成十一個段落，其中主觀佔六段，客觀佔五段，而且同樣地以主觀表達來作開頭和結尾。主觀和客觀的交替，是非常有規律的：

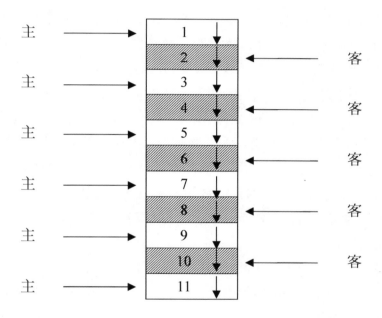

　　二、《湘君》和《還鄉》都重複用實物（先言他物）帶出客觀的描述（以引起所詠之詞），《湘君》的實物是船，《還鄉》的實物是火車。在客觀描述中，顯示了兩篇詩歌的作者都很強調動感。例如：

《湘君》：沛吾乘兮桂舟
　　　　　駕飛龍兮北征
　　　　　橫大江兮揚靈
　　　　　斲冰兮積雪

> 石瀨兮淺淺
> 飛龍兮翩翩
> 《還鄉》：眼底下綠帶子不斷的抽過去（出現四次）
> 電桿木量日子一段段溜過去（出現兩次）

兩者的分別是，《湘君》直接寫船的急駛，《還鄉》則重複用「綠帶子」的「抽過去」和「電桿木」的「溜過去」來寫火車的向前奔馳。不過無論是「急駛」或「奔馳」，都給人以時光迅速流逝的感覺。

三、兩篇五次客觀描述的切入，基本上都立刻打斷作者主觀的想像、抒情或追憶，而第四段是例外。《湘君》的第四段由「揚靈兮未極」的客觀描述，而過渡到主觀的想像——「女嬋媛兮為余太息」……；《還鄉》的第四段，則直接寫出「想起瓦特的開水壺」，然後主觀地想起有關小學教材內容中的人和事——瓦特、奈端的發明和哥倫布的發現。這是兩篇作品在相類的段落中，顯示了主觀和客觀之間的聯繫紐帶。

根據上面的分析，我們或許會聯想起十九世紀末開始發展、二十世紀三、四〇年代逐漸興起而流行於英、法、美等國的西方現代文學流派——意識流文學。「意識流」這個名稱，源自西方心理學，在創作上，以直接表現人物的各種意識過程（特別是潛意識過程）為其主要特徵，而打破由作家出面介紹人物、安排情節、評論人物心理活動的傳統文學手法。例如意識流文學名著詹姆斯·喬伊斯（James Joyce, 1882-1941）《尤利西斯》（Ulysses）筆下的意識流，就是「捕捉人物頭腦中那毫不連貫，變幻無常，東一鱗西一爪的思緒。它凌亂蕪雜，漫無邊際」，「好像把一張寫就的文稿故意撕得粉碎，拋撒出去讓讀者一一拾起來，自行拼湊」。其最典型的表達手法，是全書最後一章（第十八章）。全章共三十八頁（原文）一六〇八行，分八大段。只

在第四大段和第八大段末尾各加了個句號。此外,既無標點,句與句之間也無空白;而且除了一聲火車汽笛聲,沒有任何外在景物的描寫,開頭和結尾各有個「yes」,全章都是一個女人的胡思亂想,思緒像瀑布在亂石間那樣飛濺奔流[10]。因為意識流文學作品只是記錄人物意識流動的軌道,因此多採用自由聯想、內心獨白、象徵暗示、時序顛倒、事實與虛幻相互穿插等表現手法,而帶較大的主觀隨意性、跳躍性和散漫性[11]。

顯而易見,《湘君》和《還鄉》的主要表達技巧,與意識流文學作品的寫作手法有很近似的地方。但《湘君》是先秦時代的作品,當然不會受西方現代文學流派的影響;《還鄉》的作者卞之琳畢業於北京大學英文系,長期從事外國文學及新詩理論的研究,當然會受到西方現代文學流派的影響,只是《還鄉》成於一九三三年七月二日[12],並不晚於意識流文學在西方興起的年代,因此卞之琳在當時是否對意識流文學手法已有認識,我們不能確知,但可以肯定的是,他當時在《還鄉》中所採用的表達技巧,即使在西方現代文學流派中,仍然算得是有開創精神的前衛者。

三 《楚辭》研究「外學」舉隅

《楚辭》研究的「外學」很多,限於篇幅,難以大量介紹,下面姑舉兩例:

---

10 參閱蕭乾、文潔若譯《尤利西斯》(*Ulysses*)的《前言》,1995年3月時報文化出版企業有限公司(臺北),頁24-29。

11 參閱董興泉、任惜時等主編《中國文學藝術社團流派辭典》「當代部分」,1992年11月吉林人民出版社(瀋陽),頁466-467。

12 參閱張曼儀編《卞之琳》(《中國現代作家選集》叢書之一),1990年6月三聯書店(香港),頁16-17及258-260。

（一）《九歌》的篇數

　　《九歌》共十一篇，王逸《楚辭章句》的排列順序是：《東皇太一》、《雲中君》、《湘君》、《湘夫人》、《大司命》、《少司命》、《東君》、《河伯》、《山鬼》、《國殤》、《禮魂》，後來有不少學者各以己意重作排列，並提出支持的論據，但大多數學者還是接受王逸的次序。

　　我們一般都會留意到，《九歌》明明有十一篇，為甚麼篇名卻稱為《九歌》？王逸《楚辭章句》和洪興祖（1090-1155）《楚辭補注》不作解說，朱熹在《楚辭辯證》中則說：

> 篇名《九歌》，而實十有一章，蓋不可曉。舊以九為陽數者，尤為衍說。或疑猶有虞夏《九歌》之遺聲，亦不可考。今姑闕之，以俟知者，然非義之所急也。[13]

朱熹坦白承認不知道《九歌》有十一篇的理由，態度是矜慎的，但於「解惑」無補。

　　不少學者認為，《九歌》就是九篇詩歌。為甚麼「九」會變為「十一」？就有不同的解說[14]。例如：

　　（一）姚寬（1105-1162）認為：《山鬼》和《國殤》不計在內。

　　（二）黃文煥（1595-1664）、林雲銘（1628-1697）認為：《山鬼》、《國殤》、《禮魂》應合為一篇。

　　（三）蔣驥（1714-？）、青木正兒認為：《湘君》和《湘夫人》、《大司命》和《少司命》各成一組，兩組在春秋祭祀時各用其一，因此四篇其實是兩篇。

---

13 見朱熹《楚辭集注》，頁185。

14 參閱胡念貽《楚辭選註及考證》，1984年11月岳麓出版社（長沙），頁323-324；林河《〈九歌〉與沅湘民俗》，1990年7月三聯書店（上海），頁64-65。

（四）聞一多、姜亮夫認為：《東皇太一》是迎神的序曲，《禮魂》是送神的終曲，因此這兩篇不應在九篇之數。

也有學者認為，《九歌》只是一種歌舞形式的名稱，並不是確指「九篇」，各種合併篇數之說，並不足信[15]。因此，「九」可能泛指多數，不是實數，可能是沿用了夏樂的舊名，也可能還有記數以外的含義。如郭沫若則疑「九」是「糾」字，有纏綿宛轉的含義[16]。

林河獨闢蹊徑，走田野考察之路，長期深入《九歌》的發源地——南郢沅湘之間，「向沅湘間民歌的命名規律求教」。他指出沅湘間的民歌中，以語助詞或有特色的和聲充當歌名的例子極多，例如《九呀九哩》、《九呀九》、《九九呀九九》，而侗族互稱情人為「九」，稱情人的父母為「父九」、「母九」。因此，「九」有親愛的意思，《九歌》就是情歌。在侗族的《九歌》中，幾乎充滿了一片「九呀九呀」的隨和之聲。根據沅湘間各族民歌命名的規律，侗族的《九歌》，就是因為歌中有大量「九」的和聲而得名。「九」字在侗語中有親愛的含意，同時本義也有鬼、祖、酋（首領）的意思，因此「九」往往也是對人的尊稱，而區別於小鬼的大鬼，也就稱為「九」；換句話說，「九」是「大鬼」，不是「小鬼」。《九歌》中雖有「神靈雨」等詩句，但《九歌》中諸神，可沒有一個稱為神。《九歌》中的山鬼，實即山神，但只稱鬼不稱神，這似乎說明了當時還習慣於把神稱為鬼。簡單地說，《九歌》即《鬼歌》，也就是「大鬼之歌」或《神歌》[17]。

---

15 參閱金開誠、董洪利、高路明《屈原集校註》上冊，1996年8月中華書局（北京），頁186。

16 參閱林河《〈九歌〉與沅湘民俗》，頁64。

17 參閱同上，頁64-65。關於「鬼」字的原始意義，沈兼士在《「鬼」字原始意義之試探》一文中利用古文獻及古文字資料作細心的探討。根據他考證所得的結論是：（一）鬼與禺同為類人異獸之稱；（二）由類人之獸引申為異族人稱之名；（三）由具體的鬼，引申為抽象的畏，及其他奇偉譎怪諸形容詞；（四）由實物之名借以形

「九」和「鬼」通假，在我國古籍中可以找到根據。如《禮記‧明堂位》載：

昔殷紂亂天下，脯鬼侯以饗諸侯。[18]

《禮記正義》云：

脯鬼侯者，《周本紀》作九侯……九與鬼聲相近，故有不同也。[19]

朱起鳳（1874-1948）《辭通》云：

鬼，古讀如九，故通九。例如車軌之軌，奸究之究，字並從九，而音則讀為鬼。鬼侯作九侯，亦如此例矣。[20]

可見把《九歌》稱為「大鬼之歌」，在古籍和侗族所唱的歌中都可找到例證，並非憑空虛擬。

上面對《九歌》篇數的種種解說，無疑有助我們對《九歌》內容、組織的了解，但並不是理解、欣賞《九歌》各篇深旨、藝術技巧的關鍵。而且，究竟哪種解說是事實的本真，誰也不敢作百分百的肯定。我們一般的做法是，選取一種言之成理、理據充足的說法，或乾脆存疑不作任何選擇。

容人死後所想像之靈魂。（參閱《沈兼士學術論文集》，1986年12月中華書局〔北京〕，頁199。）

18 見孔穎達等《禮記正義》卷三十一，《十三經注疏》下冊，1970年5月文化圖書公司（臺北）影印阮刻本，頁1488。

19 見同上。

20 見朱起鳳《辭通》上冊「鬼侯」條，1993年8月警官教育出版社（北京）重印本，頁1048。

　　類似上述的辨析或討論，無疑饒有趣味，對《楚辭》研究有啟發或參考的作用，但應該並不屬於「內學」的範圍。

（二）背國不如捨生

　　「離騷」一詞，歷來有多種不同的解說，例如班固（32-92）解為「遭憂」，王逸、洪興祖解為「因別生愁」，等等[21]。錢鍾書在《管錐編‧楚辭洪興祖補注》力排眾說，認為「離騷」的意思應該是「欲『離』棄己之『騷』愁」，即「與『愁』告『別』」。其實，把「離騷」解作「與愁告別」或「因別生愁」，都未嘗不可，錢氏也自承自己的看法，是「單文孤證」，「郢書燕說」，不過，他仍然引述不少前人的語句，來支持自己看法[22]。他這樣做，與其說是引論據以破人家之說，倒不如是自述與「愁」告「別」的急迫。為了「離」棄自己的「騷」愁，遷地遠引是一種解決方式。錢氏在《管錐編‧楚辭洪興祖補注》中說：

　　　《遠遊》開宗明義曰：「悲時俗之迫阨兮，願輕舉而遠遊」……
　　　正是斯旨。憂思難解而以為遷地可逃者，世人心理之大順，亦詞
　　　章抒情之常事，而屈子此作，其巍然首出者也。逃避苦悶，而浪
　　　跡遠逝，乃西方浪漫詩歌中一大題材，足資參印。[23]

話雖如此，但屈原（約前340-前278）不是個輕於離棄祖國的人，這就使內心產生了極大的矛盾與掙扎。錢氏從《離騷》裏摘錄了不少語句來說明這方面的情況：

21　參閱王逸《楚辭章句‧離騷經序》，洪興祖《楚辭補注》卷一，頁2。
22　參閱錢鍾書《管錐編》第二冊，1979年8月中華書局（北京），頁581-583。
23　見同上，頁583。

「不難夫離別」，乃全篇所三致意者，故《亂》「總撮其要」曰：
「又何懷乎故鄉」！……「何離心之可同兮，吾將遠逝以自
疏」；「懷朕情而不發兮，余焉能忍與此終古」；「騷」而欲「離」
也。「回朕車以復路兮，及行迷之未遠」；「僕夫悲余馬懷兮，蜷
局顧而不行」；「騷」而欲「離」不能也。棄置而復依戀，無可忍
而又不忍，欲去還留，難留而亦不易去。即身離故都而去矣，一
息尚存，此心安放？江湖魏闕，哀郢懷沙，「騷」終未「離」而
愁將焉避！[24]

逃避苦悶，「騷」而欲「離」，是人之常情；欲「離」而不能，並非真
不能，而是不忍，而是對故國有依戀，這樣，自然達不到與「愁」告
「別」的目的，結果可能以死亡為歸宿。因此，錢氏進一步闡釋屈原
的心境：

寧流亡而猶流連，其唯以死亡為逃亡乎！故「從彭咸之所居」為
歸宿焉。思緒曲折，文瀾往復……語意稠疊錯落，如既曰：「余
固知謇謇之為患兮，忍而不能舍也」，又曰：「寧溘死以流亡兮，
余不忍為此態也」，復曰：「阽余身而危死兮，覽余初其猶未
悔」；……諸若此類，讀之如其鬱結塞產，念念不忘，重言曾
歎，危涕墜心。曠百世而相感，誠哉其為「哀怨起騷人」（李白
《古風》第一首）也。[25]

錢氏自述讀《離騷》「如其鬱結塞產」，「曠百世而相感」，可見他對屈
原「騷」欲「離」而不能的苦悶，有感同身受的同情，由同情而轉悲

---

24 見同上，頁584。
25 見同上，頁584-585。

痛，則因為屈原不是「遠逝」，而是「長逝」。錢氏說：

> 去父母之邦，既為物論之所容，又屬事勢之可行。而始則「情懷
> 不發」；⋯⋯及果「遠逝」矣，乃「臨眺舊鄉」，終「顧而不
> 行」。⋯⋯安料其為「吾將從彭咸之所居」，非「遠逝」而為「長
> 逝」哉！令人爽然若失，復黯然以悲。[26]

於是錢氏總結屈原的心意是：

> 蓋屈子心中，「故鄉」之外，雖有世界，非其世界，背國不如捨
> 生。眷戀宗邦，生死以之，與為逋客，寧作纍臣。[27]

沈冰在一篇訪談錄中，記錄了許景淵的意見：

> 錢先生最偉大的著作《管錐編》就寫於「文化大革命」中最黑暗
> 的期間，也是他最困苦、最寂寞的時候。⋯⋯他在牛棚裏面受苦
> 的時候，也毫不後悔當初沒有去國外講學的選擇。[28]

而楊絳在《幹校六記・誤傳記妄》的記述，就更為具體、真切：

> 我想到解放前夕，許多人惶惶然往國外跑，我們倆為甚麼有好幾
> 條路都不肯走呢？思想進步嗎？覺悟高嗎？默存常引柳永的詞：

---

26 見同上，頁597。

27 見同上。

28 見沈冰《瑣憶錢鍾書先生——許景淵（勞隴）先生訪談錄》，沈冰主編《不一樣的
記錄——與錢鍾書在一起》，1999年8月當代世界出版社（北京），頁6。

「衣帶漸寬終不悔，為伊消得人憔悴。」我們只是捨不得祖國，
撇不下「伊」──也就是「咱們」或「我們」。儘管億萬「咱
們」或「我們」中素不相識，終歸同屬一體，痛癢相關，息息相
連，都是甩不開的自己的一部分。[29]

楊氏更記下了自己和錢氏（默存）的對話，並把自己和錢氏比較：

> 我問：「你悔不悔當初留下不走？」
> 他說：「時光倒流，我還是照老樣。」
> 默存向來抉擇很爽快，好像未經思考的；但事後從不游移反覆。
> 我不免思前想後，可是我們的抉擇總相同。既然是自己的選擇，
> 而且不是盲目的選擇，到此也死心塌地，不再生妄想。[30]

---

29 見《楊絳作品集》第2冊，1995年3月中國社會科學出版社（北京），頁46-47。楊絳
提到柳永詞的語句，王國維在《人間詞話》及《靜庵文集續編‧文學小言》中引述
時，則明指是歐陽修的《蝶戀花》。楊氏所據，大抵是《彊村叢書》本《樂章集》，
王氏在《人間詞話》原稿自註及《文學小言》的根據，則是宋本《歐陽文忠公近體
樂府》。劉若愚在《北宋六大詞家》中特別指出：「在《全宋詞》裏，這首詞既見於
歐陽修詞中，又見於柳永詞中。就風格而言較近於前者，詞的第二第三行所用意象
甚似歐陽修另一首詞《踏莎行》。」（見王貴苓譯本，出版年月不詳，幼獅文化事業
公司〔臺北〕，頁39）。劉逸生《宋詞小札》錄柳永《蝶戀花》，但在附註中指出這
首詞又收入《歐陽文忠公近體樂府》（1996年2月香港中華書局再版，頁53），這不
失為學者的矜慎態度。有人在報刊上竟然說這首詞「絕對是」柳永的作品，但又提
不出任何論據，真是淺人論學的本色！其實有關作品著作權的爭論，古今不乏其
例，除非深入考證，提出論據，否則就不宜認定誰人之說為必誤，更不必因不同意
王國維之說就進而貶抑他的學問。我無意介入這場著作權爭論，但想指出的是：我
們在引述楊絳的話語時，固然不能因個人看法，而把柳永逕改為歐陽修，同樣的理
由，在引述王國維《人間詞話》的話語時，也不宜把歐陽修逕改為柳永而不作任何
交代；這是徵引他人言論時應有的態度。

30 見《楊絳作品集》第2冊，頁47。

錢氏的抉擇，何等堅決！何等爽快！楊氏雖有「思前想後」，但抉擇並無分別。不過，如果我們說，錢氏夫婦在飽受磨折、凌辱之餘，完全不會想到「去父母之邦，既為物論所容，又屬事勢之可行」，恐怕並非事實，否則，又怎會拿來作為談論的話題？但他們「眷戀宗邦，生死以之」的心意，卻從未動搖，這是可以肯定的。錢氏認為，在屈原心中，「故鄉」之外，雖有世界，非其世界；他表面上是抉發屈原的心意，其實正是他們夫婦的潛台詞。

不過，錢氏在最困難的時候，固然沒有選擇「遠逝」，但也沒有仿效屈原的「長逝」——自毀生命。為甚麼呢？林湄在《一代學者錢鍾書》中這樣記述：

> 我想起了《圍城》中主人公讀叔本華著作的情節，於是又問：「錢老，您對哲學有精深研究，您認為叔本華的悲觀論可取麼？」大概他對這個問題感到興趣，從座椅上起身，微笑中又帶幾分嚴肅地說：「人既然活著，就本能地要活得更好，更有意義。從這點說，悲觀也不完全可取。但是，懂得悲觀的人，至少可以說他是對生活有感受，發生疑問的人。有人渾渾沌沌，嘻嘻哈哈，也許還不意識到人生有可悲的方面呢。」錢先生本身就不是個悲觀主義者，他的幽默就包含著他的樂觀。[31]

錢氏向來對生活有感受和疑問，無疑是個懂得悲觀的人，所以有很強烈的憂患意識，但他不是個悲觀主義者。他幽默而有癡氣[32]，他要活

---

31 見沈冰主編《不一樣的記憶——與錢鍾書在一起》，頁194。

32 楊絳《記錢鍾書與〈圍城〉》說：「眾兄弟間，他（錢氏）比較稚鈍，孜孜讀書的時候，對甚麼都沒個計較，放下書本，又全沒正經，好像有大量多餘的興致沒處寄放，專愛胡說亂道。錢家人愛說他吃了癡姆媽的奶，有『癡氣』。我們無錫人所謂

著，而且要活得更好、更有意義。

錢氏的《管錐編》撰作於中國內地文化大革命後期，他對「離騷」一詞的解釋，其實是「借古論今」，述說自己當時的想法和情懷[33]，這只能歸入「外學」的一類。

四　現代人研讀《楚辭》的意義

（一）較多人認同的說法

現代社會發展迅速，科技資訊日新月異，語文應用愈來愈講求實用和效率，在這種情況下，我們有沒有研究古典文學作品例如《楚辭》的需要？認為有研讀需要的人，大抵會提供一些較多人認同的說法，這些說法包括：繼承古代文化遺產；提高理解、欣賞文學作品的能力；發展思考和想像能力；多識山川、草木、鳥獸、名物之名；等等。不同意上述理由的人，則往往從現代社會語文應用的角度，質疑研讀《楚辭》以至其他古代文學作品的實用性，並強調研讀古代文學作品甚至研讀當代以前的白話文學作品，完全無補於現代語文的學習和應用。我基本上接受上述較多人認同的說法，而對質疑者的意見，則不願意苟同。但為了避免本文內容枝蔓旁出，我在這裏試從現代語

『癡』，包括很多意義：瘋、傻、憨、稚氣、駿氣、淘氣等等。」（見《楊絳作品集》第2冊，頁139）。又，陳子謙《〈圍城〉與它的作者之謎》說：「錢鍾書的『癡氣』有各種表現，即使在他的學術巨著《管錐編》裏，我們也看得出來，那些連珠妙語和獨特發現正是他『癡氣』的寫照。」（見田蕙蘭、馬光裕、陳軻玉編《錢鍾書楊絳資料集》，1997年1月華中師範大學〔武漢〕，頁714。）

33 拙文《錢鍾書先生的〈離騷〉辨析與憂患意識》有較詳細論述。（參閱《南大語言文化學報》第五卷第一期，2002年上半年南洋理工大學中華語言文化中心〔新加坡〕，頁243-266。）

文學習和應用的角度，談談研讀《楚辭》的意義。而且為了節省篇幅，我只就詞彙、語句和寫作技巧方面談談。

（二）詞彙、語句有助現代語文應用

《楚辭》是先秦時代的文學作品，無論思想、內容或詞彙、語句，都與現代、當代的文學作品大不相同，跟現代文的內涵、外貌比較起來，更是大異其趣。不過，我們如果仔細審察《楚辭》的篇章，就會發覺其中有不少詞彙、語句，在今時今日看來，仍有鮮活的氣息，不少現代人在日常生活的語文應用中，仍會自覺或不自覺地仿效或採用，使表達較為簡括、含蓄。隨便舉些例子：

恐年歲之不吾與（《離騷》）

忍而不能舍也（《離騷》）

哀眾芳之蕪穢（《離騷》）

嫋嫋兮秋風（《九歌‧湘夫人》）

悲莫悲兮生別離，樂莫樂兮新相知（《九歌‧少司命》）

吾不能變心以從俗兮（《九章‧涉江》）

聊以舒吾憂心（《九章‧哀郢》）

黃鐘毀棄，瓦釜雷鳴（《卜居》）

讒人高張，賢士無名（《卜居》）

舉世皆濁我獨清，眾人皆醉我獨醒（《漁父》）

這些語句，文字並不艱深，在現代社會中，仍有很強的概括表達力，不少人會原文引述或稍作調整，在現代生活人與人間的溝通中應用。再舉一些例子：

日月忽其不淹兮，春與秋其代序（《離騷》）

惟草木之零落兮，恐美人之遲暮（《離騷》）

老冉冉其將至兮，恐脩名之不立（《離騷》）

長太息以掩涕兮，哀民生之多艱（《離騷》）

亦余心之所善兮，雖九死其猶未悔（《離騷》）

心不同兮媒勞，恩不甚兮輕絕（《九歌·湘君》）

交不忠兮怨長，期不信兮告余以不閒（《九歌·湘君》）

故眾口其鑠金兮（《九章·惜誦》）

九折臂而成醫兮（《九章·惜誦》）

心不怡之長久兮，憂與憂其相接（《九章·哀郢》）

上述語句，在現代語文應用時，有時會刪去「兮」字，有時會稍作縮略或截取其半，成為現代生活語文的一部分。例如：「日月不淹，春秋代序」；「草木零落，美人遲暮」；「老冉冉其將至，恐脩名之不立」；「長太息以掩涕，哀民生之多艱」；「余心所善，九死未悔」；「心不同媒勞」；「恩不甚輕絕」；「交不忠怨長」；「眾口鑠金」；「九折臂而成醫」；「心不怡之長久，憂與憂其相接」等等。

除了語句，《楚辭》中有不少詞彙，也已打破時代、文白的界限，融入現代社會生活的語文中，不斷為現代人所應用。從《楚辭》各篇中，可找到不少這類仍有現代語文生命力的詞彙，也不必舉述了。

此外，《楚辭》的一些特殊語法安排，也可供現代人創作詩歌的參考[34]。例如：

---

34 參閱姜亮夫《論屈子文學》，《楚辭學論文集》，1984年12月上海古籍出版社（上海），頁226-227。

　　紛吾既有此內美兮（《離騷》）

　　汩余將不及兮（《離騷》）

　　沛吾乘兮桂舟（《九歌・湘君》）

這是狀語「紛」、「汩」、「沛」倒置在主語前，表示對下文的強調。又
例如：

　　芳菲菲其彌章（《離騷》）

　　紛總總其離合兮（《離騷》）

　　斑陸離其上下（《離騷》）

這是三字狀語「芳菲菲」、「紛總總」、「斑陸離」放在主詞之前，加強
形容主體的效果。又例如：

　　覽相觀於四極兮（《離騷》）

　　聞省想而不可得（《九章・悲回風》）

「覽相觀」和「聞省想」都是三個動詞性質的字，三字連用，目的就
是為了要做到細緻而深邃的描述，增加詩句的表達力。

（三）寫作技巧可供借鑑

　　《楚辭》的出現，既是對《詩經》的繼承，又有令人矚目的新開
創、新發展。單在寫作技巧方面，就有幾點值得我們借鑑。

　　一、比興的運用：比興的手法，在《詩經》中已廣泛應用，到了
《楚辭》則有更大的發展，其中既有豐富的形象性，也含有深刻的思
想意義。《楚辭》的比興運用，比《詩經》更豐富複雜，多姿多采，

而且互相聯繫，因而更有藝術表現力，能夠生動地表現事物之間的複
雜聯繫及其變化和發展[35]。特別是「比」的運用，《楚辭》用得最多，
歸納起來，大致有正比、反比、側比、雙重比、遞進比等等[36]。我們
在今天從事文學的創作，特別是詩歌創作，甚至包括日常生活的語文
應用，《楚辭》的比興手法，仍然值得揣摩、學習。上文舉述的例
子，只是略作管窺而已。

　　二、結構的組織：我們從事創作，無論是詩歌、散文或小說，都
會留意篇章結構的組織。結構是篇章的主要框架，同時也可顯示表達
層次的技巧。醉心西方文學作品的人，都會殫思竭智，從西方著名作
家的作品中取經。其實，我國古代文學作品，有不少篇章結構的安
排，都值得從事創作的現代人學習。例如上文提到《九歌‧湘君》的
結構和表達層次，即主要的表達手法，就與三、四〇年代在歐美興起
的意識流文學表達手法，有近似的地方，而且又與三〇年代才發表的
《還鄉》，在結構、層次上若合符節。我們在向外借鑑西方文學作品
藝術技巧的同時，何妨也回過頭來發掘我國古典文學作品中的藝術手
法，藉以改進自己的創作技巧？

　　三、節奏的安排：《詩經》、唐絕句、宋詞，本來都是入樂的文學
作品。入樂作品的特色是，節奏感特強。後來不懂樂曲的人，仍可參
照前人作品的規律，心追手摹，作詩填詞，達到具有節奏的要求。
《楚辭》的《九歌》是入樂的篇章，現時雖脫離了音樂，但讀起來仍
然有很強的節奏感。其他如《離騷》、《九章》、《漁父》、《卜居》、《遠
遊》、《天問》等篇，則是「不歌而誦」的作品。為了入樂和誦──上
口，就不能不留意語句的頓、音尺或音組，不能不講究詞句的勻稱和

---

35 參閱金開誠、董洪利、高路明《屈原集校註》上冊的《前言》，頁24-25。
36 參閱姜亮夫《論屈子文學》，《楚辭學論文集》，頁227-228。

音節、聲韻的和諧，這就使各篇具有音樂感的節奏。根據我們誦讀《楚辭》的所得，有些篇章的節奏是屬於陰柔之美的，如《九歌・湘夫人》，有些篇章的節奏是屬於陽剛之美的，如《九歌・國殤》。而對偶句的錘鍊和大量運用，加上華美和質樸詞句的恰當交織，更是《楚辭》各篇具有很強節奏感的重要元素[37]。現代人從事文學創作，除非有意仿古，否則倒不必對《楚辭》的表達方式亦步亦趨，也不必有嚴格的格律要求，但講求文字的錘鍊和節奏，則由詩歌以至散文的寫作，我以為仍是不可不留意的。

五　結語

我們研究《楚辭》或相類的古典文學作品，往往採取許多不同的切入點。歸納這些切入點，或可分為兩個大類，就是「內學」和「外學」。這兩大類的研究取向，顯然各有不同，但關係是密切的，甚至有重疊的部分，有如下圖：

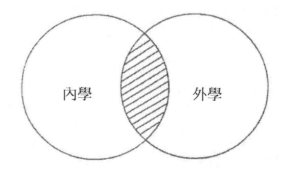

我認為，「外學」是重要的，而好的「外學」成果，更大大有助於「內學」的深入和發展。不過，把「外學」和「內學」互相比較，

37　參閱金開誠、董洪利、高路明《屈原集校註》上冊的《前言》，頁25-26。

就不能否認一個事實──「內學」更重要。我這樣說,表示我特別重
視文學作品本身的理解和欣賞,即讀懂作品是首要條件,同時也不忽
略上下四方與作品有關的種種認識或延伸,雖然這方面的認識,有些
可能會誤導我們對作品的理解和欣賞,甚至會使我們迷失在大量無關
的資料和無根的想像中,忘其所以。因此,對於「外學」的成果,我
們不妨抱持「博覽約取」的態度。例如我們研究《楚辭》不能不關注
作品、作者、時代、社會之間的關係,而這方面的論述和資料是很多
的,如果我們對這些論述和資料兼容並包,毫無別擇,但仍然讀不
懂《離騷》、《九歌》、《九章》⋯⋯,那只能算是《楚辭》之「外」而
並不在其「內」。我們以此來衡量任何時代文學的研究,大抵也相當
適合。

　　還有,研究《楚辭》以至其他古典文學作品的現代人,如果僅以
繼承、理解、欣賞為滿足,那就容易給有意貶抑古典文學價值的人以
攻擊的口實。其實古典文學內內外外的東西,也未嘗不可在現代文學
創作和現代語文應用中「致用」。例如《楚辭》中各種比興的運用,
現代詩歌創作固然應該效法,因為委婉、模糊、朦朧、含蓄的表達,
往往是詩的語言,可說無分古今中外,而現代日常生活的語文應用,
何嘗不需要運用模糊語以達到委婉、模糊、朦朧、含蓄的目的!只是
特別需要留意對象(人)、場合(地)、時間(時)而已。又例如對文
學作品的疏證、表微,本來是注釋家的工作,是「內學」;但有時注
釋家會通過對前人作品的解說,來抒發自己對現世人或事的所思、所
感、所評,於是「表」注釋家所寄託的「微意」,就成了「外學」。發
掘微意,表而出之,是心(思考)、眼(目力)敏銳的磨練,同時也
是我們寫作時措意用字精微的好示例,值得仔細觀摩、學習。只是表
微過了頭,妄逞臆說,就會流於「穿鑿附會」,這倒不可不心存戒意。

　　最後要強調的是,《楚辭》研究的「內學」和「外學」,專從當代

詩歌創作來說，我們只要能虛心汲取，懂得轉化，其實有多方面是可供借鑑、仿效的。

——原載《新亞學報》第二十六卷，新亞研究所（2008年1月）

聞一多與《楚辭》研究

一 聞一多生平概略

　　聞一多（1899-1946），原名家驊，後改名亦多、多、一多，字友三，亦字友山，湖北浠水人。一九一二年，他考入清華大學的前身——清華學校。頭一年因功課不及格，留級一次，所以編入一九二一年級，最後因鬧風潮被迫再留一年。清華是八年制，但聞氏在前後各留一年，所以他在清華是一共十年。一九二二年，聞氏前往美國留學，先後在芝加哥美術學院、珂泉科羅拉多大學、紐約藝術學院學習美術。一九二五年回國，就任北京藝術專科學校教務長，次年轉往上海吳淞國立政治大學；一九二七年，參加北伐軍總政治部工作，同年秋任南京第四中山大學外文系副教授兼系主任。所謂「第四中山大學」，前身是國立東南大學，後來又改稱為中央大學。當時講授的科目，是英美詩、戲劇、散文等。聞氏對近代英詩有深刻的認識，但對整個英美文學或許並沒有足夠的了解，因此在教學時，未嘗沒有「教然後知不足」的滋味。到了有人約他擔任國立武漢大學教授兼文學院院長，他便毅然離開南京赴任。後來武漢大學發生學潮，聞氏成為被攻擊的對象。他因而辭職轉任青島大學文學院院長及中國文學系主任。聞氏在青島兩年，又在學潮爆發後離去。他離開青島後，立即接受母校清華大學的聘任，在中國文學系任教，當時的系主任是朱自清。在清華五年，他教過的科目有：「大一國文」、「中國古代神話研

究」、「先秦漢魏六朝詩」、「詩經」、「楚辭」、「樂府研究」、「唐詩」、「杜甫」、「杜詩」、「王維及其同派詩人」。從這些科目，我們或可略窺聞氏研究的興趣。抗日戰爭爆發後，聞氏任西南聯合大學教授，西南聯合大學由北京大學、清華大學、南開大學、中央研究院組成。由一九三八年至一九四六年，他所講授的科目，除「詩經」、「楚辭」、「樂府詩」、「唐詩」外，還有「爾雅」、「周易」、「莊子」、「中國文學史分期研究」（一）、「中國文學史問題研究」等科目。一九四六年七月十五日，他不幸在出席李公樸的追悼大會後為特務所暗殺。[1]

二　聞一多的學術道路

　　聞一多是詩人、學者、鬥士[2]；他又能繪畫、篆刻，因此也是藝術家。他最先以詩人而享有大名，後來逐漸轉向中國古代文學的研究。一九二八年八月，他在《新月》雜誌發表了一篇傳記體文章——《杜甫》；同年十一月，他又發表一篇《莊子》，論述莊周的生平、思想、文章，是一篇頗富文采的論文。後來他在武漢大學、青島大學任教時，主要從事唐詩的研究，這顯示他的興趣，逐漸由文學創作轉向學術研究方面去。《杜少陵年譜會箋》，就是這個時期的學術研究成果。

　　一九三二年秋後，聞氏任教清華大學，由於教學的需要，他由唐詩的研究，上溯到先秦漢魏六朝的文學，特別用心致力的科目，是《詩經》和《楚辭》。一九三四年，聞氏給友人寫信總結自己近幾年

1　參閱梁實秋《談聞一多》，1967年1月傳記文學出版社（臺北），頁3、77、78、79、83、98、101；季鎮淮編著《聞一多先生年譜》，《聞朱年譜》，1986年8月清華大學出版社（北京），頁1-63。

2　參閱吳志實《走過雲南》，2002年5月群言出版社（北京），頁98。書中影印了費孝通的手跡：「詩人學者鬥士——聞一多（費孝通題）」。

的研究工作，認為主要有下列幾項：《毛詩字典》、《楚辭校義》、《全
唐詩校勘記》、《全唐詩補編》、《全唐詩人小傳訂補》、《全唐詩人生卒
年考附考證》、《杜詩新註》、《杜甫》（傳記）[3]。又由於研究先秦文學
古籍《詩經》、《楚辭》的需要，他又研究古文字——甲骨文、鐘鼎
文，因為他認為依靠傳統注疏，實不足以解決古籍的文字問題。根據
具體的記述，聞氏從一九三三年到一九三七年所發表的學術論文有：
《岑嘉州繫年考證》（1933）、《岑嘉州交遊事迹》（1933）、《匡齋說
詩》（1934）、《天問釋天》（1934）、《詩新台鴻字說》（1935）《高唐神
女傳說之分析》（1935）、《離騷解詁》（1936）《敦煌舊鈔本楚辭殘卷
跋（附校勘記）》（1936）、《詩經新義》（二南）（1937）、《釋朱》
（1937）《釋省眚》（1937）、《釋為釋豕》（1937）等等，顯示他愈來
愈專注於古代文學和文字訓釋的研究[4]。

　　一九三七年七月七日，蘆溝橋事變爆發，清華大學奉命南遷。聞
氏在長沙與孫望討論唐詩的研究問題，並為孫氏撰寫《張旭年考》一
則，當時聞氏正從事《唐詩人登第年代考》和《唐詩人生卒年代考》
的著作[5]。幾年下來，聞氏的學術著作有二十多篇，種類可大別為：
《詩經》、《楚辭》、《易經》、《莊子》、《樂府》、唐詩、神話傳說，甚
至有學術研究和文藝創作結合的作品——《九歌古歌舞劇懸解（並作
者附註）》[6]，可見作為學者的聞一多，他的研究興趣是相當廣闊的，
但主要仍然不出中國古代文學的範圍。更難得的是，聞氏在研究中，
始終保持著獨創性的追求。任何研究課題，「只要一上手，他就會有

3　參閱聞一多《致饒孟侃》的信，孫黨伯、袁謇正主編《聞一多全集》第12冊，1993
　　年12月湖北人民出版社（武漢），頁265-266。

4　參閱季鎮淮《聞一多先生的學術途徑及其基本精神》，《聞朱年譜》附錄二，頁97-
　　98。

5　參閱季鎮淮編著《聞一多先生年譜》，《聞朱年譜》，頁33。

6　參閱同上，頁35-62。

新的發現和提出新的見解」[7]。有學者指出，他的治學方法，是乾嘉學派的小學考據和歷史考據，因此他所發表的論文，除文學家的生平事迹考證外，有不少屬古籍文字訓釋的討論，同時也有涉及我國古代神話和史前人類文化學的篇章。他在開始時是對個別問題的考察，然後逐漸趨向綜合性和規律性的探討。他很重視具體的論據，實事求是，直探本源。他對別人的論見，固然不肯隨便苟同，就是對自己的研究，也會隨時修正，甚至不惜以自己後來之說推翻自己的前說，展現了篤誠學者不肯護短而堅持真理的良心[8]。此外，我們還不可忽略的是，聞氏本來是詩人，詩人一般情感豐富，而且長於推想或想像。這方面的特質，有時也會在他的學術研究風格和學術著作顯示出來。

本文討論的對象，是清華學者的聞一多而不是詩人、藝術家、鬥士的聞一多。又因為限於時間和篇幅，所以討論的範圍，只集中在聞一多的《楚辭》研究方面。

三　聞一多與《楚辭》研究

（一）起步與致力

聞一多在武漢大學任職，是文學院院長兼外文系主任，但他研究的興趣是唐詩，而且有著作發表。不過他對《楚辭》的研究，似乎已萌生興趣，否則他不會讀游國恩的《楚辭概論》，而且於一九二九年舉薦游氏在武漢大學中國文學系講授《楚辭》。據說游氏在武漢大學任教時，曾鼓勵聞氏研究《楚辭》，並時常與他談論《楚辭》的問

7　參閱郭豫適《學者聞一多‧序》，鄧喬彬、趙曉嵐《學者聞一多》，2001年4月學林出版社（上海），頁4。

8　參閱季鎮淮《聞一多先生的學術途徑及其基本精神》，《聞朱年譜》附錄二，頁104-105。

題。一九三○年，聞氏轉往青島大學任教，游氏也相繼於一九三二年來青島大學，而且與聞氏住在同一幢樓宇內，因此大家得到常常討論《楚辭》的機會。如果說，聞氏研究《楚辭》起步較晚，而且是受了游氏的影響，應該是切近事實的推斷[9]。

一九三二年暑假考試以前，青島大學爆發學潮，聞氏是被攻擊的目標之一。暑假過後，聞氏回母校清華大學中國文學系任教，除擔任大一國文外，講授的是「王維及其同派詩人」、「杜甫」、「先秦漢魏六朝詩」三門課[10]。他在講授先秦文學時，應該有涉及《楚辭》的探研。一九三三年年初，聞氏頗致力於《楚辭》的研究，目的是為了暑假後開課作預備。這年七月他在《致游國恩》的信中說：

> 弟下年講授《楚辭》，故近來頗致力於此書。間有弋獲，而疑難處尤多。屢欲修書奉質，苦於無著手處。今得悉大駕即將北來，曷勝欣忭！惟盼將大著中有關《楚辭》之手稿盡量攜帶，藉便拜誦。[11]

所謂「下年」，指一九三三年暑假以後的下學年度。他盼望能讀到游氏研究《楚辭》的手稿，可見他為了備課而渴求參考的資料。稍後他又在《致游國恩》的信中表示：

> 比來日讀騷經數行，咀嚼揣摩，務使字字得解而後止。忽有所悟，自熹發千古以來未發之覆，恨不得行家如吾兄者相與拍案叫絕也。[12]

9　參閱鄧喬彬、趙曉嵐《學者聞一多》，頁147。

10　參閱李鎮淮編著《聞一多先生年譜》，《聞朱年譜》，頁28。

11　見孫黨伯、袁謇正主編《聞一多全集》第12冊，頁259。

12　見同上，頁260。

日讀數行，「咀嚼揣摩，務使字字得解」，可見備課非常認真，研讀仔細而深入。自此以後，聞氏與《楚辭》已結成不解之緣了。

（二）研究三課題及成果

由於古代文學作品難讀，聞氏在研究《楚辭》時，先為自己定下三項課題。他在《楚辭校補·引言》中這樣表白：

> 較古的文學作品所以難讀，大概不出三種原因。（一）先作品而存在的時代背景與作者個人的意識形態，因年代久遠，史料不足，難於了解；（二）作品所用的語言文字，尤其那些「約定俗成」的白字（訓詁家所謂「假借字」）最易陷讀者於歧亡羊的苦境；（三）後作品而產生的傳本的訛誤，往往也誤人不淺。《楚辭》恰巧是這三種困難都具備的一部古書，所以在研究它時，我曾針對著上述諸點，給自己定下三項課題：（一）說明背景；（二）詮釋詞義；（三）校正文字。三項課題本是互相關聯的，尤其（一）與（二），（二）與（三）之間，常常沒有明確的界限，所以要交卷最好是三項課題同時交了。[13]

聞氏研究古代文學作品，總是先要作文字的校正，有了校正的結果，再來寫定作品的本文。例如他著手研究《楚辭》時，就作過校正文字、寫定本文的工作。《楚辭校補》一書，可說是他這方面的代表作。這書以四部叢刊本洪興祖（1090-1155）《楚辭補注》為底本，然後徵引古今舊校材料五家、新採校勘材料六十五種及歷代諸家成說而涉及校正文字者二十五家，又取提供駁正意見者三數家，耗時十多年

---

13 見聞一多《楚辭校補·引言》，孫黨伯、袁謇正主編《聞一多全集》第5冊《楚辭編》，頁133。

才完成，可見聞氏在文字校正方面的認真態度和所下的功夫。這書在
一九四二年出版，在一九四三年度經教育部學術審議會評審，獲全國
二等獎[14]。在詮釋詞義方面，聞氏推尊高郵王氏父子的訓詁學，但並
不墨守成規，而是在乾嘉樸學的考據基礎上，結合時代背景，利用現
代社會科學知識，如神話學、民俗學、社會學、人類學、歷史學、宗
教學、心理學等，去解決詞義的詮釋問題，因此有不少精到的創獲。
可以說，聞氏對《楚辭》的「校正文字」和「詮釋詞義」，是清代中
葉以來正統乾嘉學派經史之學在近現代歷史條件下的繼承和發展[15]。
在聞氏的《楚辭》研究成果中，《敦煌舊鈔本楚辭音殘卷跋（附校勘
記）》、《楚辭斠補》（甲）、《楚辭斠補》（乙）、《離騷解詁》（甲）、《離
騷解詁》（乙）、《楚郊祀東皇太一樂歌》、《九歌解詁》、《天問釋天》、
《天問疏證》、《九章解詁》、《楚辭校補》等，都是屬於「校正文
字」、「詮釋詞義」的範疇[16]。

　　根據聞氏自己的說法，「說明背景」、「詮釋詞義」、「校正文字」
三項，本來是互相關聯的，尤其是「說明背景」與「詮釋詞義」之
間、「詮釋詞義」與「校正文字」之間，常常沒有明確的界限，所以
最好三項同時交卷，但在同一時間內要全部完成，情勢又不可能。因
此聞氏最先所做的工作，還是以「校正文字」和「詮釋詞義」為主，
以後才因應校正、詮釋的結果，陸續多作「說明背景」方面的研究。
這方面的研究，大致由「論」和「考」兩種表達形式，構成下列幾項
內容：

---

14 參閱聞一多《楚辭補校・凡例》，同上，頁115-120；聞黎明《聞一多畫傳》，2005年
　　1月河南人民出版社（鄭州），頁84-85。

15 參閱季鎮淮《聞一多先生的學術途徑及其基本精神》，《聞朱年譜》附錄二，頁101-
　　102。

16 參閱鄧喬彬、趙曉嵐《學者聞一多》，頁148。

內容類別	《全集·楚辭編》	《論楚辭》
1.屈原	《讀騷雜記》 《端節的歷史教育》 《屈原問題》 《人民的詩人——屈原》	《屈原論》
2.《離騷》	《廖季平論離騷》	《離騷與「仙真人詩」》
3.《九歌》	《司命考》 《甚麼是九歌》 《九歌的結構》 《九歌釋名》 《東君·湘君·司命——九歌雜記之一》 《東皇太一考》 《怎樣讀九歌》 《九歌古歌舞劇懸解（並作者附註）》	
4.《九章》	《論九章》	《論九章》
5.《天問》		《論天問》
6.《九辯》		《論九辯》
7.總論		《楚辭與神仙思想》 《楚辭中的「兮」字說》 《談楚辭的分類》

上表所列論著，內容大致屬聞氏所謂「說明背景」的範圍，包括了對人物思想和時代的探討。其中有些篇章，並非學術論文的規格，但到底提出了不少可貴意見，對後學有提示和啟發的作用。聞氏的《論楚辭》，是《笳吹弦誦傳薪錄——聞一多、羅庸論中國古典文學》一書的部分內容，原是聞氏一九四〇年至一九四一年在西南聯大主講「先秦兩漢文學與唐詩」的講課內容紀錄，由鄭臨川筆記。《論楚辭》共有八個專題，在內容上與《聞一多全集，楚辭編》所收文章有互相呼應、補充的地方[17]。更可注意的是，聞氏在講課時對屈原（約前339-前278）的論述，跟他後來發表的意見頗有出入，這些出入，一方面可以證明聞氏不會為自己的學術研究固守舊說，畫地自限，另一方面，我們也可從中看到他思想上有怎樣的前後發展和變化。

四　聞一多論屈原與《楚辭》

聞一多在研究《楚辭》的過程中，無論是「校正文字」、「詮釋詞義」或「說明背景」，都有不少論見，值得我們留意。現試選取他的一些論見，分別說明如下：

（一）論屈原之死

研究《楚辭》的學者，有認為屈原只是傳說中的人物，在歷史上根本不存在，廖平、胡適是持這種看法的著名學者。胡適在《讀楚辭》一文中，就直言「屈原是一種複合物，是一種『箭垛式』的人物」，並說「屈原的傳說不推翻，則《楚辭》只是一部忠臣教科書，

---

17 參閱孫黨伯、袁謇正主編《聞一多全集》第5冊《楚辭編》，頁3-707；鄭臨川記錄《笳吹弦誦傳薪錄——聞一多、羅庸論中國古典文學》上編《聞一多論先秦兩漢文學與唐詩》中的《論楚辭》，2002年12月上海古籍出版社（上海），頁73。

但不是文學」[18]。聞氏曾對這種看法作過辨析，他是堅決反對否定屈原存在之論的。但他對屈原的評論，卻有先後不同的意見。一九三五年他在天津《益世報》副刊發表的《讀騷雜記》有這樣的看法：

> 歷來解釋屈原自殺的動機者，可分三說。班固《離騷序》曰：
> 「憤懟不容，沈江而死。」這可稱為泄憤說。《漁父》的作者
> 曰：「寧赴常流而葬江魚腹中耳，又安能以皓皓之白而蒙世之溫
> 蠖乎！」這可稱為潔身說。東漢以來，一般的意見漸漸注重屈原
> 的忠的方面，直到近人王樹枏提出屍諫二字，可算這派意見的極
> 峰了。這可稱為憂國說。三說之中，泄憤最合事實，潔身也不悖
> 情理，憂國則最不可信。[19]

聞氏最後在結語中強調：

> 總之，忠臣的屈原是帝王專制時代的產物，若拿這個觀念讀《離
> 騷》，《離騷》是永遠讀不通的。……《史記·屈原列傳》若不教
> 屈原死在頃襄王的時代，則後人便無法從懷王客死於秦和屈原自
> 殺兩件事之間看出因果關係來，因而便說屈原是為憂國而死的。[20]

三〇年代的聞氏，並不同意「屈原是為憂國而死的」。到了四〇年代初（40-41年），他在西南聯大講授《楚辭》時，基本維持上述看法，但對屈原的死因，則較「泄憤」、「潔身」兩說有深一層的說明：

---

18 參閱《胡適文集》第5冊，1998年12月人民文學出版社（北京），頁68及頁71。
19 見孫黨伯、袁謇正主編《聞一多全集》第5冊《楚辭編》，頁4。
20 見同上，頁5。

屈原早年必是一個崇尚法家的實際政治家，因為當時有重用法家
的風氣，而法家的最大政策是主張提高君權，削弱貴族，故最受
貴族的忌恨……屈原為楚王制定憲法，必然對貴族不利，所以上
官大夫要奪取它，並非想據為己有，而是要根本把它毀掉；奪取
不成，就在楚王面前造謠毀謗，終於達到把屈原攆走的目的。屈
原以廉士的身份而兼有法家思想，對現實有清楚認識，在政治上
遭受這樣大的誣蔑與挫折，乃退而抱消極態度，由廉士轉為隱
士，為方士，可又無法解脫，雖然在苦悶中馳騁想像，乘龍驂
鸞，雲遊太虛，仍難忘記早年的政治理想，最後在憂鬱中死去。[21]

根據以上的認識，聞氏認為我們可以清楚地得出這樣的結論：

屈原本是具有法家思想的熱烈的政治改革家，失敗後突然降為莊
周和慎到的思想境界，這二者之間距離太遠，不能調和，遂以一
死了之，所以說那是他那個整個轉變時期的悲劇。[22]

聞氏以廉士視屈原，但他同時指出屈原的思想、人格比「易愧而輕
死」（《韓詩外傳》評語）的所謂廉士更複雜；他又指出，屈原受到
挫折後，由廉士轉為隱士、方士，但又不能真正做到莊周（前369？-
前295？）「超生死」、慎到（前395？-前315？）「貴同人己」的心理
勝利，最後只好成為歷史、時代轉變中不幸「懷沙自沈」的悲劇人
物[23]。我們如果沒有忘記民國初年以來許多學者對王國維之死的解

---

21 見鄭臨川記錄《笳吹弦誦傳薪錄——聞一多、羅庸論中國古典文學》上編《聞一多
　　論先秦兩漢文學與唐詩》中的《論楚辭》，頁71。
22 見同上。
23 參閱同上，頁70。

說，或許會覺察聞氏對屈原之死的解說，在思路上與有些解說王氏之死的說法頗為相近。

一九四三年，聞氏發表了《端節的歷史教育》一文。在文中，他指出由於屈原感到「不能生得光榮，便毋寧死」，於是，「便投了汨羅江」[24]！既有「生得光榮」的要求，屈原之死，就不會只限於「泄憤」和「潔身」。一九四五年，聞氏更先後發表了《人民的詩人——屈原》和《屈原問題——敬質孫次舟先生》兩文。在前一文中，聞氏認為屈原是「人民熱愛和崇敬的對象」，並推尊他為「人民的詩人」[25]；在後一文中，聞氏不但仍然保留了自己前期對屈原的評價，還進一步指出，屈原既有機會干預政治，就可能對政治發生真實的興趣，因此「天質忠良」、「心地純正」、「孤高激烈」的屈原，就會真心想「竭忠盡智」為君國做事[26]。他這樣強調：

> 我們要注意，在思想上，存在著兩個屈原，一個是「竭忠盡智，以事其君」的集體精神的屈原，一個是「露才揚己，怨懟沈江」的個人精神的屈原。[27]

聞氏表示，他崇敬「個人精神的屈原」，因為《離騷》喚醒了楚人「反抗的情緒」，而他的死「更把那反抗情緒提高到爆炸的邊沿」[28]。聞氏這樣說，當然有時代、社會的因素，但他到底沒有否定屈原具有「竭忠盡智，以事其君」的憂國精神。這與他前期明確表示憂國說「最不可信」的態度是大相逕庭的。

---

24 參閱孫黨伯、袁謇正主編《聞一多全集》第5冊《楚辭編》，頁13-14。

25 參閱同上，頁28-29。

26 參閱同上，頁22。

27 見同上，頁27。

28 參閱聞一多《人民的詩人——屈原》，同上，頁29。

　　聞氏對屈原之死的評論，使我想起了民國初年王國維（1877-
1927）的投湖自殺。由民初迄今，不少知識分子仍然不願接受王國維
殉清的說法。他們認為，忠君殉國，是封建、保守、落伍的事，於是
敬愛王氏的學者，在提及王氏死因時，往往大談文化綱紀、自由意
志、社會劇變……持這種看法的人，可用陳寅恪之說為代表[29]。但陳
氏在《輓王靜安先生》詩中，卻清楚揭示：「贏得大清乾淨水，年年
嗚咽說靈均。」[30]可見他相信王氏殉清。而梁濟（1859-1918）殉清而
死前，在遺書中表白：設使身在漢、唐、宋、明，則國亡之日必盡
忠，「我身為清朝之臣，在清亡之日則當盡忠於清。是以義為本位，
非以清為本位」[31]。以此為準，屈原的竭忠事君、憂國自沈，也該是
以義為本位，而不必貶為「專制時代的產物」。聞氏對憂國說由最初
的否定到最後的認同，雖說有受抗戰時局的影響，但不失為能超脫當
時權威學者的常說而作自我修正的論斷。

（二）論《離騷》的神仙思想

　　聞一多在《廖季平論離騷》一文中，通過謝无量《楚辭新論》的
引述，辨析廖氏對《離騷》的三點評論。廖氏認為《楚辭》是《詩
經》的旁支，又認為《史記‧屈原賈生列傳》文義不屬，前後矛盾，
因此判定屈原本無其人，聞氏認為都不足信；廖氏又根據《史記‧秦
始皇本紀》推論《離騷》是秦博士寫的「仙真人詩」，聞氏考證後認

29　拙文《論王國維先生的屈子情懷》有詳細的論述。參閱余振等編《21世紀世界與中
　　國——當代中國發展熱點問題》，2003年12月清華大學出版社（北京），頁444-465。
30　原詩見陳美延編《陳寅恪集‧詩集》，2001年5月生活‧讀書‧新知三聯書店（北
　　京），頁11-12。
31　參閱梁濟《敬告世人書》（戊午九月二十一日），《遺筆彙存》（遺書之一），梁煥
　　鼐、梁煥鼎編《桂林梁先生遺著》，1968年（？）臺灣華文書局（臺北）重印本，
　　頁84-85。

為，《離騷》的確是「仙真人詩」，但與秦始皇無關[32]。所謂「仙真人詩」，聞氏在《論楚辭》中解釋：

> 「仙真人詩」，就是以仙人為題材的獨白式的歌劇。關於這類獨白式的歌劇，漢樂府中還保存有不少篇……這些作品的出現，當是由於武帝喜好神仙，常在宮廷扮演歌劇，因而產生了大量以神仙為題材的作品。……由此上推先秦的「仙真人詩」，大概和這種情況相近似。[33]

這是說明《離騷》的體式和來源。至於《離騷》的內容，聞氏在《屈原問題——敬質孫次舟先生》中指出：

> 自「駟玉虬以乘鷖兮，溘埃風余上征」以下一大段，中間講到羲和、望舒、飛廉、雷師，講到虙妃、有娀、有虞二姚，整個離開了這個現實世界，像這類的話，似乎非「仙真人詩」不足以解釋。[34]

這是舉證說明《離騷》內容與「仙真人詩」的關係。正因為《離騷》是「仙真人詩」，所以其中必然含有神仙思想。聞氏認為，《離騷》中所寫的「求女」以至「聽樂」，「實即神仙思想的產物」[35]。他這樣說：

---

32 參閱孫黨伯、袁謇正主編《聞一多全集》第5冊《楚辭編》，頁249-250；鄭臨川記錄《笳吹弦誦傳薪錄——聞一多、羅庸論中國古典文學》上編《聞一多論先秦兩漢文學與唐詩》中的《論楚辭》，頁53。

33 見鄭臨川記錄《笳吹弦誦傳薪錄——聞一多、羅庸論中國古典文學》上編，同上，頁54。

34 見孫黨伯、袁謇正主編《聞一多全集》第5冊《楚辭編》，頁24。

35 語見鄭臨川記錄《笳吹弦誦傳薪錄——聞一多、羅庸論中國古典文學》上編《聞一多論先秦兩漢文學與唐詩》，頁52。

《離騷》中寫到「求女」，頗為費解，何以上面寫的是堯舜，下面忽然就轉到求女事件來？這裏就顯露出仙真人詩的本來面目，求女以外的一切乃屈原增加的新內容，也是本篇的精髓所在。[36]

又說：

古人以為人死為長眠，他的靈魂該是像做夢時那樣外出，像生前一樣自由活動，所以要深埋他，又用石碑鎮住，然後又以理想的天堂騙魂歸去，把世間一切美事美物畢集於天堂之內，使魂永遠在那裏安居。說到世間樂趣，古人以為有三類，就是酒食、音樂、女色。而神仙既然不食人間煙火，只飲玉液瓊漿和咀嚼霞片便是，就無需飲食，在他們長期消閒的生活中，聽樂、求女就成了他們的最大興趣。因此，聽樂和求女兩者關係極為密切，這是由於古代樂隊多用女性的緣故。[37]

聞氏還引述不少漢以來的詩賦語句，來證實自己的說法[38]。其實除了《離騷》，整部《楚辭》作品，就充滿了不少神仙思想。聞氏在《論楚辭》中清楚指出：

《楚辭》一書中，搜集漢人作品不少，獨沒有枚乘之作，原因是所收作品全屬於神仙思想之物，可見漢人還能了解《楚辭》文學的產生背景，並不全由於它是楚地的產物而加以搜輯的。[39]

36　見同上，頁51。
37　見同上。
38　參閱同上，頁51-52。
39　見同上，頁51。

《離騷》以至《楚辭》的產生，除了因為當時是「仙真人詩」盛行的時代，還因為楚人繼承了殷商尊神敬鬼的傳統文化，再加上自然地理環境的特徵，形成了楚地「信巫鬼，重淫祀」的巫文化。因此聞氏認為，《離騷》的本來面目，是富含神仙思想的「仙真人詩」，至於本來面目不清楚，則是以後發展的事。他在《論楚辭》中說：

> 到了東漢王逸手裏，他以本人的時代和學術觀點，對《離騷》作了不少穿鑿附會的解釋，而《離騷》的本來面目就開始晦澀，後來加以時代之隔閡，文字之古奧，字句之遺佚，更使它成了難解之謎。[40]

為了認清《離騷》的本來面目，聞氏建議我們讀《離騷》時，不妨暫把王逸（生卒年不詳）注擱置，而從三方面入手：了解《離騷》產生的背景，是「仙真人詩」盛行的時代，也就是神仙思想盛行的時代；洗刷前人舊注，可信才信；校勘字句，恢復原文面目[41]。

聞氏費了很多氣力，去證實《離騷》是「仙真人詩」，但同時又說：「《離騷》既是『仙真人詩』，又不是『仙真人詩』。」[42]究竟是甚麼意思？原來他有這樣的解釋：

> 這是因為《離騷》中夾有不少凡人的辭語，我們可以解釋這是屈原利用當時流行的「仙真人詩」的體裁而抒發個人的騷怨，藉以諷諫他的楚君。然而這樣寫法是主動還是被動的，我以為都有可能，只要我們用讀「仙真人詩」的觀點去讀《離騷》，好些問題

---

40 見同上，頁54。

41 參閱同上。

42 語見同上。

就容易理解了。為甚麼呢？因為我們已經懂得《離騷》用的是以舊瓶裝新酒的寫法，在結構上不免仙凡成分相雜，辭語的銜接自難天衣無縫，這可說明《離騷》文中何以有時會出現前後文意不相協調的原因。[43]

「仙」，指神仙思想，「凡」，指屈原個人的「騷怨」和對楚君的「諷諫」。這種仙凡成分相雜的結構，使《離騷》有時會出現前後文意不相協調的情況。不過，聞氏強調《離騷》仍然是屈原的作品，只是他改變了舊神話題材，而增入個人的理想意境，這正是屈原的超卓表現。聞氏更指出，屈原以後，騷體逐漸改變，神仙思想成分減少，轉為「自抒幽怨」的個人抒情，例如郭璞（276-324）的《遊仙詩》、阮籍（210-263）的《詠懷詩》，都是這種格調，因此我們可以把《離騷》稱為「遊仙詩」或「詠懷詩」[44]。聞氏言簡意賅，說明了《離騷》與後世「詠懷詩」的關係，為研究中國文學發展史的學者，提供了啟發的意見。

（三）論《九歌》的發展和分類

聞一多對《九歌》的研究，似乎用力特多，除了「校正文字」和「詮釋詞義」的著作，還有多篇考論的文章。

聞氏在《甚麼是九歌》一文中，把《九歌》分為「神話的九歌」和「經典的九歌」。所謂「經典的九歌」，指《皋陶謨》所載「元首起哉」的《元首歌》和《左傳》「文公七年」卻缺引《夏書》「戒之用體，董之用威，勸之以九歌，勿使壞」的《九歌》。與《元首歌》格式相同的，在《詩經，國風》裏有《麟之趾》、《甘棠》、《采葛》、

---

43 見同上。

44 參閱同上，頁54-55。

《著》、《素冠》等五篇。這些以及古今任何同類格式的歌，其實都可稱為《九歌》[45]。因此，聞氏說：

> 《左傳》兩處以九歌與八風、七音、六律、五聲連舉（昭二十年、二十五年），看去似乎九歌不專指某一首歌，而是歌的一種標準體裁。……九歌既是表明一種標準體裁的公名，則神話中帶猥褻性的啟的九歌，和經典中教誨式的《元首歌》，以及《夏書》所稱而卻缺所解為「九德之歌」的九歌，自然不妨都是九歌了。[46]

又說：

> 神話的九歌，一方面是外形固守著僵化的古典格式，內容卻在反動的方向發展成教誨式的「九德之歌」一類的九歌，一方面是外形幾乎完全放棄了舊有的格局，內容則仍本著那原始的情慾衝動，經過文化的提煉作用，而昇華為飄然欲仙的詩──那便是《楚辭》的《九歌》。[47]

這是從歷史的角度，為《九歌》溯源，同時指出「經典的九歌」，是儒家把「神話的九歌」即原始樂歌作道德化的改造，而《楚辭》的《九歌》則是本乎原始所提煉出來的作品。正因為本乎原始，所以其中仍然保留了送神、迎神、娛神的宗教性質，又保留了如《湘君》、《湘夫人》等篇的猥褻內容。

---

45 參閱孫黨伯、袁謇正主編《聞一多全集》第5冊《楚辭編》，頁338-340。關於《九歌》名稱的解釋，又可參閱聞氏《九歌釋名》一文，同上，頁363-367。

46 見聞一多《甚麼是九歌》，同上，頁340。

47 見同上。

　　至於《九歌》各篇的分類，聞氏也有他的特殊看法。他指出《東皇太一》是迎神曲，迎的是主體神——東皇太一，《禮魂》則是《東皇太一》的配偶篇——送神曲。東君以下八神代表巫術降神的原始信仰，《國殤》與東皇太一則是進步了的正式宗教神。《國殤》與《東皇太一》性質相近，例如祭國殤是報功，屬小祀，祭東皇太一是報德，屬大祀。所以聞氏把八神與《國殤》分為兩大類，甚至把《九歌》中的十一章分為三個平列的大類，即《東皇太一》、《禮魂》為一類，《國殤》為一類，其他八章為一類[48]。有人認為，聞氏的三類分法，雖不一定是學術的定論，但跟其他分類法比較起來，卻更具文化史、宗教史的意義[49]。為了方便了解，可表列如下[50]：

主體	《東皇太一》（《禮魂》）	神	大祀	正祀	報德	迎神曲送神曲（二章）
客體	《國殤》	鬼	小祀	陪祀	報功	雜曲（九章）
	《東君》《雲中君》《湘君》《湘夫人》《大司命》《少司命》《河伯》《山鬼》	自然神物	淫祀	助祀		

48 參閱同上，頁342及345。又，聞氏《九歌的結構》一文，對《九歌》十一章的作用和相互關係，也有詳細的說明，可惜是一篇未完稿。參閱同上，頁353-362。

49 參閱鄧喬彬、趙曉嵐《學者聞一多》，頁171。

50 參閱同上，頁346。此表對聞氏原表稍作調整及刪略。

聞氏考察上述「客體」九章之歌的地理分佈，由北而南，指出《東君》屬代，《雲中君》屬趙，《河伯》、《國殤》屬秦，《大司命》、《少司命》、《山鬼》屬楚，《湘君》、《湘夫人》屬南楚[51]，於是聞氏有這樣的說明：

> 《國殤》是人鬼，我們曾經主張將他和那位自然神分開。現在我們即依這見解……單獨玩索那代表自然神的八章歌辭。這裏我們可以覺察，地域愈南，歌辭的氣息愈靈活，愈放肆，愈頑艷，直到那極南端的《湘君》、《湘夫人》，例如後者的「捐余袂兮江中，遺余褋兮醴浦」二句，那猥褻的含意幾乎令人不堪卒讀了。以當時的文化狀態而論，這種自北而南的氣息的漸變，不是應有的現象嗎？[52]

說《湘夫人》語句「猥褻的含意幾乎令人不堪卒讀」，或許稍嫌誇張，但聞氏結合地理環境來說明《九歌》各章的內容和氣息，對研究《楚辭》以至文學發展的學者，應有啟發的作用。

根據聞黎明、侯菊坤編《聞一多年譜長編》的引述，聞氏曾撰擬一份《甚麼是九歌》的「提綱」[53]。細察「提綱」的內容，可見聞氏對《九歌》的研究，早有全局的構思，而他已完成或發表的研究項目，也可從這份「提綱」顯示出來。可惜聞氏不幸早逝，否則他對《九歌》的研究，一定會有更豐碩的成果。

---

51 參閱同上，頁349-350。

52 見同上，頁350。

53 參閱聞黎明、侯菊坤編《聞一多年譜長編》，1994年7月湖北人民出版社（武漢），頁623-625。又，聞氏有一篇《甚麼是九歌》的文章，發表後收入《聞一多全集》，與「提綱」同名。參閱孫黨伯、袁謇正主編《聞一多全集》第5冊《楚辭編》，頁338-350。

（四）論《天問》及其他

聞一多對《天問》的研究，也有自己的心得。他首先從詩歌的發展來論述《天問》的性質，他認為《詩經》時代的人，雖有詩歌作品，但並不欣賞自然。到了戰國時代，人開始認識、欣賞自然的真和美，並感到驚奇，驚奇而達極點，就會作出解答，在沒有作出解答前，那些因驚奇而發出的語言，仍然飽含詩意[54]。因此，他這樣評論《天問》的性質：

> 故《天問》一篇，乍看似乎是當時的《博物志》，惟其未作出答案，所以仍歸在文學範圍……凡有問無對的題目就是詩，故詩與科學相近……故在《楚辭》中，既有「嬝嬝兮秋風，洞庭波兮木葉下」這樣美的詩句，也有像《天問》這種近於科學的作品……。[55]

除了指出《天問》是一種近於科學的文學作品，聞氏更進一步用「大」來形容《天問》的氣魄，並建議應以莊子的態度來讀這篇作品：

> 他（莊子）認為自然之理，不必探究。……以莊子的態度讀《天問》，便知此篇的作者的確是古今中外的最偉大詩人，他問盡了古今宇宙時空的最大問題，氣魄之大，罕有人比……凡大必美，其美無以名之……《天問》的大，它的筆調變換也極盡其美……自從罷黜百家、思想定於一尊之後，文風跟著轉變，《天問》一

---

54 參閱鄭臨川記錄《笳吹弦誦傳薪錄——聞一多、羅庸論中國古典文學》上編《聞一多論先秦兩漢文學與唐詩》中的《論楚辭》，頁60。

55 見同上。

類的大境界、大作品再無人寫，也少有欣賞的人，後來雖有少數
作家偶然有所嘗試，但因襲成分多，成功的確實罕見。[56]

聞氏以詩人的體會，論《天問》的氣魄，以「大」為美，這雖然不一
定是欣賞詩歌的唯一竅門，但應該是重要的竅門之一。

聞氏在評論《天問》的同時，還有涉及對《九章》、《九辯》的簡
要評論，並把《天問》與《九辯》作對比。他首先這樣說：

> 《九章》可作《離騷》注腳，以《悲回風》一章最美，《湘夫
> 人》篇中的佳句是自然流露；而《九辯》則更進一層，更現代
> 化，詩意更足。[57]

《湘夫人》是《九歌》的一章而不是《九章》中的一章，所以「篇中
的佳句」云云，與上文連接容易引起混淆。大抵上述引文是鄭臨川聽
課時的匆忙記錄，因此行文未夠清晰。聞氏的原意可能是：《悲回風》
一章的辭句最美，並不比《九歌‧湘夫人》的佳句遜色，只是《湘夫
人》篇中的佳句是自然流露，而《悲回風》則有鑄鍊的用心[58]。至於
《九辯》，聞氏認為它是《九章》的進一步發展，並指出由《離騷》
到《九章》，再由《九章》到《九辯》，「可看出《楚辭》文學的進化
史」[59]。最後，聞氏以《天問》與《九辯》比較，討論兩者的分別：

> 同《天問》比較，《天問》情緒是冷的，《九辯》則是熱的。兩者

---

56 見同上，頁60-61。
57 見同上，頁62。
58 參閱聞氏對《悲回風》的論述，同上，頁57-58。
59 參閱同上，頁66。

同時對宇宙現象、美或真發生反應，而形成兩個類型，在中國文
學發展上起過重要的歷史作用。《天問》、《九辯》以後，它們奠
定了中國詩的觀念，只是《天問》較冷，有「高處不勝寒」之
意，向這方面發展的很少，但阮嗣宗、陳子昂往往到達了這一境
界。[60]

聞氏用「冷」和「熱」來概括《天問》與《九辯》的分別，並說明兩
者對後世詩歌的影響。概括性的論斷，有時不免會流於偏頗，但讀了
聞氏的話語，我們仍可感到其中說服的力量，而且也可讓人思考。

五　結語

　　談論聞一多生平、成就的論著，較多從詩人、鬥士的角度去討
論，而較少從學者、藝術家的角度去討論。當然，「較多」或「較
少」，只是相對的印象，可沒作過數據的統計。不過，閱覽電腦網頁
登載的資料，仍然可以幫助我們約略了解這方面的情況。

　　聞一多研究《楚辭》的成果，大部分已收入湖北人民出版社的
《聞一多全集》（1993）第5冊《楚辭編》內，也有部分論著由其他出
版社採用專書的形式先後出版，我們要作全面而詳細的論定，大抵困
難不大。但我在本文只作摘要的述論，並嘗試選取他的一些論見，稍
作介紹。無論是「摘要」或「選取」，都只能算是「全」中之「偏」，
「偏」當然不適宜「概全」，也不可能「概全」，略掀一角，聊作舉
隅，或許可以引發大家深入思考、詳細探討的興趣。時至今日，聞氏
對《楚辭》的一些考證和論斷，容或仍有討論的空間，但讀過他這方

60　見同上，頁62。

面著作的人，對他的勤奮探研、長於推想、力求創見的表現，應有非
常深刻的印象。

　　──原載《中國文明──文化轉型的歷程》，香港教育圖書公司
　　（2010年）

詹安泰先生論說《離騷》

一　引言

　　詹安泰先生（1902-1967）是研究我國古典文學的著名學者，也是詞人、詩人、書法家。在古典文學研究中，他的詞學研究成就最大，著作最多，尤其是對於詞的聲律、音韻和詞譜，可說最為專門。他對《楚辭》也研讀甚勤，用力甚大。他既結合屈原（約前339-前278）的作品，論證作者的身世和思想，又根據大量文獻資料，辨析《楚辭》重要作品所涉及的種種問題。《離騷》是《楚辭》中最重要的篇章，詹先生為了配合教學的需要，撰成《離騷箋疏》一書，包括上編「箋疏」和下編「通論」兩部分。本文嘗試從《離騷箋疏》中摘取一些資料，藉以探索詹先生論說《離騷》的意見。以蠡測海，未必盡是，謹期望通過舉隅式的討論，約略顯示詹先生治學的博采兼容、矜慎裁斷和深湛之思。

二　詹安泰先生與《楚辭》研究

　　詹安泰先生在我國古典文學的研究中，對《楚辭》探研甚力。據可信資料的記述，在一九五三年春天，詹先生與容庚、吳重翰合作，開始著手編寫《中國文學史》（先秦、兩漢部分），他負責編寫的，是第一章（導論）、第二章（中國文學的起源）、第四章（詩經）、第六章（楚辭）、第八章（漢賦）、第九章（漢代的樂府歌謠和古詩）以及

《史記》一章的增潤。而第六章的內容，就全屬《楚辭》及重要作者的述論，特別對較多人認定是屈原的作品，有較詳細的說明。在同一年的十月，他又在《南方日報》發表《偉大的愛國主義詩人屈原》一文，對出身貴族的詩人給予極高的讚揚和評價[1]，在當時的政治環境中，是很有勇氣的撰述。

　　一九五五年，詹先生在中山大學的科學討論會上，宣讀了長篇論文《論屈原的階級出身、政治地位及其在文學上的作用》，並發表在十月二十三日的《中山大學學報》第二期上。這篇論文的內容，具體反映了他研究屈原的成果。同年，詹先生開始撰寫《屈原》一書，對屈原的時代、家世、思想作了詳細、深入的考論。這書在一九五六年二月完成，到了一九五七年在上海人民出版社出版[2]。研究《楚辭》的著名學者姜亮夫特別欣賞詹先生所寫《屈原》一書，他在《楚辭今繹講錄》中說：「他在這方面的研究很細心，而且材料掌握與分析都表現一種客觀的負責的態度。」[3]在附註中，他又說：「他沒有甚麼驚人的奇論，都很平實，『無徵不信』的態度很好，是一位結結實實的學人。」[4]《離騷箋疏》一書，詹先生著手撰寫時是在一九五六年，一九五九年完稿，直到一九八一年才由湖北人民出版社出版[5]。本書分上編、下編兩部分：上編「箋疏」內容是彙集了東漢王逸（生卒年

1　參閱《詹安泰先生生平學術簡譜》，吳承學、彭玉平編《詹安泰文集》，2004年11月中山大學出版社（廣州），頁393。

2　參閱同上，頁394-396。

3　見姜亮夫《楚辭今繹講錄》第一講《怎樣講楚辭》，1999年11月雲南人民出版社（昆明），頁2。

4　見同上，頁7。

5　參閱《詹安泰先生生平學術簡譜》，吳承學、彭玉平編《詹安泰文集》，頁397及399。又，參閱《出版說明》，詹安泰《離騷箋疏》，1981年5月湖北人民出版社（武漢）；目錄前：黃天驥《詹安泰先生在學術上的成就》，《詹安泰紀念文集》，1987年4月廣東人民出版社（饒平），頁37。

不詳）以來歷代學者對《離騷》的注釋，爬梳剔抉，從而闡明作者的見解；下編「通論」，內容主要闡述《離騷》的思想、藝術及其在文學史上的地位和影響[6]。

根據上述資料，我們大抵可以推論：由一九五三年至一九五六年，是詹先生較有系統、較深入地研究屈原生平、思想、文學成就的時期。由一九五六年至一九五九年，詹先生一面講課，一面較專注於蒐羅、選取歷代學者對《離騷》的解說，矜慎裁斷，闡釋其中精微之義，撰成「箋疏」；同時，為了配合「箋疏」，他也根據自己對屈原及《離騷》的認識，寫成了「通論」。可以說，「箋疏」和「通論」，應可顯示詹先生研究《楚辭》的微觀和宏觀功力。

三 詹安泰先生論說《離騷》

本文主要以《離騷箋疏》一書為據，探索詹安泰先生論說《離騷》的意見，藉以顯示他治學的深廣和辨析的矜慎。為了討論的方便，姑且分為字詞釋說、文字校訂、篇中人物、相關析論等四個範圍，現分別述說如下：

（一）字詞釋說

1 離騷

《離騷》的篇名，在上編「箋疏」中沒有解釋，但下編「通論」的開端，則有詳細說明：

關於《離騷》這一篇名的解釋，司馬遷解作「離憂」（《屈原賈生

---

6 參閱《出版說明》，詹安泰《離騷箋疏》目錄前。

列傳》），班固解作「遭憂」（《離騷贊序》），王逸解作「別愁」
（《楚辭章句》）。項安世《項氏家說》：「《楚語》伍舉曰：『德義
不行，則邇者騷離，而遠者距違。』韋昭曰：『騷，愁也；離，畔
也。』蓋楚人之語，自古如此。屈原《離騷》，必是以離畔為愁
而賦之。」王應麟《困學紀聞》：「伍舉所謂『騷離』，屈平所謂
『離騷』，皆楚言也。揚雄為『畔牢愁』，與《楚語》注合。」[7]

以上是引述古人司馬遷（前135-前87？）、班固（32-92）、王逸、項
安世（？-1208）、王應麟（1223-1296）諸說。跟著，詹先生引述現
代學者游國恩、浦江清、姜亮夫、文懷沙等人的意見：

> 游國恩說：「我以為《離騷》可能本是楚國一種歌曲的名稱，其
> 意義則與『牢騷』二字相同。《楚辭，大招》有『伏羲所駕辯，
> 楚勞商只』之文，王逸云：『駕辯、勞商，皆曲名也。』『勞商』
> 與『離騷』為雙聲字，或即同實而異名。西漢末年，賦家揚雄曾
> 模仿屈原的《九章》，自《惜誦》以下至《懷沙》一卷，名曰
> 《畔牢愁》。『牢』『愁』為疊韻字，韋昭解為『牢騷』。……所以
> 『牢愁』、『牢騷』和『離騷』三個名詞在音韻上是雙聲疊韻的關
> 係，可以互相通轉。那麼『離騷』二字是不應該拆開來講的。」
> （《楚辭論文集·屈原作品介紹》）浦江清說：「離是離別，騷是
> 歌曲的名稱，離騷就是離歌。」（《祖國十二詩人，屈原》）姜亮
> 夫引《天問》「啟代益作後，卒然離蠥」的王注「蠥，憂也」的
> 例子，認為離騷與離蠥同。文懷沙根據司馬遷的說法加以引申，
> 認為「離」字的真義是離間，《離騷》寫的正是讒邪離間的憂愁

7　見詹安泰《離騷箋疏》下編，頁113。

幽思（《屈原離騷今繹》附錄三）。[8]

列舉四位學者之說後，詹先生最後說：

> 我認為用楚國方言來解釋比較切合實際。方言是有其特定意義
> 的，這意義就是後來一般的所謂「牢騷」，和寫《離騷》的動機
> 並無不合。而在愛好民間文學、喜歡運用楚國方言的屈原看來，
> 這可能就是一個最恰當的命題。[9]

蒐羅眾說，不算太難，較難是在眾說中的選擇去取，而更難的是最後
怎樣裁斷。詹先生在辨析「離騷」一詞時，有選擇，有裁斷，措詞矜
慎而不失說服力。「離騷」是楚方言，是聯綿詞，文字是兩個，意思
是一個，古今不少學者把兩字先拆開解說，再合為一義，我認為都有
問題。至於「離騷」是否是楚國舊曲的名稱，雖無定說，也不是沒有
可能，但這並沒有影響我們對「離騷」一詞的理解。

2 畹（余既滋蘭之九畹兮）

「畹」是田地面積的名稱。一「畹」有多少畝？說法頗有分歧：
或作十二畝，或作二十畝，或作三十畝，或作三十步。詹先生的說
明是：

> 「畹」，《說文．田部》：「畹，田三十畝也。」劉逵注左思《魏都
> 賦》引班固說同。王注：「十二畝曰畹。或曰，田之長為畹也。」

---

8 見同上，頁113-114。

9 見同上，頁114。

《玉篇》不引《說文》而引王注，又另出一說：「秦孝公二百三
十步為畝，三十步為畹。」姜注、閣注均謂班固說畹是二十畝，
按四部叢刊縮印宋刊本六臣注《文選》，胡刻本《文選・魏都賦》
「下畹高堂」注引班固說均作「畹，三十畝也。」姜、閣注恐
誤。[10]

「王」指王逸，「姜」指姜亮夫，「閣」指閣簡弼。眾說紛紜，詹說以
《說文》及班固之說為據，指出一畹是三十畝。姜、閣都認為班說是
二十畝，詹先生檢視縮印宋刊本及胡刻本《文》證明姜、閣有誤，但
在「誤」字前仍下一「恐」字，可見態度謹慎。至於「十二畝」、「三
十步」之說，因為沒有進一步的支持理據，就存而不論了。

3 落英（夕餐秋菊之落英）

「落英」的解釋雖有異說，但後來的爭議並不大。不過王逸和洪
興祖（1090-1155）的解說都未允當，因此須加辨析。詹先生說：

「落英」，「落」解作始。「英」，即花。《爾雅・釋詁》：「初、
哉、首、基、肇、祖、元、胎、俶、落、權輿——始也。」
《詩・訪落》：「訪予落止。」傳：「落，始也。」[11]

可見詹先生同意「落英」即「始放之花」的說法。可是王逸和洪興祖
卻有不同解說：

---

10 見詹安泰《離騷箋疏》上編，頁20。
11 見同上，頁26。

一說落即隕落。王注：「暮食芳菊之落華（花）。」一說落即掇
取。洪補注：「秋花無自落者，當讀如『我落其實而取其華』之
『落』。」[12]

詹先生不以為然，說：

> 按王說不妥，洪已指出。但洪解掇取亦未允，「落英」與上文
> 「墜露」相偶成文，這句於餐字外不應再出一個動字。[13]

上述辨析，既能照顧「相偶成文」的語文特色，又有語法的考慮，應
可廓清糾纏不清的異說。

4 亦（亦余心之所善兮）

「亦余心之所善兮」的「亦」字是虛詞，不少研讀《離騷》的學
者或會忽略過去。詹先生倒沒有忽略、他這樣說：

> 「亦余心」句：「亦」在這裏作實在、真正解。「善」，美善。《後
> 漢書・竇融傳》贊：「亦稱雄才。」注：「亦猶實也。」王注：
> 「言己履行忠信，執守清白，亦我中心之所美善也。」這句是
> 說，實在我心中認為是美善的（最好的、應該做的）。[14]

詹先生對「亦」字的解釋具體而清晰。他以「實也」來解釋「亦」，
根據的是《後漢書》李賢（655-684）等人的注，這個解釋，許多語

---

12 見同上。

13 見同上。

14 見同上，頁33。

文工具書包括一些虛詞詞典都沒有收錄，可見詹先生博覽窮搜之功。
有人認為，揣摩文意，「亦」如解作「乃也」、「果也」、「特也」，似亦
可通[15]。這個意見，可備參考，但詹先生之說，言而有據，意思圓
通，仍不可廢，而且可補語文工具書的不足。

5 芳與澤（芳與澤其雜糅兮）

關於「芳與澤」的解釋，詹先生說：

「芳與澤」，芳是芳香，澤是腐臭。舊注都就上句的澤玉來說
明，認為澤是指佩玉的潤澤，這是不對的。芳字既不承上面的冠
說，澤字也就和上面的「佩」無關；並且和下面的轉折的語意也
不合。就下句的「唯」字來看這句的「雜糅」，根本和《橘頌》
裏的「青黃雜糅」不同，分明是指兩種不同性質的東西。[16]

所謂舊注，主要指王逸、朱熹（1130-1200）之說。王逸云：「芳，德
之臭也。《易》曰：其臭如蘭。澤，質之潤也。玉堅而有潤澤。」[17]朱
熹云：「芳，謂以香物為衣裳。澤，謂玉佩有潤澤也。」[18]詹先生說措
詞明斷，力辨舊注之失，並引述現代學者的意見作為論據：

郭沫若注：「今案毛詩《秦風》『豈曰無衣？與子同澤。』鄭注：
『澤，褻衣也，近污垢。』即此澤字之義。」（《屈原賦今譯‧離
騷注》）高亨等注：「澤當讀做殬，指腐臭的東西。」姜亮夫注：

15 參閱謝紀鋒編《虛詞詁林》，1992年5月黑龍江人民出版社（哈爾濱），頁230-232。
16 見詹安泰《離騷箋疏》上編，頁44。
17 見洪興祖《楚辭補注》，1983年3月中華書局（北京），頁17。
18 見朱熹《楚辭集注》，1979年10月上海古籍出版社（上海），頁11。

「按澤古作臭，讀若浩。疑《離騷》本作臭，字形訛誤作臭，王逸以今文定之，又誤作澤也。」三說均從和芳香相反的意義來說明澤，是對的。郭說不改字，尤為允當。[19]

郭氏、高氏、姜氏三說，都足以證明「澤」的意義，須與「芳」字相反。但高、姜之說，不免要改字，稍迂曲，詹先生強調郭說「不改字」最允當，這表示箋疏古籍時，如無必要，可不改字就不改字，他為我們揭示了箋疏古籍的一項重要原則。

（二）文字校訂

1 「用失乎家衖」（五子用失乎家衖）

「五子用失乎家衖」這一句，是否有訛誤和衍文？詹先生說：

「用失乎家衖」，衖一作巷。失字係夫字的訛誤，乎字係多餘的。原文當作「用夫家衖」。「用夫」是因而，家衖（巷）即內鬨，內部戰鬥。[20]

為了證成其說，詹先生引述王念孫（1744-1832）的意見：

王念孫《讀書雜志・志餘說》：「失字因王注而衍，注內失國失尊位，乃釋『家巷』二字之義，非文中有失字而解之也。『五子用乎家巷者』，用乎之文，與用夫用之同。下文云『日康娛而自忘兮，厥首用夫顛隕』，『后辛之菹醢兮，殷宗用之不長』是也。若

---

19 見詹安泰《離騷箋疏》上編，頁44。
20 見同上，頁55。「內鬨」，即「內訌」。

云『五子用失乎家巷』，則所失者家巷矣，注何得云兄弟五人，
家居里巷失尊位乎？揚雄《宗正箴》曰：『昔在夏時，太康不
恭，有仍二女，五子家降。』降與巷古同聲通用，亦足證家巷之
文為實義，而用夫之文為語詞也。……」[21]

根據王氏的辨析，詹先生肯定《離騷》的原文當作「用夫家術」。他
又進一步舉述近人之說作為支持：

近人聞一多、郭沫若、姜亮夫均信此說。聞先生更據班固《離騷
序》引淮南王劉安本作「五子以失家巷」與後文「厥首用夫顛
隕」的句法，認為「夫」誤作「失」，衍文不是「失」字而是
「乎」字。……這種看法是正確的。[22]

可見詹先生對「失乎」兩字的校訂，是綜合眾說的裁斷，有堅實的
理據。

2 同（求矩矱之所同）

「求矩矱之所同」的「同」字，為了與下文「摯、咎而能調」的
「調」字叶韻，是不是該改為「周」字？詹先生說：

姜注引孫詒讓說，「同」應作「周」，與下文「調」字叶韻。[23]

韻文的文字校訂，借助音韻知識，往往奏效。對孫詒讓（1848-

---

21 見同上。
22 見同上。
23 見同上，頁92-93。

1908）、姜亮夫之說，詹先生有不同意見：

> 按古人「調」、「同」叶韻的例子不少，如《詩·小雅·車攻》：
> 「弓矢既調，射夫既同。」東方朔《七諫·繆諫》：「不量鑿而正
> 枘兮，恐矩矱之不同。不論世而高舉兮，恐操行之不調。」均
> 「同」、「調」叶韻。洪校《七諫》，雖云「同一作周」，但《車
> 攻》之「既同」，則從未看到作「既周」的。[24]

其實「周」和「調」固然是同韻字，「同」和「調」何嘗不是同韻
字！既然都是同韻字，就不必改「同」為「周」了。

3 猶其（時亦猶其未央）

「時亦猶其未央」的「猶其」，會不會是「其猶」？詹先生說：

> 「猶其」，聞注：「猶其二字當互乙。」可信。[25]

詹先生引述聞一多之說，並確定為可信。他的裁斷，可謂要言不煩。
在《離騷》篇中，就有相類句法。姜亮夫《重訂屈原賦校注·離騷第
一》說明較詳，可供參考：

> 猶其未，當為其猶未誤倒，離騷句法如是也。上言「雖九死其猶
> 未悔」，「唯昭質其猶未虧」，「覽余初其猶未悔」，「覽察草木其猶
> 未得」，并作「其猶未」可證。[26]

---

24 見同上，頁93。
25 見同上，頁95。
26 見姜亮夫《重訂屈原賦校注》，1987年3月天津古籍出版社（天津），頁109。

這是以《離騷》前文與後文互校，在校勘學上，稱為本校法。聞一多、姜亮夫和詹先生知道「猶其」誤倒，就是以前文校訂後文的結果。

4 翼（鳳皇翼其承旂兮）

「鳳皇翼其承旂兮」的「翼」字，或作「紛」，詹先生認為應作「翼」。他說：

> 「翼」，《文選》五臣本、錢注本均作「紛」。「翼」是輔翼，從作用言；「紛」是紛繁，從狀態言。王注：「翼，敬也。」有夾輔意。《遠遊》篇有這句，王注：「俊鳥夾轂而扶輪也。」分明作夾輔解。劉注：「翼，本鳥翅名，此用作輔翼義。」[27]

版本不同，文字會有出入，這是古籍常有的情況。詹先生取「翼」不取「紛」，主要是從文意和詞性來決定。根據王逸和劉永濟的注釋，指出「翼」有輔翼、夾輔之意，如作「紛」字，則是紛繁的狀態，審察語意，應該不大順適。

5 徑待（騰眾車使徑待）

「徑待」或作「徑侍」，或作「徑持」，究竟以何者為是？詹先生說：

> 「徑待」，洪補注：「待一作侍。」疑當作「徑侍」。《遠遊》篇：「左雨師使徑侍兮」，正作「徑侍」。王注：「從邪徑以相待。」

---

27 見詹安泰《離騷箋疏》上編，頁105。

舊注多從其說，恐誤；朱注：「待一作持」，更費解。[28]

他先指出王逸、朱熹之誤，然後採用閻簡弼注引張渡《然疑待徵錄》之說：

> 「徑待」，洪校云：「待一作侍。」《遠遊》云：「左雨師使徑侍兮，右雷公以為衛。」以「為衛」二字準之，則「徑侍」之義自顯，猶徑相侍衛耳。路修遠多艱，故須騰馳眾車，使其徑相侍衛，以脫險也。洪於《遠遊》注：「徑，直也。」是其義。[29]

詹先生同意「徑待」應作「徑侍」，意思是「徑相侍衛」，「徑，直也」。不過，張氏之說，也有不妥貼之處，須稍作補充。因此，詹先生說：

> 按「徑，直也」，見洪注《遠遊》「凌天地以徑度」句。張氏解「徑侍」之，甚確。惟以「騰」作「騰馳」解，則仍惑於王注，不甚妥貼。既然路多艱險，眾車又怎能騰馳而不顛覆。[30]

然則「騰」字該怎樣解釋？詹先生說：

> 「騰」，傳、傳令、傳告。《說文·馬部》：「騰，傳也。」[31]

---

28 見同上，頁107。
29 見同上。
30 見同上，頁107-108。
31 見同上，頁107。

而《淮南子・繆稱》篇，也以「騰」作「傳也」解[32]。由於「騰」字的解釋與文字校訂無關，這就不再詳述了。

（三）篇中人物

1 皇考（朕皇考曰伯庸）

屈原在《離騷》中自述：「朕皇考曰伯庸。」究竟「伯庸」是他的父親還是遠祖？關鍵是我們對「皇考」的解釋。「皇」表示「大」和「美」，那不用多說。至於「考」的解釋，詹先生先引述《禮記・曲禮下》王注：「父死稱考。」[33] 又說：

> 葉夢得《石林燕語》一：「父沒稱皇考，於《禮》本無見，《王制》言天子五廟，曰考廟，王考廟，皇考廟，顯考廟，祖考廟，則皇考者，曾祖之稱也。……自屈原《離騷》稱「朕皇考曰伯庸」，則以皇考為父……沿習已久，雖儒者亦不能自異也。」則肯定「伯庸」是屈原的父親，但沒有正確的依據。所謂「以皇考為父」，當然是王注「屈原言我父伯庸」以來相沿已久的看法。[34]

最後，詹先生指出：雖然王闓運（1833-1916）、聞一多，饒宗頤等學者認為伯庸是屈原的遠祖[35]，但他仍然認同王注之說：

> 按《周頌・雝》「皇考」雖作遠祖解，但作亡父解的例證更多：

---

32 參閱同上。

33 參閱同上，頁2。

34 見同上，頁2-3。

35 參閱同上，頁3。

如《周頌‧閔予小子》：「於乎皇考」，「休哉皇考」之類。又如
《虢叔旅鐘》：「丕顯皇考惠叔」，《叔夷鐘》：「用孝亨於大宗皇祖
皇妣皇母皇考」，均指亡父。因此，王注「我父伯庸」的解說還
是可信的。[36]

為了確定「皇考」的解釋，詹先生遍覽眾說，並多舉例證，才作最後
綜括的結語。

2 美人（恐美人之遲暮）

「美人」所指，是懷王、屈原還是賢士？詹先生說：

> 「美人」，指理想中人。王注：「美人，謂懷王也。」《文選》呂
> 延濟注：「美人，喻君也。」朱注：「美人，謂美好之婦人，蓋託
> 詞而寄意於君也。」洪補注：「屈原有以美人喻君者，『恐美人之
> 遲暮』是也。」[37]

以上王逸明指「美人」是楚懷王，呂延濟（唐人，生卒年不詳）、朱
熹、洪興祖等則認為所指是人君。至於屈原所關注的人君，也應該是
懷王。詹先生又引述閣簡弼注，藉以顯示還有其他說法：

> 閣注：「按此句之『美人』，自王逸、朱熹以來，皆以為喻人君，
> 即指楚懷王；清末朱冀則以為屈原自喻（《離騷辨》）；朱駿聲、

---

36 見同上。按：「休哉皇考」，不見於《周頌‧閔予小子》；《周頌‧訪落》，則有「休
矣皇考」句。「矣」、「哉」一字之差，可能是打印之誤。參閱朱熹《詩集傳》卷十
九，1958年7月中華書局（北京）頁232。

37 見詹安泰《離騷箋疏》上編，頁9。

馬其昶則以為泛指賢士（朱說見《離騷約注》）；戴震又以為喻壯
盛之年。以下文觀之，疑自喻之說近是。」[38]

閻氏在眾說中，取屈原自喻說。詹先生固然不同意「泛指賢士」和
「喻壯盛之年」兩說，同時也不認為「美人」是作者自喻。他說：

> 按，就下文看，仍以喻楚懷王為是。下文用責備的語氣，接著又
> 要求他「乘騏驥以馳騁」（委任賢良治理國家），然後毅然以前導
> 自任，則這句所指的理想中的美人，非楚懷王莫屬了。屈原自喻
> 或泛指賢士之說，似不可信。[39]

除列舉諸家分歧的說法，詹先生還審察這一句下文的語氣內容，才下
綜括的結語，顯示了他的博識和研讀有得的自信。

3 三后（昔三后之純粹兮）

「三后」指甚麼人？說法頗為紛紜。詹先生詳舉眾說，並歸納如
下[40]：

（1）夏禹、商湯、周文王說

王逸、朱熹、錢杲之、林雲銘、高亨及《文選》注（張銑）、《後
漢書·馮衍傳》注（李賢等）之說。朱熹後來又認為禹、湯、文王不
應列在堯舜之前，因此可能是少昊、顓頊、高辛。

---

38 見同上。

39 見同上。

40 參閱同上，頁11-12。

（2）楚國先王說

王夫之、戴震、逯欽立、劉永濟、姜亮夫、文懷沙之說。不過究竟指哪三位先王？他們的說法並不盡同。

（3）伯夷、禹、稷說

蔣驥、閣簡弼之說。

以上各種說法，都有共通的特點，就是實指三位古代人物。詹先生不同意實指人物，他這樣說：

> 按「三后」當指賢明君主的統治時期，故有眾芳萃集，大小的人才都得到任用的情況，蔣說閣說均未合，謂楚先君先王，也似過分誇張，舊說指禹、湯、文王，可信。但當時就時代言，不指個人，這和下文的「堯舜」就有所區別。朱熹一概從個人看，懷疑不應把禹、湯、文王擺在堯、舜的前頭，因而有少昊、顓頊、高辛之說，也是不恰當的。[41]

以上意見，可謂一空前人之說而不失通達。他雖指出禹、湯、文王之說可信，但強調那只是概述「賢明君主的統治時期」，而不是實指個別古代人物。朱熹前後有異說，只因為他執著於要為「三后」找出三個相應的人物，詹先生之說，是博覽、深思兼有的表現，對讀者應有很強的說服力。

4 民心（終不察夫民心）

「民心」說的是萬民之心還是屈原自謂？根據詹先生所提供的資

---

41 見同上，頁12。

料，兩種說法都有支持者[42]：

（1）萬民之心說

王逸、張銑、朱熹、錢杲之、林雲銘、龔景瀚之說。

（2）屈原自喻說

王夫之、蔣驥、戴震之說。

詹先生指出，王逸等人的說法，一脈相承，都認為「民心」指的是「人民的心情」；王夫之（1619-1692）等人的說法，「則十分不妥」。他的理據是：

> 考屈原自謂，一般都用「余心」。別的不引，即以本篇為例，如「非余心之所急」、「亦余心之所善兮」、「豈余心之可懲」等都是。而這裏獨用「民心」。有甚麼理由可以說它等同於「余心」呢？和「余心」類似的屬於自謂的用法，如「余情」（「苟余情其信姱以練要兮」、「苟余情其信芳」）、「余之中情」（「荃不揆余之中情」、「孰云察余之中情」），都冠以「余」字（也有用「朕」的，如「懷朕情而不發」之類，「朕」和「余」一樣）；即或省去「余」字如「苟中情其好修兮」之類，也明確是自謂，不至於引起誤會。這裏屈原分明說「民心」，而必欲作「自謂」解，那就是解者的歪曲，作者是不負這種責任了。[43]

詹先生從篇中摘出語句為例，說明凡屈原自謂都用「余」字，即或省

---

42 參閱同上，頁34。

43 見同上。

去「余」字，也明確是自謂的表達，不會引起誤解。此外，他又從篇中摘取用「民」字的語句為證：

> 篇中用「民」字的有四處：「哀民生之多艱」、「民生各有所樂兮」、「民好惡其不同兮」和這裏的「終不察乎民心」，王逸都解「民」作「萬民」，我認為是確當的。（有的本子以「民」為「人」，是避唐太宗李世民的「諱」，洪補注已經指出了。）[44]

既有用「余」字表「自謂」之例，又有用「民」字表「萬民」之例，《離騷》篇中用字涇渭分明，王夫之、蔣驥（清人，生卒年不詳）、戴震（1724-1777）等人的說法，也就不攻自破了。這是詹先生以篇中內證的方式，來為讀者解惑。

5 女嬃（女嬃之嬋媛兮）

「女嬃」是誰？歷來沒有定說，直到現在，似乎還有爭論。詹先生認為「『女嬃』是楚國女巫的一種名稱」[45]。在提出較詳細意見前，他仍採取常用的羅列眾說方式[46]：

（1）屈原姊說

王逸、賈逵、許慎、袁山松、酈道元、高亨之說。

（2）屈原妹說

鄭玄、段玉裁之說。

---

44 見同上，頁34-35。
45 參閱同上，頁46。
46 參閱同上，頁46-47。

（3）女巫說

顏師古、周拱辰、劉永濟之說。

（4）賤妾說

張雲璈、朱氏綬、梁章鉅、姜亮夫之說。

（5）女伴或侍女說

郭沫若、文懷沙、馬茂元之說。

在眾說中，詹先生獨取「女巫」說，理由是：

> 我認為就篇中的設辭看，女嬃和靈氛、巫咸應係同一類型人物，
> 如果突出一個姊、妹、賤妾、女伴之類的人物，反覺不倫不類。
> 其實，這一系列的假設人物，都是屈原為了表明心曲而提出的。
> 用具體人物來提出問題和解答問題，把思惟（維）活動形象化，
> 正是文學作品的一種特徵。既然是假說的人物，從人物的一致性
> 來理解，似乎解作女巫比較恰當。[47]

各種說法都有學者支持，「女巫」說也不例外。詹先生更用文學作品
的寫作手法來說明。他指出，文學作品，往往會假設具體人物來提問
和答問，使思維活動形象化，在《離騷》篇中，就不乏這樣的人物，
因此，從人物的一致性來理解，他認為把「女嬃」解作女巫是較恰當
的決定。

詹先生的說法有人或許未盡同意，但他的確提出結實的論據，又
作合情合理的解說，而且又能不抹殺異說，是值得後學效法的論學態

---

47 見同上，頁47。

度。稍可一提的是，巫風特盛的楚地，或許有長女為巫掌管祭祀的風習，這可能是古代母系社會的遺痕，在我國古代史籍和外國述論世界原始民族的著作都有這方面的資料[48]。如果這種說法可以接受，則《離騷》中的「女嬃」既可以是屈原姊又可以是女巫。這個意見，或可供支持「屈原姊說」和「女巫說」的現代學者參考。

（四）其他析論

1 降生年月日（攝提貞于孟陬兮，惟庚寅吾以降）

屈原降生的年月日，《離騷》的記述最可靠，但歷來各家推算不盡相同。顧炎武（1613-1682）《日知錄》卷二十「古人必以日月繫年」條云：

> 攝提，歲也；孟陬，月也；庚寅，日也；屈子以寅年寅月寅日生。[49]

詹先生指出，游國恩在《屈原·詩人的誕生》一文中，就參閱前人的考定，採納「寅年寅月寅日」的說法[50]。至於推算出來的日期，則有下列幾種說法的分歧[51]：

---

48 先師牟潤孫先生《春秋時代母系遺俗〈公羊〉證義》、《漢初公主及外戚在帝室中之位試釋》、《呂雉奪權與母系遺俗》三文有涉及我國古代母系遺俗與長女為巫掌管祭祀的討論，參閱《注史齋叢稿》（增訂本）上冊，2009年6月中華書局（北京），頁3-50及246-284。

49 見詹安泰《離騷箋》上編的引述。原文見黃汝成《日知錄集釋》中冊，2006年12月上海古籍出版社（上海），頁1134。

50 參閱詹安泰《離騷箋疏》上編，頁4。

51 參閱同上。

（1）楚宣王七年（前340）正月初七日

郭沫若《屈原研究》之說。

（2）楚威王五年（前335）正月初七日

林庚《詩人屈原及其作品研究》之說。

（3）楚宣王八年（前362）正月初一日

李延陵《屈原的生辰與離騷的著作時期》之說。

（4）楚威王元年（前339）正月十四日

浦江清《屈原生年月日的推算問題》之說。

對以上分歧諸說，詹先生明確表示：「我同意浦說。」[52]也就是他同意浦江清的推算。周偉民在《憶詹安泰老師》一文中，曾憶述老師對他的提示：

> 關於屈原的出生的年、月、日，《離騷》中記載最可靠，但因曆法推算方法不同，引起學術界不少爭論。用殷曆、周曆、夏曆以及太歲超辰法去推算，得出的時間不同。儘管不同，一般的相差也僅僅四年，這對於整個屈原活動的時代作宏觀的認識，不至發生很大的影響。[53]

詹先生的提示，使人知道分歧產生的根源，在於不同曆法的推算。而對於相差四年所產生的影響，他的意見，也不失為通達之說。

---

52 參閱同上。

53 見《詹安泰紀念文集》，頁85。

2 《離騷》寫作時期

屈原寫作《離騷》時期，有人主張在楚懷王時，有人主張在頃襄王時，詹先生認為「是楚懷王入秦不返，頃襄王初立時的作品」[54]。他的理由如下：

> 作品中指責楚王而猶給以美稱……此其一。就作品的總精神看，抱怨楚王中還有熱切的希望……但沒有哀悼懷王的表現，此其二。作品提到自己時有「老冉冉其將至」、「及年歲之未晏」等，都表示自己還不是晚年……其時屈原正是四十歲左右，一方面關懷楚懷王安全，一方面受到頃襄王、令尹子蘭等加重的迫害，而另一方面，以前每當楚、秦絕交時必聯齊，聯齊必用到屈原，而這次派人到齊國去又沒有他的份：這正是使他感到萬分痛苦難堪的時候，就把鬱積著的許許多多的冤氣趁這時候集中地而又盡情地傾吐出來，寫成這大氣磅礡、波瀾壯闊的雄麗的詩篇，那是很自然的。此其三。[55]

有了上述三個理由，詹先生下了這樣的結語：

> 我認為懷王入秦、頃襄王初立時的作品是比較符合實際的。當然，這樣的眾說紛紜的問題，還值得加深研究。[56]

《離騷》的寫作時期是個複雜的問題，難以「一錘定音」，詹先生在

---

54 參閱詹安泰《離騷箋疏》下編，頁114。

55 見同上，頁114-115。

56 見同上，頁115。

「結語」中的措詞，是治學態度矜慎的表現。姜亮夫在《重訂屈原賦校注》說：

> 屈子放逐在頃襄王初年，而《離騷》之作，當始於懷王十六年為上官大夫所讒而見疏以後，成於懷王入秦頃襄嗣立之後。[57]

姜氏的意見，與詹先生之說很相近，可供參考。

3 《離騷》主要內容

根據詹先生的意見，《離騷》的內容，主要包括「對祖國的熱愛，對人民的同情，對楚王的願望，對黨人的憤恨，對溷濁社會的憂思，對美好社會的憧憬」[58]。除了上述言簡意賅的說明，詹先生在《〈離騷〉通論》中，還有更精到、更詳細的述說：

> 我們結合全篇的具體內容來加以考察，很明顯地可以看出，屈原的注意個人修養和鍛煉，並不是為個人的孤芳自賞，釣名沽譽；屈原的培養人才和惋惜好人的變質，也不是為了個人的攫取權利，植黨營私。一切都是從他為祖國為人民來實現他的政治理想出發的，和他堅持自己的主張並意圖摧毀敵對的力量是起著互相配合的作用的。[59]

他又說：

---

57 見姜亮夫《重訂屈原賦校注》，頁4。
58 參閱詹安泰《離騷箋疏》下編，頁130。
59 見同上，頁126。

作品中也透露出他的彷徨不安、進返兩難的內心矛盾，他假託靈
氛勸他去楚求合，巫咸勸他留楚求合，就是他這種矛盾心情的表
現。但他最後還是表明自己的堅定的意志和態度，他的政治立場
和政治主張是極其堅毅執著不可動搖的。[60]

我們掌握上面的提示，再來細讀《離騷》全文，應該會有較全面、較
深刻的理解。

4 巫咸之言（勉升降以上下兮……恐嫉妒而折之）

詹先生認為，由「勉升降以上下兮」至「恐嫉妒而折之」，是巫
咸對屈原勸告的話語。不過，巫咸的勸告究竟截至哪一句，各學者的
看法並不相同。據詹先生的引述[61]：

（1）截至「使百草為之不芳」

蔣驥、方苞、林雲銘、龔景瀚、謝无量、文懷沙、姜亮夫、閣簡
弼、高亨、張縱逸、馬茂元之說。

（2）截至「恐嫉妒而折之」

李光地、梅曾亮、馬其昶、郭沫若之說。

（3）截至「莫好修之害也」

吳汝綸之說。

（4）截至「周流觀乎上下」

姚鼐之說。

---

60 見同上，頁126-127。
61 參閱詹安泰《離騷箋疏》上編，頁96-97。

在上述幾種截句中，詹先生認同李光地（1642-1718）等人的看法。截句屬篇章內容、脈絡的理解，有些文學篇章很容易截句，有些不是，《離騷》屬於後者，所以才會困擾了不少學有專長、讀書有得的學者。詹先生和一些學者的截句，代表他們對巫咸勸告屈原話語的理解，但的確難以證明他人的截句為錯誤，因此詹先生的措詞是「覺得這一看法比較正確」[62]，他既用「覺得」，又用「比較」，這表示他在討論學術問題時能有持平的態度和容納異己的胸襟。

五　餘論

詹安泰先生的文學、書法造詣和古典文學研究的成果，長久以來，獲得無數學者專家的肯定、推許和述論，在學界中早有定評，本不必由一個像我這樣的晚輩後學來述說。不過在我的印象中，直到現在，似乎還沒有人對詹先生的《楚辭》研究特別是對《離騷》的研究，作過專題的探討。我期望本文的撰作，是這方面探討的開始。

本文或許只能算是一篇《離騷箋疏》（上、下編）的讀後札記，限於時間和篇幅，我把閱讀時所摘取的資料，約略分為幾類，然後連綴成篇，藉以顯示詹先生在字詞釋說、文字校訂以至篇中所涉人和事考證等幾方面的論說功力。我選用的資料實在有限，討論並不全面。例如關於《離騷》的藝術表現，書中就有詳細的論說，限於篇幅，我並沒有在本文引述討論[63]。如果有人以我這篇札記為基礎，再仔細研讀《離騷箋疏》一書，應該可從中獲取更多資料，經歸納整理後，再

62　參閱同上，頁97。

63　參閱詹安泰《離騷箋疏》下編，頁131-154。談到《離騷》的藝術表現，詹先生分六
　　項論說，包括：強烈的悲憤情調、鮮明的人物性格、豐富的想像力、豐美生動明確
　　精煉的語言、美妙的節奏聲調、完整的結構、新穎的表現手法和取材。

撰寫為長篇論文，這樣，就可讓關心詹先生學術表現的讀者和後學，對詹先生研究《離騷》的成果，有更全面、更深入的了解。

—— 原載《潮學研究》新一卷第二期，韓山師範學院、國際潮學研究會（2011年6月）

詹安泰《无盦詞》詞序初探

一　詹安泰先生與《无盦詞》

　　詹安泰先生（1902-1967）是我國著名學者，長期從事古典的研究和教學工作，著《无盦詞》（1937）、《滇南掛瓢集》（1939）、《屈原》（1937）、《李璟李煜詞》（1958）、《宋詞散論》（1980）、《離騷箋疏》（1981）、《鷦鷯巢詩、无庵詞合集》（1983）、《詹安泰詞學論稿》（1984）、《古典文學論集》（1984）、《花外集箋注》（1995）、《詹安泰詞學論集》（1997），又曾與容庚、吳重翰共同編寫大學教材——《中國文學史‧先秦兩漢部分》（1957）。此外還有不少有關古典文學研究的稿件，可惜在文革動亂中散失了。

　　我最初閱讀詹先生的古典文學研究著述，是有關屈原（約前339-前278）、《楚辭》方面的，稍後才是他的詩詞作品和研究詩詞的論著。無可否認，在詹先生幾十年的學術生涯中，詞學研究仍然是他用心最多、著力最勤的。而詞的創作，又顯示詹先生是一位注重詞學理論與創作實踐相結合的學者[1]。他所寫的《无盦詞》，峭勁清麗，功力深淳，在詞壇上有很高的聲譽[2]。因此，我們在討論、表揚詹先生的詞學研究成就時，也應該多品讀他的創作和多分析他的創作。我這篇

1　參閱詹伯慧《後記》，《詹安泰詞學論集》，1997年10月汕頭大學出版社（汕頭），頁440-441。

2　參閱黃天驥《詹安泰先生在學術上的成就》，同上，頁33。

《〈无盦詞〉詞序初探》，只不過為有意研究詹先生創作成就的學者，提供一些素材、資料。在涉獵所及的範圍中，我目前似乎還未讀到談論詹先生詞序內容或藝術特色的篇章。

二 《无盦詞》詞序的內容

根據初步考察，《无盦詞》的詞序共有一百七十則，與全集二百五十九首詞比較，約佔百分之六十五點六。詞序的字數，有少到兩字、三字、四字的，有多到一百零四字的。較能引發我們研讀興趣的，當然是字數較多的序文，但字數較少的序文，也不乏有情有景之作。如：「有憶」、「落花」、「偶感」、「鄉思」、「夜坐」、「坪石晚春」、「秋日山行」、「江皋晚步」、「夏夜坐月」、「戊子春盡日雨」、「甲申立春陰寒」等等[3]。現試將《无盦詞》每則詞序的字數統計如下：

2字	3字	4字	5字	6字	7字	8字	9字	10字	10字以上
7	5	16	4	3	8	9	10	14	94
76									94

從上表可以看到，十字以上的詞序，在《无盦詞》中有九十四則，約佔總數百分之五十五點二。這類字數較多的詞序，可讓我們有較多語料，具體地了解詹先生的思想、感情和文筆風格，對我們認識他的為人和文學藝術造詣不無小補。關於詞序的內容，大略可歸納為記事、寫景、抒情、懷人、憂國、論學六類。現表列如下：

3　參閱《无盦詞》，《詹安泰詩詞集》，2002年12月翰墨軒（香港），頁37、86、93、98、102、103、108、119、125、129、145。《詹安泰詩詞集》的出版，以1983年至樂樓叢書本《鷦鷯巢詩、无庵詞合集》為底本而稍有補訂。

類別	記事	寫景	抒情	懷人	憂國	論學
數目	127	4	17	15	3	4
總數	170					

需要交代的是，詞序的內容，有不少是兼及兩類或三類的，在分類時，只能就內容的偏重而作取捨。此外，詞序不免以記事為主，所以內容以記事類為最多，約佔百分之七十四點四，其次是抒情，約佔百分之七點五。其實寫景、抒情、懷人、憂國五類中，仍有不少詞序是帶有記事成分的。可見詞序以記事為主的事實，不但會見於《无盦詞》，也會見於其他詞人的詞。

三 《无盦詞》詞序選讀

為了要得到較具體的印象，我們不妨分類選讀《无盦詞》的詞序。限於篇幅，只能每類選三則。

（一）記事類

《長亭怨慢》序云：

乙亥三月初八日，大水衝城，往還阻絕，夜復風雨交作，因篝燈倚此。[4]

內容純屬客觀記實。不過用「衝城」來形容「大水」，用「交作」來形容「風雨」，可見聲勢之猛烈。加上交通阻絕，被困屋中的作者，

---

4 見同上，頁27。

只好在燈下填詞，其寂寞、無奈之情，已隱隱透出言外。此則記事文字，或可說得上是看似無情實有情。

又《木蘭花慢》序：

> 春光明媚，不成薄遊。坐憶遊踪，惟客秋勾留湖上五日最樂。即賦此解，寄瞿禪、泳先杭州，用遺山孟津官舍韻。[5]

追憶與友湖上清遊之樂，反襯現今雖有美好春光，卻不能與友同遊，因而填詞寄意，以代書札。此則文字簡潔、平實，但在記述中含有情味。

《月下笛》序是一篇組織嚴謹、情景交融的小品文：

> 六月十五日，夜漏三響，香夢出牀，四顧闃然。因移坐階前綠蔭下，皓月當空，暑氣頓失。籬根亂蛩聲聲，如訴懷抱。惜無素心人來共酌酒，一領此幽悽況味也。[6]

這是一則以記事為主而兼有寫景、抒情成分的詞序。綠蔭、皓月、蛩聲，倍添夏夜之靜、之涼。細味之下，幽悽襲人，如詩如畫。

（二）寫景類

《石州慢》序寫景清麗：

> 甲戌九月，信步東津堤上。沙白草黃，寒水流碧。夾岸人家稠

---

5 見同上，頁38。
6 見同上，頁53。

密，雞犬之聲隱約可聞。遠處山容，尤清能見骨。客懷幽鬱，對
此淒然欲涕也。和東山。[7]

序文以描寫為主而帶有抒情的成分。堤岸徐步，白沙、黃草、碧水、
村舍、遠山，歷歷入目，而隱約的雞犬聲，使環境氣氛更為空闊寂
寥。身處異地的旅人，不免感受到初秋的秋意，因而有思家的悲戚。
這則詞序行筆清倩，點染色彩，仿似國畫山水小品。

《澹黃柳》序前半記事，後半寫景：

廿四年七月廿二日，侍斠玄夫子遊後湖。時四山淡漠，一雨霏
微，景光淒絕。[8]

細雨瀰漫，四周山色如籠輕紗。只用「淡漠」、「霏微」四字，淒迷之
景如見。結語用「淒絕」兩字，則是由景生情了。

又《清波引》序云：

遊澂江風山，山在北門外，翠竹參天，花樹四出，結庵其間，為
澂江名勝。庵前憑眺，則撫仙湖、金蓮山及其他小小邨落，一一
在眼簾中，使人依依，殆不肯去。余自晨往，傍晚始歸。歸途遇
雨，衣履盡濕。入夜月色皎然，倚闌悵望，猶耿耿於懷。念斯遊
之不可數覯也，因篝燈賦此。[9]

這是篇記遊之作，其中有不少寫景文字，如山上之景、庵前遠眺之

7　見同上，頁13。
8　見同上，頁33。
9　見同上，頁68-69。

景、倚欄月色，文字雅潔，意筆草草，著墨不多，而內容豐盛。

（三）抒情類

《徵招》序語含悲悽：

> 楓谿寄食，倏又經年。好夢成煙，淒懷在水。感今念舊，不知涕
> 之何從也。書寄吳辛旨（三立）梧州。[10]

經年生活異地，易興飄泊之感，撫今追昔，何能自已！填詞遠寄友
人，所以排遣愁緒，而詞序的抑鬱悲緒，倒已先詞而發了。

《水調歌頭》序云：

> 澂江中秋，不雨不月，祇寒風淒緊、萬籟蕭騷而已。客中對此，
> 難乎其為懷也。偶憶坡公明月幾時有詞，遂成一解。[11]

這又是作者客居異地的悲悽話語。「寒風淒緊、萬籟蕭騷」，語極熟，
亦最能狀寫無月秋夜的蕭殺，多愁善感的詞人，真是倍難為懷。這則
詞序，言雖簡而情漲溢，使讀者感同身受。

又《探春慢》序云：

> 山城坐守，雲物皆秋，觸緒成歌，渺兮予懷。依白石聲韻。[12]

困守山城，蕭殺秋意處處，觸目不免生愁，而所作亦只能遣愁。「渺

---

10 見同上，頁48。
11 見同上，頁64。「祇」，「祇」或字。
12 見同上，頁69。

兮予懷」，作者借改《楚辭‧九歌‧湘夫人》語「目眇眇兮愁予」，強調了自己的愁懷鬱結。詞序文字不多，但有很濃的抒懷成分。

（四）懷人類

《揚州慢》序云：

> 癸酉十月，霜風淒緊，繒纊無溫。憶枯萍獄中情況，悲痛欲絕。用白石自度腔，寫寄冰若、逸農。[13]

繒纊無溫，固然是天氣寒冷，但真正的苦寒，其實是來自內心的哀傷。寥寥數語，作者已充分表達了自己對獄中人深切的繫念。而颯颯寒風，彷彿自字裏行間透出。

又《渡江雲》序云：

> 撿舊麓得丙寅清明同冰若遊廣州北郭詞。惜別傷時，百感奔赴，即成一解，寄冰若、真如。[14]

撿出舊作，勾起了同遊往事，昔日別離之痛，不禁重現心頭。加上時局、現實的不如意，自然使感性的詞人感觸百端。詞序如實地記述了當時的心境，並表達了深切繫念之情。

《鷺啼》序是篇悼念的短文：

> 冰若客死渝中，余既為詩哭之，忽忽近半年矣。頃者整比舊稿，觸撥前塵，歎逝傷離，益難自已。因復倚覺翁此曲，以永余哀。

---

13 見同上，頁4。

14 見同上，頁27。

> 庚辰天穿節後五日。[15]

翻閱舊稿，看到了近半年前撰寫的悼詩，不禁觸起了天人阻隔的傷痛。再為去世者填詞，不是為了「去」哀，而是為了「永」哀。作者在詞序中所表達的懷念情意，是深刻而恆久的[16]。

（五）憂國類

《玲瓏四犯》序本來是一則記事短文，但憂國懷人之情，躍然紙上：

> 廿四年七月，余自滬之杭，訪夏瞿禪教授於秦望山，因與縱遊湖上，忽忽周三年矣。大好湖山，已非復我有。余寄食楓里，瞿禪亦避地瞿溪。寇氛載途，清懽難再，月夜懷思，淒然欲涕。因倣白石舊譜倚此，寄瞿禪。[17]

「大好湖山，已非復我有」，「寇氛載途，清懽難再」，這是因國難當前、國土淪喪而發的哀憤之言，語調非常沈痛。「月夜懷思」，是懷人，也是憂國。作者詞序所言，無疑是抗戰時期有良知的知識分子的心聲。

《齊天樂》序云：

> 國難日深，客愁如織，孤憤酸情，蓋有長言之而猶不足者。香

---

15 同上，頁73。

16 作者對同一人的懷念，又可見《卜算子》序：「北郭感春，寫寄李冰若。與冰若別十年矣。」見同上，頁26。

17 見同上，頁51。

港作。[18]

烽火連天，國難逼迫，憂心忡忡，愁憤實非文字所能充分表達。詞序先詞而發，有意提示讀者仔細領會詞中的苦衷酸情。

又《壺中天慢》序云：

> 兵火連天，鄉音沈滯。分寄渝滬諸友。[19]

既憂國難，又念親友，離亂、飄零之痛，序文只用兩語已能傳達。

（六）論學類

《秋宵吟》序云：

> 秋感用白石自製曲。白石此調，宋元人無繼聲，蓋雙拽頭也。戈順卿謂須用上聲押，劉子庚謂末句必平入平入去去上，今依之。[20]

作者通過詞序，簡要地說明自己對姜白石（1155？-1221？）詞調的心得，並表示認同戈、劉兩人的看法。這則詞序，為後學提示了用白石自製曲填詞的竅門。

《塞翁吟》序的開端，是記事也是記情，後面則全是討論填詞擇調的創作問題：

> 風雨瀰天，震撼林野。小樓坐對，中心如焚，聲為此詞，勉自歛

---

18 見同上，頁56。
19 見同上，頁61。
20 見同上，頁52。姜夔，號白石道人。

抑。昔紫霞翁謂此調衰颯，戒人莫為。然嚼徵吟宮，情各有合，
擇腔應運，勢難偏廢。世有解人，當不余哂爾。[21]

詞調衰颯，會影響填詞者的心境，甚至會影響填詞者的人生態度，主
張「莫為」《塞翁吟》的人，自有善意存乎其中。但人的遭際意緒，
往往有起伏變化，為了表達的需要，即所謂「情各有合」，衰颯的詞
調，有時也不可廢。這就是詹先生在這則詞序中所提出的意見。詹先
生身逢亂世，難免有亂世的悽楚與哀傷，因而有這樣的理論和衰颯詞
調之作。

又《霜花腴》序云：

雁來紅一名老來嬌，禾丈詞來，命同作。品草描花，非所夙尚，
即其名而寫所感，必非工於體物矣。戊子杪秋。[22]

品草描花，是一種表達方式；即物寄情，是另一種表達方式。《无盦
詞》中極少品草描花之作，而即物寄情之作倒有不少。詹先生是個重
情感、重寄託的詞人，因而有這樣的取向。他自言「非工於體物」，
是自謙，也確屬「非所夙尚」。這則詞序，有助我們對《无盦詞》的
了解和欣賞。

四 《无盦詞》詞序的藝術特色

根據細讀《无盦詞》詞序的結果，我們或許可以看到一些藝術特
色，值得提出來談談。

---

21 見同上，頁118-119。

22 見同上，頁140。

（一）文筆清新雅潔

《无盦詞》詞序的文筆，大致上可用清新雅潔來形容。清新可指氣息、內涵，雅潔可指語句、詞藻。上舉各例，已足以作為證明。此外，還可以舉出一些例子。如：

> 戴月歸來，意有所會，因作。[23]
>
> 沙洲鳳凰臺為潮中名勝……頃聞有改建之議，乃鼓興一履其地。荒煙蔓草，斷瓦頹垣，已不勝其淒黯矣。[24]
>
> 秋老風高，繁聲激耳，山樓坐對，情見乎詞。[25]
>
> 梅州盛暑，漫遊黃塘。時乍雨乍晴，光景奇麗。[26]
>
> 新秋過雨，涼意上樓，心境瑩然，屬思彌永，騷情客感，殆不自勝，又不止傷春病酒時也。[27]

（二）內容感慨悽鬱

讀《无盦詞》詞序，總覺得作者大多時候都心懷感慨悽鬱，難得有歡愉的時候，在抒情、懷人、憂國時固然是這樣，就是記事、寫景，也多含有幽悽悵惻的況味，從上面所引各則詞序可見。主要的理由，一方面因為他是個感情豐富、易生感觸的詞人，另一方面，則與他遭逢國難、經歷坎坷、生活飄泊有關。我們不妨再多看幾個例子：

23　見《尉遲杯》，同上，頁15。
24　見《淒涼犯》，同上，頁35。
25　見《一萼紅》，同上，頁40。
26　見《掃花游》，同上，頁111。
27　見《玉京秋》，同上，頁120。

暑中雨晴不定，悶人欲死，不得不言。[28]

病眼迷糊，若有所觸，即就床沿書此，索解人不易得也。[29]

旅食澂江，生意垂盡，中懷淒鬱，難已於言。[30]

芳華易逝，懽事去心，慨乎言之，不自知其意之誰屬矣。[31]

春意模糊，寒風淒厲，傷離念遠，難已於言。[32]

（三）對人對物情深

《无盦詞》是情深之作，就是詞序，也顯得對人對物，都傾注誠摯的感情。上面已有不少例子，下面再看一些：

江亭重到，景物都非，感賦此闋。[33]

懷人有夢，寄慨無方，再和東山。[34]

為吳君懋題彊邨先生遺墨，時甲戌十二月，先生下世三年矣。[35]

得夏瞿禪病訊，倚此慰問，兼抒近懷。[36]

羅元一（香林）教授兄索題手冊，走筆成此，遭世亂離，寸情天遠，不覺其言之淒異矣。[37]

---

28 見《虞美人》，同上，頁28。

29 見《高陽臺》，同上，頁47。

30 見《虞美人》，同上，頁59。

31 見《倦尋芳》，同上，頁83。

32 見《鳳簫吟》，同上，頁96。

33 見《聲聲慢》，同上，頁3。

34 見《石州慢》，同上，頁14。

35 見《大酺》，同上，頁20。

36 見《水龍吟》，同上，頁34。

37 見《齊天樂》，同上，頁60。

五　結語

　　詹安泰先生的詞，取徑一石（姜白石）二窗（吳夢窗、周草窗）[38]
而卓然有成。他的詞序寫作，明顯地受到宋代詞人尤其是白石的影
響。不過由於先天的個性和後天的修養，再加上亂離之世辛酸而坎坷
的經歷，這就使《无盦詞》詞序的寫作，透出一種既清新雅潔又感慨
悽鬱的風采，而誠摯的感情，又常常在多則詞序中流露出來。其實，
詹先生詞作以至詞序的內容和藝術特色，仍待後學不斷深入考察、積
極發揚，這篇論述《无盦詞》詞序之作，只是探究的起點而已。

　　　　——原載《學術研究》第10期，學術研究雜誌社（2003年10月）

---

38 吳文英，號夢窗；周密，號草窗。

羅叔重及其《煙滸詩》

一　羅叔重其人其藝

　　羅叔重（1898-1969），廣東南海人，原名瑛、騷霞，又名保泰，字叔重，以字行。他的別署頗多，有：寒碧、能齊、珏、律、元律、紅庵、迦陵、可方、厚亞；居所名稱有：抱明月庵、春酒堂、三不以堂、煙滸、煙滸別業、芳蕙堂等等。他出生於仕宦之家，世居廣州西關，晚年定居香港。一九三八年前後，因有不少書畫友居於澳門，他常來往於港、澳之間，參與雅集活動。

　　羅氏性情率直豪爽，狂放不羈，喜愛吸菸、喝酒，酒後好罵座，闊論高談，常令藝壇側目。有人認為，他這樣做，其實是藉酒意狂世，以發洩心中鬱勃不平之氣。他在《假吾友余君慧先生畫展道場略說一言》中承認，「興之所致，或有品隙（隟）」，「而不屑以輕薄語言」「中傷人」。他所看不慣的，是「時下一得之士，輒高歌舞蹈，自許為精乖伶俐之妙品」[1]、可見他的「罵座」，有明確的針對目標，而且不屑用輕薄語言對人中傷。

　　羅氏早慧，童稚時已能寫字賦詩，早年與馮康侯（1901-1983）同問學於劉慶崧（1863-1920前後）。他精篆刻，出入周秦、兩漢，好

1　參閱陳繼春《羅叔重和他的書法與篆刻藝術》，《羅叔重百年回顧》，1998年7月澳門市政廳（澳門），頁27。陳文所據資料，為《假吾友余君慧先生畫展道場略說一言》一文，但沒有提供資料來源。又，原文「品隙」一詞，似應作「品隟」，可能是校對之失。

以六朝文字入印，古樸奇麗，饒有新趣；他特別擅長書法，以楷、隸著稱，結體險奇，筆畫的短長伸縮，往往出人意表；他創仿搨碑體，俗稱「黑老虎」，在藝壇上得到很高評價。馬國權在《香港近百年書壇概述》一文中，對他的書法有切要的述評：

> 其楷從碑入，參以褚遂良法，衍而為行，或挹陳曼生之趣為之，峭拔閑雅，妙於聚散，雖細筋入骨，亦遒勁可觀；尤精隸法，拙厚灑落，時有奇趣。好反白為黑戲擬作碑版，深得剝落殘連古致，並名之為「黑老虎」云。[2]

陳荊鴻（1902-1993）曾借用蘇軾（1036-1101）的詩句，來概括他的書風，詩句云：「端莊雜流麗，剛健含婀娜。」[3]欣賞過羅氏書法的人，會同意詩句的妙語形容。

　　繪畫方面，羅氏曾師事程景宣（1874-1934），因此能寫山水、花鳥。他的畫作，據說清逸雅麗，有王翬（1632-1717）、蔣廷錫（1669-1732）之風，可惜留存不多。《羅叔重書畫集》（又名《羅叔重書畫篆刻詩集》）（1947）收錄了他的山水畫十一幅，只是印刷不佳，難以看到墨色層次；《羅叔重百年回顧》（1998）只重複收錄已刊於《羅叔重書畫集》中的《翠谷繁陰圖》山水大軸，彩色印刷，效果頗佳。我家裏有一幅他所繪的《龔定庵詞意圖》山水大軸，寫景工細中有氣勢，設色雅淡無俗氣，畫風近於梁伯譽（1903-1979）早年山水，功力並不遜於程景宣。據聞他的畫作中，有些是他人的代筆，這

2　見中國書法國際學術會議籌備委員會編《書海觀瀾》，1998年12月香港中文大學藝術系、香港中文大學文物館（香港），頁225。

3　參閱陳荊鴻《羅叔重書畫篆刻詩集序》，《羅叔重書畫集》（此為羅氏自書集名，即陳氏所謂《羅叔重書畫篆刻詩集》），1947年私人出資刊行，頁3。

種傳聞，流傳頗久，但究竟哪幅是代筆？哪幅是真筆？目前似乎還沒有人提出具體的例證來說明。

羅氏幼習經史詩文，後又畢業於廣東高等師範學校，學厚才高，長於文章撰作，尤工詩詞，他的書法作品，多屬自撰詩詞或文章。他的詩詞，用語雅潔清新，思想寄慨高遠，有《煙滸詩詞》的編集。限於篇幅、時間，本文的討論，只集中於《煙滸詩》。

二　《煙滸詩》的內容述要

羅叔重的《煙滸詩》，其實包括他的《三不以堂詩》和《寒碧詩鈔》；前者附錄於《羅叔重書畫集》，後者在《羅叔重百年回顧》一書中，則註明屬羅氏一九四七年以後的詩作。所謂「煙滸」，指的是羅氏和夫人駱芳蕙女士在大埔的居所。羅氏曾以仿揚碑書體為自己的居所題匾額，並附記云：

> 甲午八月，來居大埔吐露海濱，風颭沙鳥，雲影山光，夜色空濛，漁鐙上下，因名其廬曰煙滸，時同芳蕙住於此廎。叔重署。[4]

羅氏早期居所曾命名為「春酒堂」，稍後又名為「三不以堂」，所以在丁亥年（1947）有《三不以堂詩》的編集；甲午年（1954）後，居所稱為「煙滸」，或稱「煙滸別業」，而別業中，又有所謂「芳蕙堂」。《羅叔重百年回顧》一書，就把收集到的羅氏詩詞合稱為《煙滸詩詞》。為了討論的方便，我們姑且把他前後期的詩作，統稱為《煙滸詩》。《煙滸詩》中，不乏「詩酒風流，綺詞豔語」之作，為羅氏的友朋所津津樂道，但也有不少屬於抒發沉痛哀樂、家國憂患的篇章，其

4　見《羅叔重百年回顧》，頁12。

中更有論藝之作,涉及詩歌、書法、篆刻方面的評論。現試根據內容,擇要約略分類介紹如下:

(一)述志

羅叔重在《煙滸詩》中,有不少述志之篇。如《澤雉行》中有句云:

> 寒雞曉窗鳴,澤雉不入城;寧為耿介死,不受樊籬生。[5]

這是自述性格耿介,不願受樊籬的拘束。又如《抱明月庵夜飲酒酣有詠》:

> 潦倒原非絕世才,藥罐經卷共徘徊;一聲曉角寒星動,萬重秋風塞雁來。畫裏江山猶入夢,門前車馬已如雷;諸君勉盡平倭策,莫笑淵明泥酒杯。[6]

羅氏自言自己只是個潦倒的病書生,並非絕世之才。因此,他勉勵友儕在國家危難之秋,應該為國盡力,而自己則願效嗜酒的陶淵明,歸隱田園。《寄悶》六首,主要為描寫窮愁潦倒的苦況,同時也是借詩寄意,表明心迹。下面試引述三首:

> 砭骨寒風著意吹,三天一飯強為支;牽衣弱息知余餓,痛忍悲懷對母慈。

---

5 見羅叔重《煙滸詩詞・三不以堂詩》,《羅叔重百年回顧》,頁143。本書頁93後或缺頁數,或頁數紊亂。姑自頁93後依順序代編頁碼,以便引述及讀者翻檢。

6 見同上。

九載流人夢豈安，偶然小住亦艱難；更知物理都為曲，餓死寧甘肯作奸。

無城無瓦未為窮，俯仰何慚氣自充；擲筆尚留經國志，此身有待羽毛豐。[7]

這是向人訴說寒天缺糧、累及妻孥的狼狽，但人窮而志不短，所以既說「餓死寧甘肯作奸」，又說「擲筆尚留經國志」。名為「寄悶」，其實是「明志」！《甲申歲莫（暮）雜詩》五首，其中兩首，也有相近的表白：

瘦盡菊花枝，南山引步遲；凌霜餘傲骨，卓犖豈庸姿。

自顧身猶健，甘心酒色徒；箏琶音變徵，壯士恥為儒。[8]

羅氏讚揚菊花傲骨凌霜，應是自勉之詞。他又表示，國難當前，人人應做衛國的壯士，而不要做無用的書生，可惜自己是酒色之徒無以報國。這是自慚、自責，但也有勉勵他人之意。

上述各詩，顯示羅氏身罹窮愁困厄，不免壯志消磨，未能挺身報國，實在有愧於心。但民族大義在前，志節仍在，矢言即使餓死也不肯作漢奸！

（二）學藝

羅叔重能畫、善書，精於篆刻，在廣東藝壇為人所熟知。究竟他的學藝過程怎樣？有甚麼心得？他的《啟事詩》有較詳細交代。《啟事詩》合四首七言律詩為一組，前面有長《序》。在《序》中，羅氏說：

7　見同上，頁147。

8　見同上。

叔重混迹藝林，託情毫素。兒時晷刻，摩筆墨於練群；少日餘
閒，撫碑林於蕉葉。雖壯心之未已，懼所學以無聞。用是禿狡兔
之千毫，延金烏於一霎，偶然酒罷，陡爾神來。寫雞鳴之碑，續
蠅點之畫，明知無益，本求自娛。何期閉門造車，載酒問字，遂
使孤陋者頓增其閱歷，而愚魯者得緣是而切磋。五十年中，彈指
逝去，萬千劫後，過眼重來。檢今日之行勝，笑當年之陳迹。[9]

羅氏以駢儷行文，自述由兒時開始，即已用心筆墨功夫，臨碑認字，
日夜匪懈，所謂「禿狡兔之千毫，延金烏於一霎」，幾十年過去，到
底有點心得，於是便用了詩的形式，向大家作「啟事」的告白。下
面試摘錄有關詩句：

老愛碑林少愛書，近來剛勁問何如。……硯墨磨人行慚短，縑緗
嫌我困局諸。[10]

羅氏真書凝重流美，行書瀟灑俊逸，隸書方穆樸茂。他的真書，從褚
遂良（596-658）入手，再學《樂毅論》、《黃庭經》，又臨摹《龍藏寺
碑》、《張猛龍碑》、《鄭文公碑》；行書以學《蘭亭序》、《聖教序》為
主；隸書則臨《曹全碑》、《華山廟碑》、《孔宙碑》、《禮器碑》[11]；真
是「少愛書」而「老愛碑」，目的是求「剛勁」。所謂「硯墨磨人」，
「縑緗嫌我」，都是他自述刻苦用功的情況。即使是有天分的藝術
家，也要痛下苦功。《啟事詩》又云：

9　見同上，頁156。

10　見同上。

11　參閱李鵬翥《風流倜儻寒碧翁——「羅叔重百年回顧展」縱筆》，《羅叔重百年回
顧》，頁19。

……得意偶同蘇學士，論書曾效衛夫人。何當漢隸供驅使，每遇
秦碑要問津。[12]

這是說，他既仰慕衛夫人（272-349）、蘇軾（1036-1100）的書法造
詣，又努力探研秦碑、漢隸的書法藝術。《啟事詩》又說：

記曾侍坐到龍湖，花鳥通神山水腴。自爾當風摹吳帶，依然臨水
學倪迂。……[13]

龍湖，指「龍湖叟」程景宣（竹韻）。羅氏曾向程氏學山水、花鳥。
吳帶，指吳道子（？-792），倪迂，指倪瓚（1301-1374）。程氏山水
學王翬（1632-1717），花鳥學蔣廷錫（1669-1732），羅氏以師教為基
礎，再上溯唐、宋、元，向古代畫家學習。《啟事詩》又云：

六丁鑿石開龍門，雷斧如聽萬馬奔。峋嶁古文知共識，嶧山奇字
肯同論。鐫來五色留花押，畫出千毫印月痕。……[14]

這是羅氏自述學習篆刻藝術的過程。他出入周秦兩漢，研治古文奇
字，探索龍門石刻，以漢隸、六朝碑刻文字、宋元花押入印，用刀衝
切兼施，光潔為美，效果是拙中藏巧，渾樸中見新奇。《啟事詩》及
詩《序》，應可看作是羅氏向友儕和晚輩訴說自己學藝過程的篇章。
至於他論藝的意見，則會在本文的另一節中說明。

---

12 見羅叔重《煙滸詩詞·三不以堂詩》，《羅叔重百年回顧》，頁156。
13 見同上。
14 見同上。

（三）憂國

羅叔重生活在日軍侵華之時，所以有不少吟詠，都與憂國、傷時有關。如《寄杜木岸》云：

> 韶關迢遞嶺雲昏，回首江湖萬灶屯；客裏互驚生白髮，燈前聊共泛清尊。雨珠輕重隨簷下，布被橫斜到曉溫；夜半枕戈同不寐，中原誰復識劉琨。[15]

雨夜懷人，不禁興起憂國、傷時的思緒，因而想起晉代劉琨（271-318）、祖逖（266-321）這類人物。他期待的，是聞雞起舞、意圖恢復中原的俊傑。又如《戍角吹塞圖》：

> 蕭瑟關河起暮煙，西風殘照繫征鞍；舊時庭院凋零甚，戍角聲聲入夢寒。[16]

寒風蕭瑟，戍角聲聲，身罹戰亂的人，情何能已！同類情懷的詩還有《中秋觴月》：

> 長空明月照無眠，一派狼煙越阡陌；舉目悲涼胡騎迹，不知今夕是何年。[17]

又《於廣州偽治下重晤關桂荃中華品茶》：

---

15 見同上，頁142。
16 見同上，頁145。
17 見同上，頁146。

倦眼傷春感物華，庾樓零亂不成家；山河破碎悲岑寂，易逝光陰
靜品茶。[18]

與友敘舊品茶，本是樂事，但在日偽政府統治下，家不成家，只能相
對歔欷。至於羅氏在戰亂中的懷人之篇，更能表達他對時局的憂傷。
如《關壽嵩哀詞》之一云：

天涯遊子賦歸來，蒿目時艱萬感灰；對酒未忘經國論，即今淚染
白雲隈。[19]

羅氏附記云：

殺羽後歸厲香江，時君日夕過從，對酒興言，不計朝夕。[20]

而另一首又云：

海角無端忽搆兵，與君同住九龍城；共謀衣食生存計，元塱荃灣
日日行。[21]

詩以敘事為主，並無精美警策之句，但「附記」則如實地敘述了香港
淪陷時期居民生活苦況的一斑：

---

18 見同上，頁148。
19 見同上，頁146。
20 見同上。「殺羽」，今多作「鎩羽」。
21 見同上。「元塱」，今作「元朗」。

> 倭賊以三十年十二月八日稱兵侵略九龍，越十日而陷。糧食告
> 竭，搶掠頻形（仍）。余與同居旺角，乏資備糧，因與君早出元
> 塱，作販菜，以謀裹（裏）腹。[22]

在香港淪陷期中，不少人會絕早從市區徒步前往元塱（朗），深夜才
能回家，途中又要躲避日軍「拉伕」作苦工，為的是要購買瓜菜回市
區販賣以謀微利。先父海庭（達潮）先生（1908-1983）就與羅、關
兩人有同樣的艱苦經歷。

《關壽嵩哀詞》的另一首又云：

> 香江兩度繫遊驄，載酒聯床蠟盞紅；曾與余云歸去好，相逢今在
> 夢魂中。[23]

這是懷念關氏的詩，因此記錄了兩人聚首談話的情狀。「附記」中說
得更清楚：

> 香江戰起，余挈眷遄歸內地，及事情屏擋後，又兩度來港，下榻
> 君家。曾語余曰：苟稍能應付家人，即投效香公操戈殺敵也。[24]

香公，疑指香翰屏（1891-1978），抗日將領之一，擅草書，有儒將之
稱，曾任職軍長、集團軍副總司令、粵贛分區總司令等，晚年隱居本
港新界屏山。羅氏對有意投軍殺敵的朋友總是獎勉有加，對關氏也是
如此。他雖曾在《抱明月庵夜飲酒酣有詠》中自愧只能學陶淵明

---

22 見同上。「頻形」應作「頻仍」；「裹腹」應作「裏腹」，似為手民之誤。

23 見同上。

24 見同上。

（365-427）的「泥酒杯」，但對抗日報國一事，卻從來不敢或忘。例
如《雜感》之一：

> 寥落關河萬里秋，三千楚尾與吳頭；珠簾卷起重新看，我欲投鞭
> 斷逆流。[25]

又《宿曉風流口號》：

> 午夜遙聽畫角哀，萬方多難此徘徊；願因風便問群帥：何日金戈
> 報捷回？[26]

又《釣台秋眺圖》：

> 如畫江山極壯圖，秋高臨眺莫嗟吁；會須倒挽天河水，洗滌中原
> 舊染污。[27]

又《陳仲衡哀詞》：

> 客散留髡夜雨時，問余今後卻何之；此間地帶生荊棘，整爾戈茅
> 快斬夷。[28]

上述幾首詩，都與抗日有關。國土淪陷，遍地荊棘，「我欲投鞭斷逆

---

25 見同上。
26 見同上。
27 見同上。
28 見同上。「戈茅」，似應作「戈矛」。

流」，可代表有志之士的心聲；「金戈報捷」、「洗滌」、「舊染」，「戈茅
（矛）斬夷」，則是全國同胞所期待的結果。羅氏憂國愁思，心懷義
憤，則是情見乎詞！

此外，羅氏有一首詩──《示卓吾細柳味齋汝根》，作於一九四
五年八月七日，記述了自己在日軍快要投降前的處境和心情。詩云：

> 野曠雲猶濕，風狂葉滿樓；江聲連夜急，心意不勝秋。落日山陽
> 笛，煙波范蠡舟；此心忘去住，何用狎輕鷗。[29]

詩前有《序》云：

> 三十四年八月七日，敵軍自大良來沙灣，敵酋近藤新八指揮所
> 部，佔住民屋。時余所住者學陶園亦須退出，一時頗呈騷動狀態
> 也。[30]

侵略者日暮途窮，仍然強橫地騷擾民眾生活，「雲猶濕」、「葉滿樓」、
「連夜急」，形容的就是當時艱難的處境，「心意不勝秋」，寫的就是當
時的心情。可幸侵略者很快就宣布投降，於是羅氏喜而賦詩，並序：

> 日酋於中華民國三十四年八月十五日向我國無條件投降，喜而
> 賦此：
> 聞道干戈戢，中原血戰餘；國人看露布，島寇遞降書。八載虛消
> 息，一朝快翦除；故鄉滿生意，沽酒酌鱸魚。[31]

---

29 見同上，頁144。
30 見同上。
31 見同上。

民國三十四年（1945）八月十五日，日本投降，羅氏以愉悅的心情賦詩，為八年抗日戰爭的憂憤畫上句號。不過，他的《煙滸詩》已為我們記錄了一個知識分子在抗戰期中的憂思愁憤，讓不知憂患為何物的年輕讀者知所警惕！

（四）傷病

詩人大多感情豐富，因此不免多愁善感，羅叔重是詩人，當然也不例外，尤其是有病在身，就更會發諸吟詠，以抒苦懷。在《煙滸詩》中，這類內容的詩有多首。如《枕上口占》有《序》云：

> 花朝日，有松石堂主人陳仲衡偕孔仲明來訪寓齋，邀作踏春遊。時瘧疾方作，擁衾發抖，枕上口占卻寄。[32]

「瘧疾方作」，不能隨友踏春，實感無奈，於是只好在床上詠詩寄意。詩有兩首，其中有句云「山館春寒病起遲」，又云「藥罏消瘦沈郎腰」，因而不免「酒盞詩情頓負伊」了[33]。不過，這兩首詩只是致歉，還未道出患病之苦。《病榻》五首，則講述了久病的狼狽和生活的困厄。現選錄三首如下：

> 破樓擁鼻一年餘，蛛網塵楹似穴居；寒漏三更張鼠陣，鐵衾涼浸舊神櫥。

> 木板平鋪待客過，又添兩椅不張羅；茶鐺筆硯書兼畫，一例同收到睡窩。

---

32 見同上，頁145。
33 參閱同上。

故人多半覓封侯，肯向宦衙作簡投；脫略也知忤時世，花開花落
不凝眸。[34]

生活困乏，的確令人氣餒，但仍不願效法故人向官府故人投簡營謀職
位。「脫略也知忤時世」一語，雖有自責之意，其實也正是自矜。《病
中》兩首，傷病之意更為明顯，但也流露出中國傳統讀書人在窮愁潦
倒中仍不失本色的特質。詩云：

入春粒米祇輕嘗，病榻呻吟沒主張；藥灶空存鑪火歇，窮途真箇
費商量。

冷雨危樓夜漏催，挑燈無語黯徘徊；明朝藥價如何付，深悔書生
未理財。[35]

「病榻呻吟」，仍須面對生計的壓力；「藥灶」、「火歇」，恐怕連買藥
的錢都沒有了。在連綿夜雨中，又怎能不倍感悽愴！羅氏在詩中深悔
自己不善理財，但賦性如此，「深悔」背後何嘗不是「不悔」？假使
真的「深悔」，他早就會向達官貴人鑽營，不必有「明朝藥價如何
付」的憂慮了。

（五）論藝

羅叔重擅詩文，又精書法、篆刻。在《煙滸詩》中，也有涉及論
詩、論書、論印的篇章。

---

34 見同上。
35 見同上。

關於詩，羅氏在《寄岑花村》詩中，有具體的意見。詩之前有《序》云：

> 余當論詩，多與人不同，於岑花村尤甚。蓋花村好高談古人，於時彥多無取舍。然余不樂宗派，好捨古短而表近家之長。以此寄花村，抑志所見。[36]

岑花村重古輕今，羅氏則「好捨古短而表近家之長」，而且反對宗派門戶之見，這是兩人最不同的地方。羅氏性格率真，毫不掩飾人我之間的意見分歧，真是脫略而忤時。在詩中，羅氏云：

> 論詩不喜是丘壑，下筆直欲飛雲煙；俗子好古取記誦，爛熟糟粕如吸川。高視往古薄今人，李杜門下只執鞭；手執一卷傲居士，居士對此真粲然。數百年來詩人絕，吟蟲唧唧皆可憐……。[37]

羅氏以嬉笑怒罵的態度，稱好古之士為「俗子」、為「可憐」的「吟蟲」，貶意顯然。他認為偪促李白（701-762）、杜甫（712-770）門下吸收古人糟粕以示傲之士，實在不值一哂！

關於書法，羅氏特別推許陳鴻壽（1768-1822）、董其昌（1555-1636）、成親王（永瑆，1752-1823）。他在《區哀公書來以近得陳曼生楹帖詩以美之》云：

> 曼生信是人中傑，書法優於刻印章；抗手未逢清一代，千秋壇坫

---

36 見同上，頁149。
37 見同上，頁149-150。

有光芒。[38]

陳鴻壽（曼生）書法、篆刻並臻卓越，但羅氏特別稱譽陳氏的書法造詣，認為優於篆刻，在清代並無抗手。據我們所知，羅氏的篆、隸、行楷，融合眾家，多方汲取，而於陳氏之作，更特別究心，最後形成顯著的個人面目。羅氏又云：

> 雙年印主鑑藏家，管領風騷閱歲華；物聚由來知所好，曼生楹帖足堪誇。[39]

區衰公（1883-1959），號「雙年印館主」，是書法家區建公（1886-1972）的堂兄。羅氏稱美區氏得藏陳氏楹帖，正顯示他對陳氏書法藝術的推崇。羅氏又云：

> 成親王子湛風神，書法香光更足珍；墨寶今存兩新會，君家鄉里有前因。[40]

詩後附記云：

> 余以詒晉齋詩軸貽陳壽南，此製為成親王臨香光之最佳者。[41]

「詒晉齋」是成親王的室齋名。據詩及附記所云，可見羅氏很欣賞董其昌（香光）、成親王的書法，而「成親王臨香光之最佳者」，更是雙

---

38 見同上，頁146。
39 見同上。
40 見同上。
41 見同上。

美融合，彌足珍賞。所謂「兩新會」，指的就是區萼公和陳壽南。

　　從來談論羅氏書法的人，大多會留意褚遂良（596-658）、陳鴻壽與羅氏的藝術淵源，至於董其昌、成親王的書藝，究竟對羅氏有沒有影響？則少人提及。因此羅氏詩作中評述書家的言論，對研究羅氏書法藝術的人，或許也有參考的價值。

　　關於篆刻，羅氏有四首詩，記述了自己論治印的意見，詩前有《序》，交代了與諸印人討論的緣起：

> 乙未閏三月廿八之夕，飲酒意舫畫室，與林近及諸印盟論印，各攄己見，頗得平衡。翌晨大雨驟作，得此四截，聊寄鄙意。[42]

既說「各攄己見」，可見論者意見紛紜；「頗得平衡」云云，大抵意見經討論後還是有分歧；最後羅氏以詩陳述己見，分送林近等諸人。羅氏在詩中云：

> 三十年篆刻未曾工，著意臨摹不苟同；皖浙一原師漢印，衝刀切玉並圓融。[43]

羅氏表示自己有四十年篆刻的體會，漢印是師法的對象。師漢印的極詣，是衝刀、切刀並用，達到圓融的境界。羅氏又云：

> 布白分行著意先，未須奇怪始稱賢；試觀漢製都平淡，刻畫繇來不自然。[44]

42　見《煙滸詩詞·寒碧詩鈔》，同上，頁151。
43　見同上。
44　見同上。

羅氏指出，漢印以平淡、自然取勝，不以奇怪為高，不會刻畫造作。
羅氏又云：

> 文辭書畫到圖章，降及今時漸感傷；一例盲蟲推白石，獷粗揉捏
> 惡氣揚。[45]

齊白石（1863-1957）的藝術風格，以粗獷雄強見稱，個人風格強烈。
但盲目風從的人愈來愈多，流風所及，以致文辭、書畫、篆刻都受到
不良影響，這就是羅氏所謂「降及今時漸感傷」。最後羅氏總結云：

> 渾秀沖和第一流，弩張劍拔敢同儔；語人此語皆非笑，落伍甘心
> 合醉休。[46]

羅氏所崇尚的，是渾秀沖和，這是中國傳統藝術特別是漢印的精粹所
在。衝刀、切刀其實也可以在爽利中達致圓融的效果，而不必弩張劍
拔，霸悍逼人。可惜知音者少，難怪被人視為追不上潮流。「落伍甘
心合醉休」，是無奈語，也是抗議語。

（六）其他

羅叔重《煙滸詩》的內容，當然並不限於上述各項，其他內容，
有懷人的，有寫景的，有詠物的，有說地的……，還有特別以佳人為
對象的，限於篇幅，實在不能盡述，姑就每類內容各舉兩例，聊供
淺嘗。

---

45 見同上。
46 見同上。

《煙滸詩》中，有不少懷人之篇，如《懷遠》：

> 遙夜不成夢，西風吹逝波；雨中黃葉落，天來故人多。萬里書難
> 達，一年秋竟過；長途足冰雪，吾道近如何？[47]

秋風秋雨，夜難成寐，遙憶遠方故人，何等悵惘！又如《坪石秋夜懷
袁韻秋》：

> 君慕還山樂，余憂行路難；可憐今夜月，同在異鄉看；流水無人
> 識，瑤琴獨自彈；惟應晚風急，遙送入西安。[48]

同在異鄉，同看夜月，藉風寄意，聊表寸悃而已。

羅氏純寫景的詩不多，《市橋晚發》四首中的第一首，是其中一
例：

> 瘴雲如墨抱青衫，碧水粼粼掛夕帆；隔岸迎神喧社鼓，二分纖月
> 出松杉。[49]

入夜夕照已斂，新月初出，墨雲、碧水、夕帆，在社鼓聲中，反而顯
得更為寧靜。又如《遊李氏水亭》：

> 煙柳蕭疏拂水長，紅亭只在水中央；幽禽相對忽無語，花影如潮
> 下夕陽。[50]

---

47 見《煙滸詩詞・三不以堂詩》，同上，頁142。
48 見同上。
49 見同上，頁148。
50 見同上，頁149。

詩中顏色用字只著一「紅」字，但柳色、水色、花色在夕陽映照中，彷彿如在眼前。在這樣的環境中，人禽無語，與萬物化合，該是很自然的事罷？

羅氏也常以地為吟詠的對象。如《香江八景》，所詠之地包括九龍、葵涌、屯門、荃灣、杯渡、沙田、青衣、大嶼山各處，名為寫景，其實是借景述地。如《沙田夕照》：

> 一片明霞噪晚鴉，夕陽紅爛照兼葭；車公廟古長隄靜，扶杖歸來
> 聽暮茄。[51]

這是描寫暮色中的沙田，特別提到車公古廟，因為它是沙田的著名景點。又如《青衣春霽》：

> 潋曲汀迴隔野煙，清明豔酒麴波妍；海陬三月春光麗，白袷臨風
> 逐浪前。[52]

暮春雨後，野煙輕淡，潋汀隱現，波光水色，明麗怡人，寥寥數語，描繪出青衣可遊可賞之美。

羅氏常為畫友題畫或自題所寫畫，有時又會對物寄情，因此詠物之詩頗多。如《蒼鷹》：

> 一擊偶不中，群飛欲刺天；軒然脫羈去，萬里沒秋煙；遼廓寒山
> 外，蒼茫碧海邊；妖狐休縱逸，六翮正高騫。[53]

---

51 見同上，頁147。
52 見同上。
53 見同上，頁142。

詩中沒有明指飛禽是鷹，但鷹的鷙猛、飛騰氣勢，已從字裏行間躍躍
欲出。所謂「妖狐」，大抵是對當時侵略者的嚴正指斥！又如《題傅
菩禪畫石》：

> 汝形皺秀漏透醜，綺閣高庭樂與友；磅礴屹立亭毒中，軒然霞舉
> 稱祭酒。[54]

四句中既說石形之美，又說石質之佳，同時賦石以人性。

此外，羅氏風流不羈，在友儕間從不諱言嗜酒好色。《煙滸詩》
中，就有頗多以佳人為對象的綺詞豔語之作，如《陳女士時以電話見
問詩以報之》：

> 不晤妝台又數旬，思君夜夜夢魂親；非無抱柱尾生信，自有難言
> 蘇季貧。愛既不能違戀聚，舊猶如此忍迎新；天涯我自傷搖落，
> 深謝陳娘問訊頻。[55]

雖然夜夜夢中相親，但自傷貧乏，只好婉言致歉未能踐約，而綣綣情
意，讀者當可領會得之。又如《寄張燕妮》八首之一：

> 紅臘（蠟？）新添夜色遲，布襟猶染舊胭脂；思君聽盡梨花雨，
> 樓外潮聲起落遲。[56]

54　見同上，頁146。余祖明所編《廣東歷代詩鈔》卷九，收錄羅氏詠物詩四首，所詠
　　對象，為蝴蝶、蜻蜓、蟬、絡緯，這四首詩，並沒有收入《羅叔重百年回顧》所編
　　集的《煙滸詩詞》中，將來或可補入。參閱余書第三冊，1980年1月能仁書院（香
　　港），頁888-889。
55　見同上，頁143。
56　見同上，頁149。「紅臘」，疑本作「紅蠟」。

聽雨、聽潮，情何能已！「布襟猶染舊胭脂」一語，透露了餘香猶在的溫馨。

三 《煙澨詩》詩風管窺

　　羅叔重書畫篆刻並擅，也工詩詞文，是藝術的多面手，但在港澳藝壇，羅氏以書法、篆刻著名，其他藝能，則為書法、篆刻所掩，不大受一般人注意。因此，有傳說他的一些畫作為人所代筆，而評論其詩詞文造詣的文字也不多，即有評論，也多語焉不詳。其實在四〇年代末，當時居港的名人如江孔殷（1865-1961）、桂南屏（1865-1958）、金曾澄（1878-1958）、吳肇鍾（1896-67）、劉衡庵（1901-1960）、朱子範（1902-1958）、李子飛、尹民為羅氏品定鬻藝潤例時，就稱許他「文辭名世，義法兼賅，翰藻緣情，雲霞雕色」，在「書例」、「畫例」、「篆刻例」以外，並有「文例」一目，包括駢散文、詩、詞、聯語[57]，可見羅氏的確是詩詞文的高手。

　　談到《煙澨詩》的詩風，有幾點可以一提：

（一）情志洋溢，筋骨堅強

　　陳荊鴻在《羅叔重書畫篆刻詩集·序》中說：

綜叔重之所作，不論其為書為詩為畫為篆刻，皆清超拔俗，而不離其宗，所謂筋骨堅強，情志洋溢者。[58]

57　參閱陳繼春《羅叔重和他的書法與篆刻藝術》所附印的《羅叔重潤例》，《羅叔重百年回顧》，頁25。

58　見《羅叔重書畫集》，頁3。

究竟所謂「筋骨」、「情志」是甚麼？陳氏的解釋是：

> 靈魂，情也；生命，志也；學問，則筋骨也。[59]

羅氏的詩，以至書畫篆刻，無疑頗多都是「情志洋溢」、「筋骨堅強」之作。凡屬這類作品，必能顯示作者的強烈個性和學識。上文所舉羅氏各類詩作，尤其是述志、論藝各篇，足以作為證明。

（二）憤時嫉俗，率性縱情

陳荊鴻在《羅叔重書畫篆刻詩集・序》中說：

> 叔重早歲，固嘗欲有以為世用，然落落寡合，不諧於俗，屢遭挫折，乃自益放肆（肆），而歛其盤勃豪邁之氣，託於雕蟲小技以自隱，得酒又狂縱百出，不能自捭也。[60]

羅氏早歲雖有用世之志，但性格孤高寡合，不肯營謀，所以挫折連連，在志不得伸的情況下，不免憤時嫉俗，時露不平之氣。他愛喝酒，到了稍有酒意時，更會率性縱情，狂放罵座，旁若無人，使人側目。有人認為，他這樣做，表面是「狂於酒」，其實是「狂於世」[61]。在《煙滸詩》中，不乏嫉俗、率性、用詞尖銳的狂世表達。

---

59 見同上。

60 見同上。「放肆」應作「放肆」，似為手民之誤。

61 吳肇鍾《羅叔重書畫篆刻詩集跋》云：「叔重嗜酒而狂，世謂叔重狂於酒，不知叔重實狂於世。」見《羅叔重書畫集》，頁7。

（三）傷病憂國，寫愁有聲

李鵬翥在《風流倜儻寒碧翁——「羅叔重百年回顧展」縱筆》說：

> 在詩詞中，刻過「踎墩六十八年」閒章自況的叔重先生，每多身
> 世飄零、名士卑棲的感慨。[62]

又說：

> 由於文學基礎深，生活經歷厚，雖吟詠風格一如其印，自然清
> 麗，但不少抒懷寫景，充滿低迴盤鬱之氣，不無沈病哀樂之感。
> 對於家國之念，民族是非，愛恨分明。[63]

羅氏長期生活困厄，有「踎墩六十八年」的自嘲，又常生病，因此每
在詩中流露飄零、窮愁、傷病、卑棲的感慨，真是「寫愁有聲」[64]。
不過，感慨歸感慨，當面臨國家劫難、民族大義時，他倒能愛恨分
明，毫不妥協，通過吟詠，表達自己的心聲。在《煙滸詩》中，有不
少傷病、憂國之篇，其中不乏酸苦、愁鬱、低迴、沈痛、義憤、盤勃
的語言，值得我們再三品味。

（四）目眙心醉，溫言婉語

朱子範在《羅叔重書畫集·弁言》中說：

---

62 見《羅叔重百年回顧》，頁20。
63 見同上。
64 語見朱子範《弁言》，《羅叔重書畫集》，頁1。

> 每當名士風來，美人酒至，握手目眙之後，披襟心醉之初，茅龍
> 欲飛，鬼哭於夜，藜照忽動，神笑其痴。[65]

羅氏與人寡合，但遇到知心之交，無論平輩或晚輩，都會逸興遄飛，
傾杯盡歡，特別是遇到素心紅顏，就更會「握手目眙」、「披襟心
醉」，詩興大發，表現出溫言婉語的風格。這類作品，在《煙滸詩》
中數量頗多，形成綺羅蘺澤的風貌。上面提到的《寄張燕妮》八首，
是其中較顯著的例子。現再多舉兩例，以概其餘。如《瑤臺清影圖》
兩首之一云：

> 明璫翠羽太紛披，淨洗鉛華伴芷蘺；江水江雲清入夢，相思無那
> 月明時。[66]

又如《玉君小姐正韻》一詩，錄自區區所藏紈扇，並沒有收入《羅叔
重百年回顧》所編集的羅氏詩詞作品中，現引述如下，聊作補遺：

> 沈香亭畔杜鵑紅，金縷雲裳酒消融；雲魄紫檀嬌欲語，翠簾鈴索
> 響丁東。

玉君姓鄭。紈扇的另一面是本港畫家陳仲文所繪《仕女秉燭夜讀
圖》，圖中人當為羅氏贈詩的對象──鄭玉君。

---

65 見同上。
66 見《煙滸詩詞·寒碧詩鈔》，《羅叔重百年回顧》，頁155。

四 結語

羅叔重是久居香港的著名藝術家，他精於書法、篆刻，能寫山水、花鳥，又擅長詩詞文，是現代舊體文學作者中的能手。可惜長久以來，較多人只注目他的書法、篆刻成就，而他的畫作和詩詞文，卻較少人留意。余祖明（少颿）編《近代粵詞蒐逸》和《廣東歷代詩鈔》，曾收錄羅氏的詩詞作品，但限於篇幅，前者只收錄詞六首，後者只收錄詩四首，未能充分顯示羅氏詩詞的風貌，而在介紹作者時，也沒有涉及羅氏詩詞造詣和風格的評論[67]。本文集中分析、討論《三不以堂詩》和《寒碧詩鈔》的作品，也就是我們所說的《煙滸詩》，並引述一些評論者的意見，藉以略窺羅氏詩作的內容和風格，讓有興趣研究香港舊體文學的學者，可進一步蒐集有關羅氏詩詞文的參考資料，並作整理和探討，為香港現代舊體文學史的研究，增添有用的材料。

二〇〇七年七月初稿
二〇〇八年一月定稿

---

67 參閱《近代粵詞蒐逸》，1970年私人出資刊行，頁125-127；《廣東歷代詩鈔》第三冊卷九，頁888-889。

讀羅叔重《煙溜詞》

一 引言

　　澳門市政廳出版的《羅叔重百年回顧》（1998）一書，輯錄了羅叔重（1898-1968）的《煙辯詩詞》。《煙溜詩》其實包含了羅氏的《三不以堂詩》和《寒碧詩鈔》[1]，我曾撰寫《羅叔重及其〈煙溜詩〉》一文介紹；現再談《煙溜詩詞》中的《煙溜詞》[2]，以便讀者對羅氏在詩詞方面的造詣，有較全面的了解。不過「詩無達詁」，古有明訓，而詞的表達，一般比詩更為含蓄、委婉，要「達詁」也就更難。因此，下面的介紹或說明，有時也會稍作蠡測，目的不外「聊供參考」而已。

二 《煙溜詞》內容述略

　　羅叔重《煙溜詞》中，有不少述志、感別、寫景、詠物之篇或語句，而所謂感別之篇，其實往往就是懷人之篇，其中頗有些「綺詞豔語」，在這些篇章裏出現。較特別的是，在《煙溜詞》中，似乎沒有像《煙溜詩》中那種顯著地以「憂國」、「傷病」、「論藝」為內容的作

---

[1] 參閱澳門市政廳編《羅叔重百年回顧・煙溜詩詞》中的《煙溜詩》，1998年7月澳門市政廳（澳門），頁142-156。

[2] 參閱澳門市政廳編《羅叔重百年回顧・煙溜詩詞》中的《煙溜詞》，同上，頁157-161。

品。現試約略分類介紹《煙滸詞》的內容如下：

（一）述志

羅叔重的《煙滸詞》，明顯地自述己志的，只有《金縷曲》（七尺奇男子）這一首：

> 七尺奇男子，怎甘年年彈鋏？依人成事，落拓天涯悲壯志，嘗遍辛酸苦味，問誰是生平知己。拂拭吳鉤頻太息，且埋首小隱西關市，暫韜晦，待時至。　　乾坤俯仰身為寄，對斜陽、蒼茫獨立，排愁無計。出匣鋒霜經百鍊，自笑雄心未死，要博簡揚名吐氣。按長劍，待時勢，奮然起！[3]

羅氏在詞序中，表明是為「題按劍小照」而作。他自稱「奇男子」，可見自許甚高。這首詞，應寫於較年輕而不得志之時，雖「嘗遍辛酸苦味」，而且「排愁無計」，但「雄心未死」，仍有待時奮起之心。拍照而「按劍」，可說是當時心態的表現。不過羅氏後來由於長期受到窮愁困厄的消磨，不免英氣漸歛，更常以酒色之徒自嘲。因此在《煙滸詞》中，再沒有內容相類的作品，而在《煙滸詩》中，我們也看不到這樣揚言「待時至」的作品。下面兩首詞的語句，或可代表羅氏後期自傷淪落、有意隱居的心態。如《百字令》（留春不住）：

> ……便是綺榭雕櫳，年華如水，也定傷懷抱。何況新來，希逸

3　見同上，頁158。按：《金縷曲》有單調和長調兩種，單調28字，長調上片57字，下片59字，共116字。羅氏這首《金縷曲》應屬長調，但上片56字，下片47字，只有103字，可能有字句脫落。

懶，坐對東風忘笑。似此湖山，我偏淪落，怕聽江南好。⁴

歲月如流，壯志未伸，江南雖好，我偏淪落。惘悵無奈之情，隱隱從
字裏行間透出。又如《金縷曲》（冠蓋徒徵逐）：

> ……回首江天根觸，願他日疏籬斜屋，結伴著書蕿翠□。便當死
> 埋我青山麓。甚甲第，但梁月。⁵

同樣是《金縷曲》詞牌名下的作品，但心情、措詞與「題按劍小照」
的《金縷曲》迥異，這或許是一個人在飽嚐人生辛酸苦味後的結果
罷！

（二）感別

　　騷人墨客，大多情感豐富，易生感觸，而離情別緒，更是他們筆
下常用的題材。《煙滸詞》中，不乏這方面的作品。如《沁春園》（清
夢難成）：

> 清夢難成，離緒紛來，閒情培長。感白衣未換，深憐羅隱；素門
> 將別，勤問韓康。住亦何心，去知非計，兩小心情敢較量。佯歡
> 笑，說君帆東去，煙雨江鄉。　　當年悔值雲妝。覺相見，無非
> 俱刺傷。便暗親香影，未容近坐；偶傳蘭語，不覺勝常。向本匆
> 匆，今難忘之，鸚鵡前好自妨。秋懷惡，要心無端碎，神悄然
> 傷。⁶

4　見澳門市政廳編《羅叔重百年回顧，煙滸詩詞》中的《煙滸詞》，頁157。
5　見同上。
6　見同上，頁158。

這是一首「感別」詞。因別生感，離緒襲來，回想當年相見、相語、相親，情懷惡劣，心碎神傷。這樣的心境，當然難以成眠。又如《點絳脣》（憶別匆匆）：

> 憶別匆匆，冰紈寫偏（徧？）傷春賦。花時已誤，燕人歸來不？
> 　　小閣重簾，楊柳遮春住。令（今？）何許？天涯芳樹。盡日
> 簾纖雨。[7]

連綿春雨，最易令人萌生憶別之念。「燕人歸來不？」是久別後的期待；人在天涯遠，不能不使人有「今何許」的懸念。又如《謁金門》（芳草怨）：

> 芳草怨，顋頷江潭綠偏（徧？）。已過芳時人不見，孤舟春水
> 遠。　　　落盡梨花小苑，向晚重門深掩。纔上春鐙簾未卷，關情
> 聞玉釧。[8]

這首詞的內容、情味，與上一首頗為相近。詞中既說「顋頷」，又說「已過芳時人不見」，「關情聞玉釧」，可見憶念之切，牽繫之苦。又如《虞美人》（芭蕉葉上零星雨）：

> 芭蕉葉上零星雨，滴碎離心苦。一般同是昨宵聲，少箇昨宵人
> 坐，便愁聽。　　　前塵昔夢拼拋卻，不分思量著。誰挑雁足小銀
> 釭，又是孤花欲豔，影憧憧。[9]

7　見同上，頁159。「寫偏」，疑本作「寫徧」；「令何許」，疑本作「今何許」。
8　見同上。「綠偏」，疑本作「綠徧」。
9　見同上，頁160。「拼」字疑有誤。

這首詞的詞意，羅叔重在詞序中已表明是為了「以攄別緒」[10]。秋夜聽雨，獨處小樓，倍易勾起憶別的憂傷，這是不少人都可能有過的體驗。

（三）寫景

《煙滸詞》中，純寫景的詞作不多，但詞中不少語句，都有優美景物的描述。如《金縷曲》（著屐清遊日）：

> ……斜屋三間離尺五，在斷橋前後疏林側。更空徑，晚煙織。[11]

寥寥數語，已寫出山居寧謐的景色。又如《醉太平》（柳煙乍沉）：

> 柳煙乍沉，竹風未停。花光江上簾旌，盪晴霞一層。　　方塘鏡明，迴闌倦馮（凴）。誰拋蓮子波心，打鴛鴦夢醒。[12]

柳煙、竹風、花光、晴霞、方塘、迴闌、鴛鴦，可說寫景如畫！又如《浪淘沙》（天冷曉雲低）：

> 天冷曉雲低，碧與山齊。……煙柳淒迷，梅花開了過牆知。一路暗香吹不斷，蘭棹歸遲。[13]

寒天碧水，煙柳梅花，寫的是眼所見、身所感，而「過牆」的「暗

---

10 參閱同上。
11 見同上，頁157。
12 見同上。
13 見同上。

香」，則連嗅覺之「景」也有了。又如《更漏子》（泛蘭撓〔橈？〕）：

> ……微雨畫橋波遠。青屈曲，翠灣環，一痕煙外山。　　浪添
> 紋，波皺玉，颺影亂搖雲綠，吟斷岸，過前溪，水香菱葉齊。[14]

這是微雨中優美水景的細緻描述。「畫橋」也好，「煙外山」也好，
「颺影」也好，「菱葉」也好，都是為了襯托水而設。又如《蝶戀花》
（別意新來寬帶孔）：

> ……檐外一峰孤翠聳，竹梢低壓眼雲重。　　認得隄楊親與種。
> 踠地枝長，綠到春無縫。風定萬條垂不動，煙痕深鎖鶯兒夢。[15]

這是羅叔重與友人小集未灰廬時所見的景色：檐外是翠峰和竹梢，還
有輕柔翠綠如煙似霧的一大片，則是隄岸靜垂不動的楊柳。美景如
斯，寧不令人陶醉！

　　從以上的摘引，我們或可約略了解羅氏駕馭文字描寫景物的功力。

（四）詠物

　　羅叔重的《煙滸詞》，有不少詠物之作。如《清平樂》（晴雲未
展）：

> 晴雲未展，空際游絲捲。一線東風春樣達，卻被場春人見。
> 年時紫陽清明，門前低按雲箏。落向玉樓深處，誤他花睡金鈴。[16]

---

14 見同上，頁158。「泛蘭撓」，疑本作「泛蘭橈」。又原來排印「綠吟斷岸過前溪」為
　　一句，根據詞律，「綠」字似應屬上句。又「青屈曲，翠灣環」，原來排印亦未斷句。
15 見同上，頁160。
16 見同上，頁159。

這是詠風箏。風箏下墜,「落向玉樓深處」,是為了傳遞消息?又如
《酷相思》(闌前一桁垂楊樹):

> 闌前一桁垂楊樹,似曾向灣橋賦。正芳草,天涯無客路。要隱
> 隱,遮春住。莫冉冉,催春去。　　謝家簾幕無重數,記題偏傷春
> 句。問燕子,歸來知得不?說幾陣,纖纖雨。又遇盡,陰陰絮。[17]

這是詠園中池亭的楊柳。提到「謝家」和「燕子」,大抵想起了劉禹
錫(772-842)《金陵懷古》詩和詩中的典故:「舊時王謝堂前燕,飛
入尋常百姓家。」又如《浪淘沙》(愛此碧琅玕):

> 愛此碧琅玕,古意蕭散。娟枝冷葉可長看,淡墨分煙□更密,寫
> 入冰紈。　　清夢隔仙凡,翠滴檀欒。瀟湘萬疊水雲寬。著我綠
> 蓑青笠子,一笛空寒。[18]

友人為作墨竹於扇,羅氏因而為賦此詞。「淡墨分煙□更密,寫入冰
紈」,點出這是寫於素紈上的墨竹;「古意蕭散」,表示繪畫的藝術造
詣。全篇以墨竹為對象,但實質是詠竹。其他詠物之篇,還有以硯、
雪、燕、白雁、桃樹、殘月等等為對象的,也不必詳述了。

三　《煙滸詞》的詞序

　　《煙滸詞》收錄羅叔重的詞有七十六首,附詞題的有十三首,而

---

17 見同上。

18 見同上,頁160。原來排印的形式是「淡墨分煙,更密」。根據詞律,這應該是個七
　言句,因此,「煙」與「更」之間似應是一個字而不是逗號。

詞序則有三十五則。詞題的內容，大多在概括詞意，字數雖少，但其中不乏有景、有情的文字，如《感別》、《夢憶》、《有憶》、《殘月》、《池塘楊柳》、《早春泛舟兩闋（闋）》等等[19]。至於詞序的內容，有類似詞題的，也有說明作意或述說撰作緣起的，字數有三字、四字、五字、六字……，也有三十多字、四十多字以至百多字。字數較多的詞序，內涵豐富，當然較能引發讀者研讀的興趣，而字數較少的詞序，也能意溢言外，與詞意相輔相成。如「見燕偶成」、「雨泛月鄭玉君」、「夜夏簡浣冰」、「汾江別筵你（偶）記」等等[20]。現試將《煙滸詞》各則詞序的字數統計如下：

字數	3	4	5	6	7	8	9	10以上	20以上	30以上	40以上	140
詞序數	1	2	3	3	1	4	4	7	3	2	4	1
合計	18							17				

從上表可以看到，十字以上的詞序，在《煙滸詞》中有十七則，其中二十字以上有三則，三十字以上有兩則，四十字以上有四則，還有一則，竟達一百四十字之多。這類字數較多的詞序，可讓我們有較多語料，具體地了解羅氏的思想、感情和文筆風格，對我們認識他的為人和文學藝術造詣不無小補。關於詞序的內容，大略可歸納為下列幾類。需要說明的是，詞序的內容，有不少是屬於兼類的，在分類時，只能就內容的偏重而作取捨。

（一）記事類

《解連環》（宮鑪欲霽）序云：

---

19 參閱同上，頁157-161。「闋」，應作「闋」。

20 參閱同上。「你記」，應作「偶記」。

早春，靜宜擬見訪，小雪未果，簡此答之。[21]

又《菩薩蠻》（碧桃花底三生約）序云：

李鈞四眷中山女子蕭筱麗，贈詩盈帙，出以索題。[22]

又《木蘭花慢》（喜新詩讀罷）序云：

題張紉詩女詩人《無塵詩稿》於石湖舟次。[23]

又《壺中天》（去年今夜）序云：

李仲偉自香港歸來，泥飲共醉，翌晨醒來，用夢瞻韻為賦此解。[24]

上述四則詞序，內容純記事。這類內容在《煙滸詞》中頗多，不必多述。不過，羅叔重有一篇《金縷曲》（涼魄中天墜）的詞序，凡一百四十字，除詳細記述「題《泮塘月話圖》」的因緣外，還在記事末段描述所見、所聞，藉以抒發所感。詞序云：

楊笑庵寄寓汾江，激揚風雅。令弟戡生，亦以詩書馳譽文壇，頻過越臺，嘯風弄月。間以書來，招邀入社，余羈於塵俗，未即放舟，蘅齋先生鼓棹先往。及十月中旬得踐約，而芙（笑？）庵昆

---

21 見同上，頁157。

22 見同上，頁158。

23 見同上，頁160。

24 見同上。

仲亦將返蘆笆，戒（戎？）裝待發矣，蘭村出蘅齊（齋）所作《泮塘月話圖》命題。圖中四君，皆我夙契，未得壓角，其間不免為山靈齒冷。援筆題此，時殘燭欲燼，鶴唳滿天，琉璃窗外，千林墜葉，如聞碎玉也。[25]

作者題圖時是十月初冬微寒時分，「殘燭欲燼」是眼所見，「鶴唳滿天」、「千林墜葉」是耳所聞，無論是所見或所聞，都較容易引發身處其中的人，產生悵惋悽惘的情緒。這則詞序的內容，可說是觸事、觸景、聞聲而有感，只不過前面一大段記事較詳細罷了。為了方便說明，我把主要因觸事、觸景、聞聲而有感的詞序歸入下一類——抒情類。

（二）抒情篇

《探芳信》（消長晝）序云：

集酌荷小榭，觸事有感，用山中白雲詞譜，倚此付歌者雲孃，以短簫譜之。一拍未終，滿塘都有秋意也。[26]

作者觸事生情，因而寫出滿含秋意的詞，藉以抒發心中的感受。歌聲、簫聲，引發了詞人內在的意緒，於是詞人的所感，是「滿塘都有秋意也」。最後這一句，抒情成分特重。又《綺羅香》（蝶瘦胎香）序云：

25 見同上。「芙庵」，疑本作「笑庵」；「戒裝」，疑本作「戎裝」；「齊」，古通「齋」。
26 見同上，頁158。

重三節後，春意欲闌。挈榼登衝遠亭，波鏡初拭，墮雲留影，酒
邊人遠，觸景生春。倚此付叔姬雪，而以揚琴譜之。[27]

「波鏡初拭，墮雲留影」，本是純寫景語，不過觸景生情，神馳遠
方，想起了親近的人，心境是愉悅的，所以用了「生春」兩字。又
《臺城路》（秋花過盉〔盡？〕誰相問）序云：

聞賣秋花者，悵然倚聲。[28]

這是聞聲生情的例子。凡賣花之聲，最易惹人生發情緒，春雨中深巷
的賣花聲固然是這樣，而在嫋嫋秋風中搖曳的賣花聲，就更容易使人
怛惻低徊。「悵然」兩字，飽含了悲秋的成分。

（三）懷人類

《滿江紅》（塵海茫茫）序云：

壬年歲除，穆庵有詞見寄，悲歌當哭，觸我素懷，因賦六解寄
之，熨其轗軻，不覺言之重沓。此詞已擱置七閱月，始記於稿。[29]

友人遭際轗軻，不免言辭悲悽。羅叔重寄詞六首慰問，自稱「不覺言
之重沓」。重沓其言，表示關注之深、懷念之切。又如《買陂塘》（傍
紅樓）序云：

---

27 見同上，頁157。
28 見同上，頁159。「秋花過盉」，疑本作「秋花過盡」。
29 見同上，頁160。「熨其轗軻」的「熨」，可能是「慰」，但用「熨」其義亦通。

> 香江歸後，頗增寥寂，淚痕浥袖，酒香在衣。緬想墜歡，賦此二
> 解，寄酒邊人。以短琴撫之，當泠泠然有江風拂絃也。[30]

告別以來，想念之情，無時或已，而淚痕酒香猶在，益增悵惘寥寂之
感。琴音泠泠如江風，可見詞意的清冷惋惻。又《虞美人》（芭蕉葉
上零星雨）序云：

> 江上秋生，酒邊人遠。小廔聽雨，遙夜獨愁。漫述此詞，以攄別
> 緒。[31]

羅氏常以酒色之徒自嘲，多則詞序所提到的「酒邊人」，相信是伴在
身邊能共享飲酒之樂的素心人。在漫漫長夜中，作者耳聽秋雨之聲，
心懷遠方之人，憂愁鬱結之思，倍難為懷，愁而孤獨，也就更苦！

（四）記遊類

《江南曲》（姜家垂楊岸）序云：

> 一九六一年九月十七日星期六，夕夜宿沙田酒店，推窗望山，群
> 星滿天，別饒景色，因賦。[32]

六〇年代的香港，一般人在週末前往新界，已算是郊野之遊；在新界
投宿，更屬難得的節目。羅叔重夜宿沙田酒店，推窗外望，繁星在
天，景色令人心曠神爽。其中有簡潔寫景語，其實是記遊之作。又

---

30 見同上。

31 見同上。

32 見同上，158。

《月下笛》（水驛鐘寒）序云：

> 西南舟次，月夜聞笛。[33]

舟中、月下、笛聲三者結合，形成了清曠的意境。羅氏所記，是有水、有色、有聲的月下泛舟之遊。又《金縷曲》（林臥苔黏鬢）序云：

> 癸末仲秋，重過九龍。登千佛山絕頂，叢篁中選石欹睡。江雲孤飛，塔鈴獨語。老僧邀就又（丈？）室，設伊蒲之供。□（仗？）策而歸，即事有還。[34]

秋涼登山，在絕頂叢篁中倚石而臥。天上有飄過的浮雲，佛塔清越的鈴聲又隱隱傳來⋯⋯真使人有出塵之想！最後蒙老僧接待，設伊蒲之供，然後仗策歸家。作者娓娓道來，文簡意富，可說是一篇首尾完整的記遊小品。

四　詞風和文風

我們讀《煙滸詞》，當然可了解羅叔重的詞風，而《煙滸詞》的詞序，又可讓我們約略了解羅氏的文風。「詞」和「文」，本來是兩種文體，但作者如果是同一人，就有可能具有相近的藝術特色或風格。詞序是詞的附屬物，因此在特色或風格上有接近的地方，那是不足為異的。羅氏的詞和序，就是如此。雖然我們也該明白，詞序只能顯示

33　見同上，頁160。
34　見同上，頁161。「又室」，疑本作「丈室」；「□策」，可能是「仗策」。

作者文風的部分，而不能視為總體，這就是我為甚麼在上文用了「約略了解」的措詞。

關於羅氏的詞風和文風，下列幾點可提出來談談：

（一）情志洋溢

陳荊鴻（1902-1993）在談到羅叔重的詩時，有「筋骨堅強，情志洋溢」的評語。陳氏解釋：情志指靈魂、生命，筋骨指學問[35]，羅氏的詩，內容方面的確流露了他對藝術的學養和識見，但他的詞和詞序，卻沒有這方面的顯著流露。不過他情真意真，他的強烈個性、他對生活的體驗、他對人生的感慨、他對遭際的無奈，倒在他的詞作和詞序中隨處流露出來，所以可以當得起「情志洋溢」的評論。下面試舉一些例子：

詞作方面，如《百字令》（留春不住）：

似此湖山，我偏淪落，怕聽江南好。[36]

又如《沁春園》（清夢難成）：

清夢難成，離緒紛來……秋懷惡，要心無端碎，神悄然傷。[37]

又如《金縷曲》（七尺奇男子）：

---

35 參閱陳荊鴻《羅叔重書畫篆刻詩集・序》，《羅叔重書畫集》，1947年私人出資刊行，頁3。
36 見澳門市政廳編《羅叔重百年回顧・煙滸詩詞》中的《煙滸詞》，頁157。
37 見同上，頁158。

乾坤俯仰身為寄，對斜陽蒼茫獨立，排愁無計。[38]

又如《虞美人》（芭蕉葉上零星雨）：

芭蕉葉上零星雨，滴碎離心苦。[39]

詞序方面，如《綺羅香》（蝶瘦胎香）云：

重三節後，春意欲闌……酒邊人遠，觸此生春。[40]

又如《滿江紅》（塵海茫茫）序云：

穆庵有詞見寄，悲歌當哭，觸我素懷，因賦六解寄之，慰其轆轕，不覺言之重沓。[41]

又如《買陂塘》（傍紅樓）序云：

香江歸後，頗增寥寂，淚痕浥袖，酒香在衣。[42]

又如《虞美人》（芭蕉葉上零星雨）序云：

江上秋生，酒邊人遠。小廔聽雨，遙夜獨愁。[43]

---

38 見同上。
39 見同上，頁160。
40 見同上，157。
41 見同上，160。
42 見同上。
43 見同上。

（二）婉約低徊

　　詞的風格，有所謂婉約、豪放的分別。羅叔重的詞風，大抵以婉約為主，偶有豪放的語句，也只是在「對斜陽蒼茫獨立，排愁無計」[44]中自勉自勵的豪放。而更多的，是傷時觸事、悲歡離合、旅愁懷遠、低徊悵惘的感情，其中又常有借物借時寄意抒情的語句。至於羅氏詞序的文筆，風格也頗相近。下面試舉一些例子：

　　詞作方面，如《百字令》（留春不住）：

　　　留春不住，縱留得春住，依然懊惱。……便是綺榭雕櫳，年華如水，也定傷懷抱。[45]

又如《百字令》（烏衣無恙）：

　　　斜月簾疏，東風樓小，那是消愁地……猶記遠道新歸，清宵對語，不盡低徊意。[46]

又如《揚州慢》（錦纜牽情）：

　　　錦纜牽情，玉簫吹怨，銷魂都在平州。放東湖細水，與客載輕愁。記多少，舊家臺榭，曲闌迴合，漾影中流。照故園楊柳，何時銷盡離憂。[47]

44　語見羅叔重《金縷曲》（七尺奇男子），同上，頁158。

45　見同上，頁157。

46　見同上。

47　見同上，頁159。

又如《酷相思》（斜陽碧樹閉門畔）：

> 倚闌往事思量遍，料此後真難遣，剩簾幕當窗依舊卷。正月上無
> 人院，照一路荒苔蘚。[48]

詞序方面，如《探芳信》（消長畫）序云：

> 集酌荷小榭……倚此付歌者雲孃，以短簫譜之。一拍未終，滿塘
> 都有秋意也。[49]

又如《臺城路》（秋花過盉〔盡？〕誰相問）序云：

> 聞賣秋花者，悵然倚聲。[50]

又如《買陂塘》（傍紅樓）序云：

> 緬想墜歡，賦此二解，寄酒邊人。以短琴撫之，當冷冷然有江風
> 拂絃也。[51]

又如《金縷曲》（涼魄中天墜）序云：

> 蘭村出蘅齊（齋）所作《泮塘月話圖》命題……時殘燭欲爐，鶴

---

48 見同上。
49 見同上，頁158。
50 見同上，頁159。
51 見同上，頁160。

唉滿天，琉璃窗外，千林墜葉，如聞碎玉也。[52]

（三）雅潔清新

羅叔重是詩詞文的高手，在友儕中夙負聲名，《煙滸詞》的語詞翰藻，無論是詞作或詞序，都給人的整體印象是：雅潔清新。換而言之，是言簡意贍，氣息清新，文辭麗而不俗。下面試舉一些例子：

詞作方面，如《金縷曲》（冠蓋徒徵逐）：

今日小庭風雨過，壓窗紗，但有陰陰綠。讓新月，代華燭。[53]

又如《摸魚兒》（柳深了）：

柳深了，翠遮亭榭，畫樓不著殘暑。輕風自皺池中水，時帶一絲涼雨。[54]

又如《買陂塘》（傍紅樓）：

傍紅樓，高梧瘦竹，未涼先逗。疏韻樓中，曾為聽秋住。月色恰來低映，圓似鏡，照一曲溪流，人影闌干並。簾衣涼浸，訝小字輕呼。[55]

又如《金縷曲》（林臥苔黏鬢）：

52 見同上。
53 見同上，頁157。
54 見同上，頁158。
55 見同上，頁160。

林臥苔黏鬢，聽蒼崖竹風蕭瑟。驚夢鐘冷，短塔飛來當面立，似伴伶俜傳影，又幾片墮雲遮瞑。隱隱江聲騰足底，望東南一角千帆趁。[56]

詞序方面，如《綺羅香》（重三節後）序云：

挈榼登銜遠亭，波鏡初拭，墮雲留影。[57]

又如《江南曲》（姜家垂楊岸）序云：

夕宿沙田酒店，推窗望山，群星滿天，別饒景色。[58]

又如《月下笛》（水驛鐘寒）序云：

西南舟次，月下聞笛。[59]

又如《金縷曲》（林臥苔黏鬢）序云：

登千佛山絕頂，叢篁中選石歊睡。江雲孤飛，塔鈴獨語。[60]

56　見同上，頁161。
57　見同上，頁157。
58　見同上，頁158。
59　見同上，頁160。
60　見同上，頁161。

五　餘話

　　《羅叔重百年回顧》中的《煙滸詩詞》，所收錄的羅氏詩詞，應
是最多的結集，不過其中也有一些遺漏。例如余祖明所編《廣東歷代
詩鈔》，收錄了羅氏詠物詩四首，這四首詩，就沒有收入《煙滸詩》
中[61]；而《玉君小姐正韻》，是一首題寫在紈扇上的詩，也不見於《煙
滸詩》[62]。至於余祖明所編《近代粵詞蒐逸》，收錄了羅氏詞作六首，
其中《浪淘沙》（吟賞記前遊）一首，本為「題李微波《海棠蜂蝶
圖》」而作，也沒有收入《煙滸詞》[63]。為了提供更完備的研究資料，
我們應以竭澤而漁的方式，做好《煙滸詩》和《煙滸詞》的拾遺補闕
工作。不能否認，《羅叔重百年回顧》是一本印刷相當精美的書畫展
覽目錄圖冊，但在編印方面，有不少未盡妥善的地方，現專以《煙滸
詞》為例，稍作說明。例如全書部分篇幅沒有頁碼，《煙滸詞》就在
其內，這使讀者檢索、引述都不方便。為了本文的引述，我不得不臨
時代為編上頁碼。「寄穆庵詞」六首，詞牌都是《滿江紅》，但前面三
首，竟然首尾相接，連成一大篇[64]。有些詞的上片和下片之間，並沒
有留出空位，致使上下兩片混而為一；又有些詞的下片從新起段，而
兩片間的空位距離又頗闊，在視覺上容易讓人把一首詞的上下兩片誤
為兩首。斷句方面，《煙滸詞》的編者並沒有採用標點符號而採用每
句用一空位分隔的方式，這種方式，或可省卻標點符號是否用得適當
的考慮。不過，如果試用各詞牌的詞律來考察，我們就會發覺其中有

61　參閱余祖明編《廣東歷代詩鈔》第三冊，卷九，1980年1月能仁書院，頁888-889。

62　「玉君」，姓鄭。羅叔重所寫《玉君小姐正韻》一詩，見區區所藏紈扇。紈扇的另
　　一面是《仕女秉燭夜讀圖》，由本港畫家陳仲文所繪，圖中人當為鄭玉君。

63　參閱余祖明編《近代粵詞蒐逸》，1970年冬私人出資刊行，頁125-127。

64　參閱澳門市政廳編《羅叔重百年回顧‧煙滸詩詞》中的《煙滸詞》，頁160。

些斷句或可商榷。例如《金縷曲》（冠蓋徒徵逐）有「便當死　埋我青山麓」的句子[65]，根據詞律，可能是「便當死埋我青山麓」。又如《更漏子》（泛蘭撓〔橈？〕）有「颭影亂搖雲　綠吟斷岸過前溪」的句子[66]，根據詞律，可能是「颭影亂搖雲綠，吟斷岸，過前溪」。又如《金縷曲》（七尺奇男子）有「依人成事落拓天涯　悲壯志」的句子[67]，可能是「依人成事，落拓天涯　悲壯志」。相類例子還有不少，這裏不詳述了。

　　校對方面，疏失也相當多。例如《更漏子》其中一首的首句是「泛蘭撓」[68]，「撓」相信是「橈」之誤。又如《臺城路》其中一首的首句是「秋花過盍誰相問」[69]，「盍」大抵是「盡」之誤。又如《點絳脣》（憶別匆匆）有「冰紈寫偏傷春賦」的句子[70]，「偏」可能是「徧」之誤；同一首詞又有「令何許」的句子[71]，「令」可能是「今」之誤。又如《謁金門》（芳草怨）有「顥頷江潭綠偏」的句子[72]，「偏」也可能是「徧」之誤。又如《金縷曲》（淚滴離觴冷）的詞序云：「汾江別筵你紀。」[73]「你」顯然是「偶」之誤。又如《金縷曲》（涼魄中天墜）的詞序提到「芙庵」、「戒裝」[74]可能是「笑庵」、「戎裝」之誤。又如《浪淘沙》（愛此碧琅玕）有「淡墨分煙，更密」句子[75]，根據詞

65　參閱同上，頁157。

66　參閱同上，頁158。

67　參閱同上。

68　參閱同上。

69　參閱同上。

70　參閱同上，頁159。

71　參閱同上。

72　參閱同上。

73　參閱同上。

74　參閱同上，頁160。

75　參閱同上。

律，句中的逗號，應是一個字，大抵打印的人，誤把逗號代替了這個字。又如《金縷曲》（林臥苔黏鬢）的詞序有「老僧邀就又室」的句子[76]，「又」可能是「丈」之誤。這方面的疏失還有一些，不一一指出了。

羅叔重性情率真豪爽，狂放不羈，作詩填詞不願受格律的拘束，這是可以理解的。我們試用詞律來考察《煙滸詞》的作品，可看到羅氏有時會不符合一般格律的要求，例如詞律原來要斷句的地方，他的句子會不斷句；原來不要斷句的地方，他的句子在意思上可能要斷句。這在誦讀時不免會影響了詞律原來的節奏，不過如果意思好、措詞好，讀者大抵也會欣賞。古今填詞名家的作品，不乏這樣的例子。值得留意的，是《金縷曲》（七尺奇男子）這一首。《金縷曲》有單調和長調兩種，單調二十八字，長調又名《賀新涼》或《賀新郎》，上片是五十七字，下片是五十九字，共一百一十六字。《煙滸詞》中各首長調《金縷曲》，都是一百一十六字，只有這首《金縷曲》（七尺奇男子）的上片是五十六字，下片是四十七字，只一百零三字[77]；兩者相差十三字。這種字數的差距，與其說是羅氏不依詞律或有意創新，倒不如說是因為有字句脫落。至於這是羅氏原篇脫落還是收入《羅叔重百年回顧》時不慎脫落，也就不大清楚了。

在四〇年代末，本港知名人士如江孔殷（1865-1950）、桂南屏（1865-958）、金曾澄（1878-1958）、吳肇鍾（1896-1967）、劉衡庵（1901-1960）、朱子範（1902-1958）等等為羅氏品定「鬻書畫篆刻文字酬例」，文例包括駢散文、詩、詞、聯語[78]，可惜我們並沒有看到

---

76 參閱同上，頁161。

77 參閱同上，頁158。

78 參閱陳繼春《羅叔重和他的書法與篆刻藝術》所附《羅叔重先生鬻書畫篆刻文字酬例》的影印本，《羅叔重百年回顧》，頁25。

包括上述各類文體的羅氏文集，而只見附於《羅叔重書畫集》的《三不以堂詩》[79]和附於《羅叔重百年回顧》的《煙澔詩詞》[80]。也就是說，羅氏的駢文、散文和聯語，並未結集出版，如果不及早蒐集、整理，將來恐怕會逐漸散佚。我期待研究現代廣東書畫家或研究現代廣東書畫藝術的學人，今後能儘快開展這方面的工作。目前我們通過《煙澔詞》的詞序，約略認識羅氏在散文寫作方面的文章，只能算是稍作品嚐而已。

二〇〇八年二月完稿

---

79 參閱《羅叔重書畫集》，頁1-12
80 參閱澳門市政廳編《羅叔重百年回顧》，頁142-161。

懷「萍居」主人丁平兄

──《萍之歌──丁平詩集》代序

一

「萍居」主人丁平兄是我的老朋友，他在一九九九年辭世，歲月如流，距今已有十年了。十年的時間不算短，但直到現在，我對他的神態、動作、聲音，仍然印象清晰。在他生前，我們的交往不算頻密，形迹也不特別親近，但每次聚會，我們都能無拘無束，都有同感興趣的話題，都能感受到對方的喜悅和煩憂。可以說，我們都視對方為「一見如故」、可以分享喜悅、可以分擔煩憂、可以說詩談文的真正朋友。

二

我認識丁平兄，是因為工作的關係。七〇年代，我曾在香港教育署輔導視學處中文組服務。職責上，我要經常前往學校探訪、觀課，並會為中文科教師提供一些課程籌畫、課堂教學和習作評改的意見。這方面的工作，容易引起立場不同的爭議，有時也會產生一些不必要的誤解，所以在同事中，我們偶會自嘲為從事「厭惡性工作」。不過，我與丁平兄在教室中的初次會面，是愉快的。在那個推行新課程和講求新教學法的年代，丁平兄那種多講述、少提問、少活動的教學

法，是被視為保守的。但從學生的專注神情和及時反應，我覺得教學法並不那麼重要，最重要的是教師。我身處教室中，完全感受到丁平兄教學的熱誠、認真和對學生的關注。他備課充分，增補資料豐富，提示性強，講授滔滔不絕而不沉悶。是一堂令學生真感興趣、真有所得的中國文學課！

三

除了中國文學課，丁平兄當時還要教五班中國語文課。也就是說，他要每週評改三或兩班作文和其他習作。翻開學生的作文簿，觸目大多是密麻麻的紅字，其中有語句修訂，有眉批，有尾批。原來丁平兄對每篇作文，都採用「精批細改」的方式。我很詫異：除了作文，還有其他語文習作、週記等等，教師可以承受這樣沉重的評改負擔嗎？丁平兄告訴我：為了備課和評改習作，他每天都要午夜過後才休息，有時還要直至凌晨。我敬重、佩服他的忘我精神，但也勸他不要過勞，以免影響健康。我當時心裏這樣想：要是本港所有教師都能有這樣的工作態度，教育當局、家長和社會人士，還要擔心些甚麼呢？事實證明，我從學生的習作表現，的確看到了丁平兄盡心盡力的教學效果。

四

我與丁平兄訂交後，更進一步了解他為學生盡心盡力的情況。例如在每個星期日，他都會長駐在九龍油麻地一家酒樓上為學生作面對面的寫作指導，風雨不改。學生帶了習作川流不息地來，他一面口頭解說，一面筆不停揮地評改。來者有中學生，有大學校外課程部的學

員，也有曾經是他學生的現職教師。我偶然有機會在酒樓上旁觀他的忙碌情況，禁不住同情地嘀咕：「太辛苦了！太辛苦了！」像他這樣有犧牲精神的教師，在現代社會中，恐怕很難找到罷？以「新」為標榜的語文教育家或語文教師培訓者，或許會不大接受他的教學法和對待語文習作的處理方式，但我是用敬佩和同情了解的態度去接受他和欣賞他。我曾在《談「精批細改」》一文中這樣說：

> 我常說，教師要實施精批細改，必須具備兩項條件：其一是真正認識「何謂精批細改」和具有真正的「精批細改」能力，否則徒有其名而無其實，浪費了寶貴的精神和時間；其二是對教學工作抱有忘我的熱誠，有需要時，不惜犧牲自己休息、娛樂的時間。在我的師長輩中，我遇過這樣可佩、可敬的老師；在我的同輩中，我認識這樣可佩、可敬的朋友⋯⋯。[1]

上文提及「可佩、可敬的朋友」，其實指的就是丁平兄！《談「精批細改」》一文的撰作緣起，可說是受了他的影響。

五

丁平兄是詩人，是教師，也是中國文學史特別是中國現代文學史的研究者。對作為詩人的丁平兄，我本來所知不多。在他謝世前，我雖曾先後讀過他的一些詩作，分享過他一些創作過程的甘苦，但並沒有機會系統而大量地讀過他的創作成果。直到最近，他的學生有意出版老師的詩集作為紀念，於是我才有機會讀到他的六十篇作品。《啞

1　見拙著《中國語文教學的現況與發展》，1997年6月學思出版社（香港），頁144。

歌》作於一九五四年，是較早期之作（可能有更早的作品）；《漏月》
作於一九九九年，很可能是他最後的作品。這六十篇詩，內容廣泛，
歸納起來，大致有記事的，有懷人的，有抒情的，其中不乏意氣昂
揚、感情澎湃、思緒低徊之作，真不愧為詩人本色！偶有說理、論
史、寫物、寫景的篇章，但詩中仍飽含情感，難怪丁平兄在《詩──
文學隨筆之一》中這樣說：

> 假如人類在生活中是不能缺少情感的話，那麼，詩是萬難擯棄抒
> 情的。[2]

至於記事而特具深情之作，當然以丁平兄懷念亡妻的篇章為首選，如
《七百個朝朝暮暮》（1993）、《歸》（1993）、《寒食的黃昏》（1997）、
《夜，正緩步獨行──致故居》（1999）等，都很清晰地表達了懷念
亡妻的情懷。此外還有一些篇章，也是這方面的作品，只是情感的表
達，就較為委婉了。例如《問》最初創作於一九九一年一月三十一
日，修訂於一九九四年三月十八日，文字增訂不多，但從「後記」的
記述，可知丁平兄在這段期間，已經歷了由探親人之病而至天人相隔
的過程。詩中的無奈、傷感，是含蓄的，雖然「後記」的文字，倒不
免把詩意說得較為顯豁了。

六

　　丁平兄的詩，意象集中，情感深摯，語言真樸，節奏顯著，詩味
濃郁，那不用多說了。還可一提的是他的散文。丁平兄生前愛讀散

2　見丁平《詩語》，《萍之歌──丁平詩集》，2009年11月香港中國文學學會（香港），
　頁271。

文，愛談散文，愛寫散文。他曾對我年輕時所寫的一些散文有過謬
許。我對他的謬許，只能視為老友的錯愛和鼓勵。不過，他確實對散
文寫作有濃厚興趣。作為詩人，丁平兄的散文頗有詩味，證據可見自
他在一些詩後所附的「後記」或「附註」文字。例如《請把三月留
住》（1990）一詩的「後記」：

> 農曆三月「寒食」之夜，霧鎮北九龍。霢雨霏霏，路人皆俯首沉
> 思上路，趕著甚麼似的，似急也愁地想得許多。我也人中一人，
> 心裏忽憶及兒時「寒食」之夜，母親總把我擁入懷中，叮囑明晨
> 上墳諸事。抵家後，心如麻絮，只以詩記之，藉表遊子之寸寸心
> 意。[3]

又如《寒食的黃昏》（1997）一詩的「後記」：

> 農曆「清明」前夕是寒食，吾效古人禁火冷食。在上水居處沿小
> 路南向前往粉嶺之「蓬瀛仙館」，以饅頭二枚供奉亡妻吳氏之骨
> 灰壁居。無奈山門已閉（館規每日下午六時門禁），只能面山沉
> 思。終於背靠山門鐵閘，手撕饅頭細嚼，以遙祭余妻。回程中覓
> 得心語十九，記之。[4]

兩則文字都是有關「寒食」的記事，一憶亡母，一懷亡妻，徐徐道
來，閒淡中微露酸楚，有詩味，該是詩人的散文罷？這類例子不少，
讀者不妨留意欣賞。

3　見《萍之歌──丁平詩集》，頁203。
4　見同上，頁237。

七

我們或許同意，詩人之所以為詩人，是因為他的詩，而不是他的理論；再多理論，沒有好詩，尤其是沒有詩，不算得是詩人。不過，我們倒不必擯棄詩人的理論。詩人的理論，有時會有助於讀者了解詩人的作品，雖然直接研讀、品味，仍然是了解詩的不二法門。丁平兄寫了許多詩，但大抵沒有系統完備、意見周全、長篇鉅製的詩論。他的《詩——文學隨筆之一》一文，字數不多，分條列舉了五十五項有關詩的意見，應該是丁平兄長期創作、思考的心得，可說是他的詩論[5]。顯而易見，丁平兄的詩論，並不乾枯乏味，也沒有高自位置，故意堆砌玄深詞語，張大其說。他只是平實地訴說自己的心得，向我們提供簡明、扼要而富啟發的意見，其中不乏精意深旨，可供有興趣讀詩、說詩、寫詩的人參考。

八

我伏案寫這篇紀念小文，正是盛夏之時，室內雖有空調，但依然感受到室外毒熱太陽的威力。仰望雲天，故人已去，墓有宿草，思之不覺惘然。不過在執筆時，丁平兄誠摯、熱切的神態，彷彿猶在眼前，可是，我與他說詩、談文、論藝之樂，已不可再得了！

5　參閱同上，頁269-287。

　　附記：本文是《萍之歌──丁平詩集》的「代序」。我撰寫本文時（2009年8月），《萍之歌》只是一疊報刊剪貼及手寫的影印文稿，仍未正式出版，因此全書各頁沒有頁數。現在引文所見頁數，是據後來已出版的《萍之歌》增補，以便讀者。

　　──原載《萍之歌──丁平詩集》，香港中國文學學會（2009年11月）

撥雲尋道，倚樹聽泉

——文學作品疑義辨析舉隅

一　引言：尋道與聽泉

李白（701-760）《尋雍尊師隱居》詩云：

> 群峭碧磨天，逍遙不記年；撥雲尋古道，倚樹聽流泉。花暖青牛臥，松高白鶴眠；語來江色暮，獨自下寒煙。[1]

所謂「撥雲尋古道」，意思是：登山的人，有時要撥開瀰漫的雲霧才可尋找到古老的山道；所謂「倚樹聽流泉」，意思是：我們要欣賞流水的妙音，就要停下來倚著樹靜心聆聽。我把這兩句詩各刪一字，成為：

> 撥雲尋道，倚樹聽泉。

我這樣做，只不過借李白的詩句來表示：我們要理解文學作品的真義，有時要撥開眼前的迷霧來辨析；我們要感受文學作品的情意，有時就要停下來、靜下來仔細品味。前者屬理性，後者屬感性。無論是理性的辨析或感性的品味，似乎都要有文化知識為基礎。下面試舉述

1　見《李太白文集》卷二十一，1967年5月臺灣學生書局（臺北）影印本，頁489。

一些例子。

二　文學作品與文化知識

（一）「下擔捋髭鬚」（古詩《陌上桑》）——鬍子問題

無名氏古詩《陌上桑》云：

秦氏有好女，自名為羅敷。……行者見羅敷，下擔捋髭鬚。[2]

詩中提到行者「下擔捋髭鬚」。「髭」與「鬚」，兩者本來有別，據《說文解字》及段玉裁（1735-1815）的解說：頤下之毛曰「須」（鬚）；口上之須（鬚）曰「髭」（髭）。「頤」指面頰，「頤下」也就是面頰之下即是「頷下」（口下）的位置[3]。用現代語來說，就是「下巴」。不過，現在「髭鬚」一般通稱為「鬚」或「鬚」或「鬍鬚」，甚至乾脆稱為「鬍子」，例如王力、沈從文筆下，就是如此。

據沈從文一篇文章的引述，王力《邏輯和語言》一文的內容，就涉及我國古代男子鬍子的問題。王文的要點有[4]：

一、漢族男子在古代是留鬍子的，並不是誰喜歡鬍子才留鬍子，而是身為男子必須留鬍子。

二、古樂府《陌上桑》說：「行者見羅敷，下擔捋髭鬚。」可見當時每一個擔著擔子走路的男子都是有鬍子的。

2　見《樂府詩集》卷二十八，1991年12月中華書局（北京），頁410-411。

3　參閱段玉裁注《說文解字》第九篇上，1964年11月藝文印書館（臺北）影印本，頁428。

4　參閱沈從文《從文物來談談古人的鬍子問題》，《沈從文文物與藝術研究文集》，1994年外文出版社（北京），頁158。

三、鬍子長得好算是美男子的特點之一，所以《漢書》稱漢高祖「美鬚髯」。

沈從文不同意王力的意見，他在文中指出：「古代男子並不一定必需留鬍子。」[5]為了支持自己的看法，沈氏列舉了不少文物資料作為論據。現試把他的論據表列如下[6]：

表一　殷商時期

文物資料	說明
1 故宮雕玉人頭 2 湖南出土銅鼎人頭 3 傳世銅刀、銅戈、銅鉞人頭	有大把鬍子或下巴光光的
4 河南安陽出土陶俑（奴隸）及白石雕刻人物（貴族）	無鬍子

表二　春秋戰國時期

文物資料	說明
1 山西侯馬人形泥範 2 河南信陽長台關楚墓彩繪漆瑟貴族人物	無鬍子
3 河南長沙戰國楚墓彩繪木俑百十種	文武官多留有一點鬍子 好些年長者卻無鬍子

5　語見同上，頁159。

6　參閱同上，頁158-164。

表三　兩漢時期

文物資料	說明
1 故宮藏《列女仁智圖》（寫春秋歷史人物，傳為東晉顧愷之稿本，原稿或早至西漢）	其中人物有留八字鬍或無鬍子
2 河南洛陽西漢壁畫「二桃殺三士」（寫春秋故事） 3 武梁祠石刻人物 4 東漢天神相鏡伍子胥 5 山東沂南漢墓石刻孟賁 6 《七十二賢圖》子路	有武士鬚髯怒張形象，以示英武；其他文臣武士，一般只留兩撇小鬍子
7 長沙車馬人物漆奩 8 遼寧寧陽營城子漢墓壁畫人物 9 朝鮮出土彩繪漆竹筐《孝子傳》人物	情況與上相差不太遠，也有完全無鬍子的

表四　漢魏之際及南北朝時期

文物資料	說明
1 大量石刻、壁畫、漆畫、泥塑、小銅鑄像、漁獵、耕地、熬鹽、舂碓、取水、奏樂、烹飪等人物	極少留鬍子
2 守門衛士、侍僕、荷戈伍佰	頗多留大把鬍子
3 貴族人士 4 北方元魏拓跋氏時期的石刻、泥塑、壁畫人物	較少見留鬍子

文物資料	說明
5 《北齊校書圖》繪魏收、文臣、馬伕畫像	有幾位無鬍子，鬍子最多的是馬伕

表五　唐宋時期

文物資料	說明
1 敦煌220窟唐貞觀壁畫《帝王行從圖》，繪唐太宗及弘文館十八學士像	有有鬍子的也有無鬍子的
2 韓幹《雙馬圖》馬伕 3 《蕭翼賺蘭亭圖》烹茶火工 4 咸陽張灣壁畫司樂長	滿臉鬍鬚
5 宋人《香山九老圖》 6 《洛陽耆英繪圖》及《西園雅集圖》人物	有些老人或年過四十的人無鬍子

　　根據上舉各種文物資料，沈從文的看法是[7]：

　　一、由殷商至唐宋，鬍子的去留，並無必要規矩，也與身份高低無關。王力古代「男子必需留鬍子」之說，不能成立。

　　二、古代留鬍子的貴族及文武官員不算多，有些老人或年過四十的人，都不留鬍子。反而身份較低的人，如守門衛士、侍僕、荷戈伍佰、馬伕、烹茶火工、司樂長等，則頗多留鬍子。

　　三、美鬚髯在古代某些時期多和英武有關，但不一定算是美男子的特點之一。某些人鬍子多身份地位反而比較低下，但挑擔子的男子

7　參閱同上。

絕不是每人都留鬍子。

　　（四）鬍子問題雖屬小事，但涉及文學作品中的人物形象，一想當然，再作引申，就會出錯。能多想到歷史文化、歷史文物的知識，切實翻查資料，作點研究，才會減少以偏概全的錯誤。

　　沈從文的看法，我以為是可信的。

（二）「悠然見南山」（陶淵明《飲酒詩》）——南山與商山

　　陶淵明（365-427）《飲酒二十首》之五《結廬在人境》云：

　　結廬在人境，而無車馬喧。問君何能爾？心遠地自偏。採菊東籬下，悠然見南山。山氣日夕佳，飛鳥相與還。此中有真意，欲辨已忘言。[8]

歷來談論陶詩的人，總喜歡引述這詩中的句子：「採菊東籬下，悠然見南山。」對這兩句詩的解釋，大多以為這十個字，顯得陶淵明生活態度多麼從容不迫，景與心會，不以得失縈懷累心。「見南山」的「見」，李善（？-689）注《昭明文選》作「望」，六臣注《昭明文選》及《藝文類聚》亦同。大抵唐代作「望」，改「望」為「見」，當在宋代。王瑤編注《陶淵明集》，改「見」為「望」，認為作「見南山」不對[9]。

　　我們推想，陶淵明東籬採菊是實，「見南山」或「望南山」也可能不盡虛，只是在「見」或「望」的同時，會不會也有些感慨？這些感慨，會不會和陶詩所云「刑天無干戚，猛志固常在」[10]的詩意有聯

8　見逯欽立校注《陶淵明集》卷三，1979年5月中華書局（北京），頁89。
9　參閱王孟白《陶淵明詩文校箋》，1985年6月黑龍江人民出版社（哈爾濱），頁108。
10　詩句見陶淵明《讀山海經十三首》之十，逯欽立校注《陶淵明集》卷四，頁138。

繫？關於這方面，沈從文在《「商山四晧」和「悠然見南山」》一文中有辨析，他的辨析，像《從文物來說說古人的鬍子問題》一文，也是以文物資料為論據的。

我們先看《史記‧留侯世家》：

> 四人從太子，年皆八十有餘，鬚眉晧白，衣冠甚偉。上怪之，問曰：「彼何為者？」四人前對，各言名姓，曰東園公、角里先生、綺里季、夏黃公。[11]

又《漢書‧王貢兩龔鮑傳‧序》：

> 漢興有東園公、綺里季、夏黃公、角里先生，此四人者，當秦之世，避而入商雒深山，以待天下之定也。自高祖聞而召之，不至。其後呂后用留侯計，使皇太子卑辭束帛致禮，安車迎而致之。四人既至，從太子見，高祖客而敬焉，太子得以為重，遂用自安。[12]

這就是「商山四晧」典故的由來。

據沈從文的論述，「商山四晧」，有稱作「南山四晧」的。其一是日本人從朝鮮發掘的漢墓裏，得到一個竹篾編成的長方形筐子，上面四方除用彩漆繪有西漢以來即流行的《孝子傳》故事外，還在一角繪了上述四位高士，旁邊用草隸題識「南山四晧」四字。這個竹筐，大

「刑天無干戚」或作「刑天舞干戚」。遂氏據畢沅說，認為「刑天」作「刑天」是。又云：「作無干戚亦可，作舞干戚更生動。」

11 見《史記》卷五十五，1962年5月中華書局（北京）校點本，頁2046-2047。

12 見《漢書》卷七十二，1964年11月中華書局（北京），頁3056。

抵是西漢末東漢初之物。可見那時民間工匠是稱這四人為「南山四
皓」的。又在河南鄧縣出土一個南朝畫相（像）磚大墓裏，發現一些
尺來大長方磚，其中一塊上面浮雕人像旁邊，有一行四字楷書題識：
「南山四皓。」原來史傳上的「商山四皓」，漢人和六朝人一般說
「南山四皓」。可見文物有時可為歷史研究提供新材料，也可為文學
作品的理解和欣賞引發新思考[13]。

　　人的性格本來矛盾複雜，在戲劇小說中，才把矛盾複雜簡單化。
陶淵明其實是個矛盾的人，他反覆思量，無可奈何，掙扎了很久才回
來歸耕。他在《飲酒二十首》之四中說自己「託身已得所，千載不相
違」[14]，好像身心已有所安，平靜地過躬耕的生活，但在《飲酒二十
首》的《序》中，他說：

> 余閑居寡歡，兼比夜已長，偶有名酒，無夕不飲，顧影獨盡，忽
> 焉復醉。既醉之後，輒題數句自娛，紙墨遂多，辭無詮次，聊命
> 故人書之，以為歡笑爾。[15]

如果陶氏真的「託身已得所」，就不會「閑居寡歡」，「顧影獨盡」，
「辭無詮次」。因此所謂「以為歡笑」，不免有點強顏歡笑的意味。而
且，他也寫過「日月擲人去，有志不獲騁。念此懷悲悽，終曉不能
靜」[16]。我國古代的讀書人，大多以天下為己任，陶淵明年輕時也有
過這種的志向。但他所處的那個時代──魏晉及晉宋之間，篡逆、殺
戮的事常有發生。陶淵明曾在劉裕（？-310）手下做過參軍，可是劉

---

13 參閱沈從文《「商山四皓」和「悠然見南山」》，《沈從文文物與藝術研究文集》，頁
　　88-89。

14 參閱逯欽立校注《陶淵明集》卷三，頁89。

15 見同上，頁86-87。

16 參閱逯欽立校注《陶淵明集》卷四《雜詩十二首》之二，頁115-116。

裕心狠手辣，既勒死了安帝篡了位，又派人把恭帝殺死。自稱「性剛才拙，與物多忤，自量為已，必貽俗患」的陶氏，只好找個藉口，「儼俛辭世」了[17]。

有人說陶淵明是個隱逸詩人，性格靜穆，詩也靜穆。其實，他並不完全靜穆，寫的詩也不盡靜穆。有了這樣的理解，就可以接受沈從文在《「商山四晧」和「悠然見南山」》一文中的推論：

> 原來淵明所說「南山」，是想起隱居南山那四位輔政老人，並沒有真是甚麼南山！何以為證？那個畫相（像）磚產生的年代，恰好正和淵明寫詩年代相差不多。[18]

我們還可以多提一條材料，這是沈從文沒有說到的。陶淵明《飲酒二十首》之六《行止千萬端》云：

> 行止千萬端，誰知非與是？是非苟相形，雷同共譽毀！三季多此事，達士似不爾。咄咄俗中愚，且當從黃綺。[19]

「黃綺」，指的就是「南山四晧」的二晧——夏黃公和綺里季。表面看來，陶氏所要追隨的，是隱逸之士的「南山四晧」，不過這四位老人家，最後還是要出來輔助太子，離不開政治。於是陶氏所「見」或所「望」的「南山」，立意就很清楚，而他心中的感慨，就不言而喻了。

葉嘉瑩在《陶淵明的矛盾與悲慨》中指出：龔自珍（1792-

---

17 參閱陶淵明《與子儼等疏》，逯欽立校注《陶淵明集》卷七，頁187。
18 見《沈從文文物與藝術研究文集》，頁89。
19 見逯欽立校注《陶淵明集》卷三，頁90。

1841）和魯迅（1881-1936）就說過陶氏是個內心矛盾的詩人。她這
樣說：

> 陶淵明是一個內心充滿了矛盾和痛苦掙扎的人，但並不是到魯迅
> 才發現陶淵明的矛盾。清朝的一個詩人，就是龔自珍，他寫過一
> 首詩，說「陶潛詩喜說荊軻，想見停雲發浩歌」（《舟中讀陶潛詩
> 三首》之一），他還寫過「陶潛酷似臥龍豪，萬古潯陽松菊高。
> 莫信詩人竟平淡，二分梁甫一分騷」（《舟中讀陶潛詩三首》之
> 二）。[20]

陶詩中有一首《詠荊軻》，裏面有句云：「君子死知己，提劍出燕
京……其人雖已沒，千載有餘情。」[21]陶氏喜說荊軻，曾為荊軻刺秦
王的事迹而感動，他也有慷慨激昂的情緒。臥龍，指諸葛亮（181-
234）。諸葛亮為了蜀漢而鞠躬盡瘁。龔自珍認為，陶詩裏也有諸葛亮
的豪情壯志。「梁甫」，也作「梁父」，是泰山下的小山名稱。相傳曾
參（前505-前435）耕於梁甫，因思父母，作《梁山歌》，諸葛亮未輔
佐劉備（161-223）前，常愛吟誦這首歌。「騷」，指《離騷》，是屈原
（約前339-前278）的作品。《離騷》是屈原失意之作，他「信而見
疑，忠而被謗」，所以「憂愁幽思而作《離騷》」[22]。可以說，陶淵明
是抱有屈原、諸葛亮的奮發、求用情懷，可是時勢不容許他一展抱
負，於是就出現了《梁甫吟》和《離騷》的矛盾，內心有說不出的悲
慨。這樣說來，沈從文認為陶詩中提到「南山」，「是想起隱居南山那
四位輔政老人」，就不是沒有可能了。

---

20 見《葉嘉瑩說陶淵明飲酒及擬古詩》，2007年2月中華書局（北京），頁237。
21 見逯欽立校注《陶淵明集》卷四，頁131。
22 參閱《史記》卷八十四《屈原賈生列傳》，頁2482。

（三）「床前明月光」（李白《靜夜思》）——唐代的床

李白（701-760）的《靜夜思》也名《夜思》，是一首很有名的詩，連小孩子也能背誦，因為它曾經是小學語文課本的教材。《靜夜思》的文字一般是這樣的：

床前明月光，疑是地上霜；舉頭望明月，低頭思故鄉。[23]

許多人對這首詩的理解是：明月之夜，李白躺在「床」上，看見地上如霜的月色，不由起了思鄉之情。馬未都在一本談家具收藏的書中卻指出：李白詩中的「床」，不是我們今天睡覺的床，而是一個馬扎，古稱「胡床」。他這樣說：

他（李白）說的「床」，就是馬扎。他的語境非常清晰，動作清清楚楚，李白拎著一個馬扎，坐在院子裏，在明月下思鄉。[24]

他又說：

我們躺在床上是沒辦法舉頭和低頭的，頂多探個頭，看看床底下。如果你對中國建築史有了解，就知道唐代的建築門窗非常小，門是板門，不透光。……而且，唐代的窗戶非常小，月亮的

---

23 見蘅塘退士選編《唐詩三百首》（章燮註疏）卷六，1957年12月東海文藝出版社（臺北），頁200。此書詩題作《夜思》。蘅塘退士名孫洙（1711-1788），字臨西，乾隆間進士，曾任知縣。工詩，詩學杜甫，著有《蘅塘漫稿》，選編有《唐詩三百首》。

24 見馬未都《馬未都說收藏·家具篇》第二講《床前明月——交椅》，2008年3月中華書局（北京），頁22。

光幾乎不可能進入室內。尤其是當你的窗戶糊上紙、糊上綾子的時候，光線根本就進不來。所以李白說得很清楚：我在院子裏坐著。[25]

所謂「馬扎」，就是「胡床」，也稱「交椅」。「馬扎」稱為「胡床」，因為是外來的；稱為「交椅」，因為椅子的腿部交叉，可折疊，可掛牆，便於攜帶。馬未都還引述李白另一首詩——《長干行》：

妾髮初覆額，折花門前劇；郎騎竹馬來，遶床弄青梅。……[26]

「折花門前劇」，說的是小女孩折了一枝花在門前玩耍；「郎騎竹馬來，遶床弄青梅」，如果說小男孩騎著竹馬繞著屋子裏的床在轉，就說不通了，小女孩明明在門前玩耍，小男孩怎能一下子就在屋子裏圍著床邊亂轉！這倒好像小女孩和小男孩各玩各的，說不上兩小無猜的「青梅竹馬」。因此馬氏認為：

詩中以小女孩的口吻說：我小的時候，拿了個馬扎坐在門口，折了一枝花，在門前玩耍。小男孩騎著竹馬，圍著我繞圈起膩。[27]

馬氏的解說，的確比較合理，而且在唐代，「胡床」（馬扎）也是生活中常用的家具，如杜甫（712-770）《樹間》，有「幾回沾葉露，乘月坐胡床」；白居易（772-846）《興詠》，有「池上有小舟，舟中有胡床」之句；李白《寄上吳王三首》，也有「去時無一物，東壁掛胡

---

25 見同上。

26 見《李太白文集》卷四，頁132。

27 見馬未都《馬未都說收藏‧家具篇》第二講《床前明月——交椅》，頁23。

床」之句[28]。可見「胡床」在當時不是罕有之物。

　　根據馬未都對《靜夜思》的理解，「床」字的解說是關鍵，而且說服力也相當強。說到這裏，「床」的解說似乎已有定案，但看來不是。有人對《靜夜思》的「床」有不同解釋，我們不妨看看他的說法。

　　朱啟新在《說井床》中說：

> 古代在井口圍上井欄，有木製者，有石鑿者，或稱欄杆，式稱井圈。連帶井欄之上支起的汲水用的轆轤架，通稱「井床」。唐代詩人唐彥謙的《紅葉》詩云：「薜荔垂書幌，梧桐墜井牀。」詩句中的井床，便是井欄、井圈。[29]

唐代詩人，已將「井床」形諸文字，可見當時「井床」應是常見之物。

　　在我國先秦時代，汲水用井已頗為普遍，井上往往設有欄圈。如《莊子・秋水》記魏國公子魏牟曾說到淺井之蛙自言「出跳梁乎井杆之上」，所謂「井杆」，就是井上的欄圈，也就是「井床」或「井欄」。到了漢代，井床更屬常見[30]。

　　朱啟新在《說井床》中又說：

> 在古代墓葬中，常有陶井與井欄模型出土。漢代畫像石中每見「汲水圖」，井欄之上置轆轤，或井旁置桔槔、懸壺，灌入井圈汲水。圍井之欄圈一般不甚高，只是防人畜墜井。一九八一年，江蘇句容縣茅山鄉北鎮街玉晨觀遺址附近發現的梁天監十六年（517）井欄實物，花崗石質，圓筒形，口徑八十八釐米，底徑

28　參閱同上，頁22-23。

29　見朱啟新《文物物語》，2006年8月中華書局（北京），頁345。

30　參閱同上，頁345-346。

一百釐米，高六十三釐米。大體上，古代井欄高度約在半米左
右。[31]

這是根據出土模型、石刻畫像和遺址實物，說明井欄或井床的狀貌。

漢以後，井的建造愈來愈講究，井床的用料也愈來愈精美。《晉
書‧樂志下》引樂府詩《淮南王篇》云：

後園鑿井銀作床，金瓶素綆汲寒漿。[32]

所謂「銀作床」，只是指井欄潔白光亮如銀。又南朝梁簡文帝蕭綱
（503-511）《雙桐生空井》詩云：

季月雙桐井……銀牀牽轆轤。[33]

詩中的「銀床」，也是指潔白如銀的井欄。

唐代詩人，也對潔白如銀的井欄多所吟詠。如蘇味道（648-705）
《詠井》詩：

玲瓏映玉檻，澄澈瀉銀床。[34]

又如杜甫（712-770）《冬日洛城北謁玄元皇帝廟》詩云：

---

31 見同上，頁346。

32 見《晉書》卷二十三，1974年11月中華書局（北京）校點本，頁715。

33 見吳兆宜《玉臺新詠箋注》卷七，1999年中華書局（北京）重印本，頁280。

34 見《全唐詩》第二函第二冊，1967年10月復興書局（臺北）影印本，頁437。

風箏吹玉柱，露井凍銀床。[35]

朱啟新在《說井床》中指出，上述多首詩中的「銀床」，就是「井床」或「井欄」[36]。

還可一提，就是我們所熟知的《靜夜思》詩句，一般來自蘅塘退士選編的《唐詩三百首》，而《李太白文集》和《樂府詩集》載錄的《靜夜思》，文字與《唐詩三百首》稍有不同：

床前看月光，疑是地上霜；舉頭望山月，低頭思故鄉。[37]

「明月光」與「看月光」相差一字，在意義上分別不大，但「看」顯示詩人的主動。夜靜無聲，身處戶外的詩人，看見井床（井欄）前地上如霜的月光，不覺引發了內心的鄉愁，也感受到外在環境的寒意。「望明月」與「望山月」也只差一字，但戶內窗口所限，所見天空狹小，即使能見到月，也難以看見山。戶外則不同，在井床前擡頭，既望見月，也望見山，久久仰望，再低頭瞧著井床，不禁愴然興起思鄉之念，這就很自然了。「背井離鄉」這句成語，常常是遊子思念故鄉的常用語。前面提到李白的《長干行》，說小女孩「折花門前劇」，小男孩騎了竹馬繞著門前的水井（包括「井床」）在走動，手裏還把弄著青梅去逗引小女孩，不是一幅溫馨的「兩小無猜圖」嗎？《靜夜思》的「床」和《長干行》的「床」，說它們是同一樣的東西，應該是合乎情理的推測。朱啟新在《說井床》中表示：

---

35 見《全唐詩》第四函第二冊，頁1296。

36 參閱朱啟新《文物物語》，頁346。

37 見《李太白文集》卷六，頁163；見《樂府詩集》卷九十，頁1274。

如果將「床」作「井床」,「床前明月光」是指井欄前面的一大片
明亮的月光,光照範圍要比從戶外透進室內的月光廣闊,視野遼
遠。此時,詩人見到月色遍灑,景氣寂然,觸景生情,吟出首
句。[38]

這是說,將「床」解作「井床」,詩人才會有戶外的所見、所感和
所思。

臨末,姑且下一小結:李白《靜夜思》的「床」,馬未都解作
「胡床」(馬扎)和朱啟新解作「井床」(井欄),都較一般人解作
「睡床」(臥榻)為優勝。而馬、朱二人的解說,我較願意選擇朱
說,因為水井較容易使遊子勾起思鄉之念,而水井所在的空地,也是
兒童常常嬉戲的地方。

(四)「三顧草廬」(羅貫中《三國演義》)──諸葛亮吟詩

羅貫中(1330?-1400?)《三國演義》第三十八回載:

玄德徐步而入,見先生仰臥於草堂几席之上。玄德拱立階下。半
晌,先生未醒。……望堂上時,見先生翻身將起──忽又朝裏壁
睡著。……又立了一個時辰,孔明纔醒,口吟詩曰:大夢誰先
覺?平生我自知。草堂春睡足,窗外日遲遲。[39]

以上所述,是小說《三國演義》「三顧草廬」中很著名的場景,在電
影和電視劇中也多次出現。其中諸葛亮(字孔明)所吟誦的詩,是五
言「絕句」,問題就在這裏!

---

38 見朱啟新《文物物語》,頁347。
39 見《三國演義》,1957年1月人民文學出版社(北京),頁302-303。

　　未談諸葛亮所吟詩前，我們或許須略談古典詩歌的詩體。中國古典詩歌的詩體，在不斷發展過程中，演變為各種不同形式。宋代嚴羽（1192？-1245？）在《滄浪詩話》中列舉最為詳細，其中有以時代分體的，如「建安體」、「晚唐體」；有以作者分體的，如「蘇李體」（蘇武、李陵）、「少陵體」（杜甫）、「東坡體」（蘇軾）；有以風格分體的，如「玉臺體」（《玉臺新詠》選錄艷歌凡十卷）、「宮體」（梁簡文帝好作艷詩，傷於輕靡，時號宮體）。至於傳統的分體，一般根據外形的不同，分為「古體詩」和「近體詩」兩大系統，而「近體詩」又往往稱為「今體詩」或「格律詩」。

　　王力《漢語詩律學》為「近體詩」釋名時說：

> 近體詩又名今體詩，它是和古體詩對立的。唐代以後，大約因為科舉的關係，詩的形式逐漸趨於畫一，對於平仄、對仗和詩篇的字數，都很有嚴格的規定。這種依照嚴格的規律來寫出的詩，是唐以前所未有的，所以後世叫做近體詩。[40]

有人指出，唐人稱這種有嚴格規律要求的詩為「今體詩」，是合乎情理的，稱為「近體詩」，則於義不順，因為「近」，不是「今」，以唐人論，應是「今」。因此，把這類詩稱為「格律詩」，反而是較合理的名稱，而「近體」之稱，極有可能是宋元以後的人對唐代格律詩的稱呼[41]。

　　格律詩的分類，一般分為絕句（又稱「律絕」）、律詩和長律（又

---

40 見王力《漢語詩律學》第一章《近體詩》，1962年12月上海教育出版社（上海），頁18。

41 參閱秦惠民《中國古代詩體通論》第六章，2001年3月華中科技大學出版社（武漢），頁232。

稱「排律」）三大類，又因為有五言、七言之分，這三大類又可分為
六小類。現表列如下：

格律詩	絕句（律絕）	五言絕句	20字
		七言絕句	28字
	律詩	五言律詩	40字
		七言律詩	56字
	長律（排律）	五言排律	10句以上
		七言排律	10句以上

根據所見文獻資料，一般認為，五言律詩成熟最早，初唐四傑已經定
型。七言律詩成熟較遲，沈佺期（？-713？）、宋之問（656？-
712？）之際才完善體式。五言絕句亦定型於初唐，而七言絕句到盛
唐時代才有長足的進步。駱賓王（627？-684？）是初唐人，他有一
首題為《於易水送人一絕》的詩：

　　此地別燕丹，壯士髮衝冠；昔時人已沒，今日水猶寒。

這是迄今所見唐人自標詩體的第一例[42]。

　　關於絕句的起源，一般有兩說：一說絕句後於律詩，大抵是截取
律詩之半而成，所截或為首尾兩聯，或截取前半首，或截取中間兩
聯。另一說是絕句先於律詩，《四庫全書總目·詩文評類》就指出，
「漢人已有絕句，在律詩之前，非先有律詩截為絕句」，並附註云：
「古絕句四章載《玉臺新詠》第十卷之首。」[43]王力在《詩詞格律》

42　參閱同上，頁231-236。
43　參閱《四庫全書總目》（又稱《四庫全書總目提要》）卷一百九十六，藝文印書館
　　（臺北）影印本（出版年月不詳），頁411。

中也說：「絕句實際上可分為古絕、律絕兩類。」不過他同時指出：古絕「不受近體詩平仄規則的束縛。這可歸入古體詩一類」[44]。甚至可以說，古絕「只是最簡短的古詩」[45]。

有人或許會引述漢末的《上留田行》，證明漢時已有五言絕句的存在。詩云：

> 里中有啼兒，似類親父子；回車問啼兒，慷慨不能止。[46]

就詩的風格、情味言，這首詩其實近於古詩或樂府詩，即所謂古體詩，而不近於唐代才定型、格律嚴的絕句。大抵五言古詩或樂府詩與五言絕句之間，有淵源、過渡的痕迹，例如五言古詩與《楚辭》之間，就顯示了淵源、過渡的關係。我們不能隨便把一首四句的五言古詩或樂府詩稱為絕句，也不能截取一首五言古詩或樂府詩的四句就稱為絕句，因為它仍然只是古詩或樂府詩的詩句，與格律詩中的絕句不同。退一步說，我們即使接受「古絕」的名稱，也未嘗不可，但「古絕」仍應算是古體詩而不是唐代以來重格律的「律絕」。

有了上述認識，我們試細讀東漢末年諸葛亮午睡醒來所吟誦的四句五言詩，就知道這不該是漢末人的作品，因為它的風格、情味，顯然並不近於漢代的古詩或樂府詩（即所謂古體詩），反而較近於唐代才定型、重格律的「律絕」（即所謂絕句）。我們試用《古詩十九首》或漢樂府詩及其他古詩與諸葛亮所吟誦的詩句互相比較，就容易看出兩者的分別。漢末人而吟誦風格、情味近唐代的絕句，當然不合情

---

44 參閱王力《詩詞格律》第二章《詩律》，2001年10月中華書局（北京），頁15

45 參閱王力《漢語詩律學》第一章第三節《絕句》，頁40。

46 詩見《樂府解題》的引述。參閱《樂府詩集》卷三十八《上留田行》詩的解題說明，頁563。

理。大抵羅貫中編寫《三國演義》時，沒有從時代、社會考慮，刻意為諸葛亮口中的詩句仿古；也可能他只是不經意地襲用了說書人話本中原有的詩句，於是就出現了歷史人物和詩體流變不相合拍的情況。

（五）「天上好一輪圓月」（沈從文《箱子巖》）——端陽的圓月

沈從文是我國現代著名作家，發表大量小說、散文作品，曾任教於青島大學、北京大學、西南聯合大學。一九四九年後，他長期從事歷史文物研究工作，發表不少有分量的研究專著。他的散文《箱子巖》曾以節錄的形式，入選中學中國文學科教材。這篇教材，有這樣一段文字：

> 那一天正是五月十五，河中人過大端陽節。……等到我把晚飯吃過後，爬出艙外一望，呀，天上好一輪圓月。[47]

有人在報章對這段文字這樣批評：

> 教署中文組選出的一部分教材，其中有些作品，有文理不通的現象。例如中國文學課本上所選的沈從文寫的《箱子巖》（節錄），作者寫他路經箱子巖時所見的情形，說「那一天正是五月初五，河中人過大端陽節。」可是後來又說，「等到我把晚飯吃過後，爬出艙外一望，呀，天上好一輪明月。」試問那是甚麼話？難道五月初五是月圓的日子麼？[48]

---

47 見《沈從文文集》第九卷，1984年12月三聯書店（香港）、花城出版社（廣州），頁280-282。

48 見朱學璋《中國語文教育若干實踐問題的探討》，《星島晚報》副刊，1978年12月27日及1979年1月9日。

引文提到「五月初五」和「一輪明月」，其實並不是《箱子巖》的原文，原文是「五月十五」和「一輪圓月」。可能批評者的根據，是課本出版商任意竄改文字的教材，而沒有核對原作。不過，我相信批評者即使看到原作，他也會認為「端陽」（端午）不可能是「五月十五」而是「五月初五」；他更會認為，「五月初五」，又怎能有「一輪圓月」呢！

究竟沈從文是筆誤還是寫了「文理不通」的文章？沈氏在《過節和觀燈》一文中，有很清楚的說明：

> 大江以南，凡是有河流可通船舶處，無論大城小市，端午必照例舉行賽船。……初五叫小端陽，十五叫大端陽，正式比賽或由初三到初五，或由初五到十五。沅水流域的漁家子弟，白天玩不盡興，晚上猶繼續進行，三更半夜後，住在河邊的人從睡夢中醒來時，還可以聽到水面飄來蓬蓬當當的鑼鼓聲。[49]

原來「端午」即「端陽」，而「端陽」有大小的分別。五月初五是「小端陽」，「大端陽」是五月十五，忽略了這個關鍵性的「大」字，就會以為「十五」是「初五」之誤。不知道五月十五是「大端陽」，就不會接受「端陽」有「一輪圓月」的出現，把「圓月」改為「明月」去遷就妄改的「初五」，又不去理會「輪」這個量詞有圓的意思，才真是「文理不通」！試想想，數量詞用「一輪」，顯見月是圓的，而「初五」的彎月，可以用「明月」來形容嗎[50]？

---

49 見《沈從文文集》第十卷，頁228。

50 關於沈從文《箱子巖》中的圓月，我曾撰寫《沈從文〈箱子巖〉的端陽圓月及其他》一文作詳細的討論，最初發表於《教育學報》（教育曙光）第28期，1987年11月香港教師會（香港），後又收入我個人的語文教育論文集——《中國語文教學的

　　沈從文《箱子巖》的端陽圓月，雖不能貶為「不通」，但在文學作品中，卻的確有不少悖乎事理的乖謬、矛盾例子，如我們熟知的詩句「黃河之水天上來」、「白髮空垂三千丈」等等都是。錢鍾書在《讀拉奧孔》一文中說：

> 文字藝術不但能製造顏色的假矛盾，還能調和黑暗和光明的真矛盾，創闢新奇的景象。例如《金樓子》第二篇《箴戒》：「兩日並出，黑光遍天」，鄧漢儀輯《詩觀》三集卷一馮明期《溏沱秋興》：「倒捲黑雲遮古林，平沙落日光如漆」；或李賀《南山田中行》：「鬼燈如漆照松花」，沈德潛選《國朝詩別裁》卷二五徐蘭《磷火》：「別有火光黑比漆，埋伏山坳語啾唧」。[51]

可見事理的乖謬與矛盾，在文學藝術上是容許的。有些文學作品，似非而是，似是而非，在詞藻、風格上，可能是一種特色，但一放入哲學思辨的範疇，一用常識、理智的眼光來批評，就有不通的缺點。

　　文學和藝術的欣賞和評鑑，有時要忘記常識，要跨過理智思辨。這樣，我們才可以越過一篇文章或一件藝術作品的表面缺點或乖謬，而欣賞到它的內在優點或深層意義。事事察察為明，對文學和藝術來說，未免大煞風景。不過，要留意我所說的「有時」，不是「時時」。「有時」要看作品，要看時機，如果時時「忘記常識」，時時「跨過理智思辨」，不是馬虎、糊塗，就是知識不足了。

　　現況與發展》，1997年6月學思出版社（香港），頁145-153。

51 見錢鍾書《舊文四篇》，1979年9月上海古籍出版社（上海），頁35-36。

三　餘論

上面舉了幾個例子，談論文學作品疑義的辨析。表面看來，好像只談文學作品的理解和欣賞，沒有涉及現實生活中的語文理解和應用，其實，語文與文學、文化的關係是密切的。

首先我們談談關於「語文」的概念。所謂「語文」，有人認為是語言和文字，有人認為是語文和文學，有人認為是語言和文章，有人認為是語言和文化，等等。葉聖陶在《答孫文才》一信中，對「語文」一詞有簡要的說明：

口頭為語，筆下為文，合成一詞，就稱「語文」。[52]

換句話說，「語文」就是口頭語和書面語。我同意這個說法，而且認為，口頭語和書面語在日常生活中，有表達、溝通、理解的作用，同時也有藝術技巧和互相充分了解的需要，這就不能不從文學作品學習表達技巧，不能不認識歷史知識、文化知識以避免理解或應用的出錯。要提高語文應用的水平和效能，我們有時還得要借助文學和文化知識。

試以余秋雨的作品為例。

余秋雨是中國大陸的散文作者。在二十世紀九〇年代初，他以歷史文化散文的寫作，走紅全國，尤其是在港、臺、海外，他的作品往往長居暢銷書的榜首。但在中國大陸，他卻是個爭議頗多的作者。為甚麼會這樣？

我們首先看余秋雨對歷史知識、文化知識的看法。他曾以《何處

52　見《葉聖陶答教師的100封信》，1989年7月開明出版社（上海），頁9。

大寧靜》為題演講，指出文化人總是從三種途徑來面對歷史，一是本於知識，二是本於理論，三是本於情懷[53]。余氏特別重視情懷，他強調：

> 文學的歷史情懷，是作家以自身生命與歷史對晤。[54]

我同意歷史情懷對文學很重要。不過講究歷史情懷的作者，如果要寫涉及歷史文化的作品，如果要通過自己的文學作品或書面語來表達歷史情懷或文化情懷，但缺乏相關知識或知識有誤，則所表達的所謂「歷史情懷」，可能就會不足，甚至出現偏差。而講歷史哲學的哲學家，知識不足，或忽視知識，則所謂「歷史理論」，往往只是無根之談，甚至會招來譏笑。

余秋雨的歷史文化散文，不時出現知識謬誤，遭人訶詆。其中部分訶詆，或有苛評的情況，但有時也的確出現不少難以自圓其說的錯失，箇中理由，就是犯了知識不足或理解錯誤的毛病。下面試舉一些例子。

余秋雨《文化苦旅‧洞庭一角》第三節：

> 君山還是一片開放襟懷。它的腹地，有舜的女兒娥皇、女英墳墓……。[55]

舜的女兒是娥皇、女英嗎？在《尚書‧堯典》和《孟子‧萬章上》

---

53 參閱《余秋雨臺灣演講》，1999年7月爾雅出版社（臺北），頁133-134。

54 見同上，頁134。

55 見余秋雨《文化苦旅》，1992年知識出版社（上海），頁53。此書是暢銷書，有不同出版社的再版本及翻印本。

中，都只有堯以二女妻舜的記述[56]。到了西漢劉向（前77-前6）《列女傳‧有虞二妃》，才提到堯之二女名娥皇、女英[57]。以後《淮南子‧泰族訓》以至《史記‧五帝本紀》及唐司馬貞（生卒年不詳）的《索隱》、張守節（生卒年不詳）的《正義》，都依循劉向之說[58]。無論怎樣，堯以二女妻舜，堯的女兒是娥皇、女英，應是大多數人相信的說法。後來二〇〇一年四月東方出版社的新版《文化苦旅》，「舜的女兒」已改為「堯的女兒」了。

同是《文化苦旅‧洞庭一角》，提到范仲淹（989-1052）的《岳陽樓記》時說：

> 范仲淹身後就閃出了呂洞賓……他是唐人……但是范文一出，把他的行迹掩蓋了，後人不平，另建三醉亭，祭祀這位道家始祖。[59]

道家學派的創始人，一般的說法是春秋末年或時代較後的老子[60]。呂

56　參閱《尚書注疏》卷二，《十三經注疏》第二冊，1960年1月藝文印書館（臺北）影印本，頁28；朱熹《孟子集注》卷九，《四書章句集注》，2005年9月中華書局（北京），頁320-321。

57　參閱劉向《列女傳》卷一《母儀傳》，四部叢刊初編作《古列女傳》，1929年商務印書館（上海）影印本，頁1。

58　參閱何寧《淮南子集釋》卷二十，2006年4月中華書局（北京），頁1389；《史記》卷一《五帝本紀第一》及司馬貞《史記索隱》、張守節《史記正義》，頁21-22。

59　見余秋雨《文化苦旅》，頁51。

60　何炳棣考證認為：老子（李耳）約生於西元前440年，較孔子之生晚111年，較墨子之生約晚40年。參閱何炳棣《讀史閱世六十年》第二十章《老驥伏櫪：先秦思想攻堅》，2005年4月商務印書館（香港），頁472。而錢穆先生早就指出：老子生年當晚於莊子，老子的「思想議論，實出戰國晚世」，其說大抵「承墨翟、許行、莊周之遺緒」。參閱錢穆《國學概論》，1956年6月商務印書館（臺北）再版（初版為1931年5月）；又，錢穆《莊周生卒考》，《先秦諸子繫年》卷三，1956年6月香港大學出版社（香港）增訂版（初版為1935年12月），頁269-270。

洞賓（798-？）原名嵒，是唐代一名道士，民間傳說的神話不少，後來還尊奉他為「八仙」之一。道教形成於東漢，有許多門派。最早有五斗米道，創始人是張陵（？-156），也稱張道陵；稍後有太平道，創立者是張角（？-184），曾發動聲勢浩大的黃巾起義。可知道家不是道教，道教的始祖也不該是呂洞賓。

又《文化苦旅・筆墨祭》：

> （林琴南）停止了翻譯，用毛筆寫下了聲討白話文兼及整個新文化的檄文……除了蔡元培給林琴南寫了一封回信，劉半農假冒「王敬軒」給他開了個玩笑，沒有再與這位老人家多作爭辯。[61]

上述文字有兩點錯誤：

（一）劉半農（1891-1934）沒有假冒「王敬軒」，假冒的人是錢玄同（1887-1939），劉半農只是以記者身份作答。錢氏化名「王敬軒」以保守派的口吻攻擊《新青年》雜誌，其實是故意引起話題，與劉氏唱雙簧，目的是讓劉氏逐點駁斥。

（二）林琴南（1852-1924）聲討白話文兼及整個新文化的檄文，發表在一九一九年，蔡元培（1868-1940）的反駁也在同一年。錢玄同和劉半農的唱雙簧，則在一九一八年，因此蔡元培的回信和錢、劉的唱雙簧，不是在同一年發生，也不是共同反駁林琴南聲討白話文兼及整個新文化的檄文。

再舉一個理解古籍語句的錯誤例子。余秋雨在《尋找真實的孔子》中說：

---

61 見余秋雨《文化苦旅》，頁242。

孔子早年的生活相當孤單，也有點艱難。……他多次講過這樣的
話：因為出生貧賤，所以對於各種鄙視，我都能忍受，所有人家
不願意做的事，我都會做。[62]

孔子（前551-前479）說過的話，見《論語·子罕第九》：

吾少也賤，故多能鄙事。君子多乎哉？不多也。[63]

朱熹（1130-1200）注云：

言由少賤故多能，而所能者鄙事爾，非以聖而無不通也。[64]

孔子自稱年輕時家境貧賤，所以許多卑微低下的工作（鄙事）也懂
得做。他這樣說，是自謙，也有勉諭弟子、後學的意思。「多能鄙
事」，怎能解說為「對於各種鄙視，我都能忍受」？不看余氏的解
說，「鄙事」變為「鄙視」，可推說是打印、校對的疏漏，但看余氏的
解說，就知道是理解的錯誤了。以這樣的理解，能夠「尋找真實的孔
子」嗎？
　　我國歷史源遠流長，長時間累積下來的典籍文獻和歷史文化知
識，既豐盛又複雜，引述時要完全不出錯，連學博才高之士恐怕也難

---

62 見《問學·余秋雨——與北大學生談中國文化》，2009年10月陝西師範大學出版社
　（西安），頁70。後來余秋雨在2010年10月天下遠見出版公司（臺北）出版的《中
　華文化——從北大到臺大》中，將「鄙視」修訂為「鄙事」，其他文字仍舊。（參閱
　頁177）
63 見朱熹《論語集注》卷五，《四書章句集注》，2005年9月中華書局（北京），頁
　110。
64 見同上。

避免。但我們只要有「撥雲尋道倚樹聽泉」的精神和態度，於無疑處
有疑，於有疑處須疑，提高警覺，多方辨析，靜心考量，不以再三檢
索覆核、校訂為苦，下筆時才會減少一些易於為人覺察的疏失。

二〇一三年六月初稿
二〇一六年一月定稿

──本文為香港公開大學教育及語文學院碩士班演講稿（2013
年6月16日）

讀《桃花源記》札記兩則

札記一　《桃花源記》「衣著悉如外人」辨

　　晉陶淵明（365-427）字元亮，後更名潛。他的《桃花源記》，是我國古典文學作品中的名篇。篇中有些字詞，固然因版本不同而產生差異，而個別語句的理解，有時也會引發爭議。現試讀《桃花源記》開篇一段文字：

> 晉太原中，武陵人捕魚為業；緣溪行，忘路之遠近。忽逢桃花林夾岸，數百步中無雜樹，芳草鮮美，落英繽紛。漁人甚異之。復前行，欲窮其林。林盡水源，便得一山。山有小口，髣髴若有光。便捨船從口入。初極狹，纔通人。復行數十步，豁然開朗。土地平曠，屋舍儼然。有良田、美池、桑竹之屬。阡陌交通，雞犬相聞，其中往來種作，男女衣著悉如外人。[1]

《桃花源記》見《陶淵明集》，又見陶淵明《搜神後記》，兩者文字稍有出入[2]。《搜神後記》多載民間傳說故事，這篇《桃花源記》大抵也

1　見逯欽立校注《陶淵明集》卷六，1979年5月中華書局（北京），頁165。據逯氏校注，黃藝錫刻《東坡先生和陶淵明詩》本，「衣著」作「衣着」。逯氏又校出文字出入頗多，今從略。

2　參閱陶淵明《搜神後記》，李劍國編著《唐前志怪小說輯釋》之《南北朝編第三》，1986年10月上海古籍出版社（上海），頁417-418。

是根據民間傳說故事寫成。今本《搜神後記》中的《桃花源記》，可能是陶氏「草創未定之本」，而《陶淵明集》中的《桃花源記》，「則其增修寫定之本」[3]。篇首所云「晉太元」，是東晉孝武帝年號，共二十一年，相當於西元三三七年至三九六年。但據《藝文類聚》、《初學記》、《太平御覽》及《杜工部草堂詩箋》等書的引述，「太元」都作「太康」。「太康」是西晉武帝年號，起自西元二八〇年至二八九年[4]。或許故事的流傳，在西晉時已經開始，所以才會有「太康」、「太元」的分歧。時逢亂世，容易使人有避世之想，陶氏借了民間傳說故事來撰寫文學作品，自然是心有寄託。

對《桃花源記》的字詞及語句，評論者的理解不盡相同。金文明[5]在《試釋〈桃花源記〉的一個疑點》一文中這樣說：

> 陶淵明《桃花源記》……「其中往來種作，男女衣著悉如外人」一句，卻似乎有悖常理……桃花源中人從秦朝避亂入山，其間經過兩漢、三國，到陶淵明生活的「晉太元中」，已歷五百多年。世易時移，山內山外環境隔絕，儘管山中人的生活可能沒有變

---

3 陳寅恪《桃花源記旁證》一文云：「今本《搜神後記》中《桃花源記》，依寅恪之鄙見，實陶公草創未定之本。而淵明文集中之《桃花源記》則其增修寫定之本。二者俱出陶公之手。」見《金明館叢稿初編》，1980年8月上海古籍出版社（上海），頁175。

4 參閱陶淵明《搜神後記》，李劍國編著《唐前志怪小說輯釋》之《南北朝編第三》附註（一），頁418。

5 金文明，1936年生，長期在出版社工作，是資深的文化人。他曾任《漢語大詞典》編委、上海中醫藥大學出版社總編輯、上海新聞出版局特聘圖書質量檢查組審讀專家、復旦大學出版社特約編委、《咬文嚼字》月刊編委等職位。他的《石破天驚逗秋雨——余秋雨散文史差錯百例考辨》（2003年書海出版社）、《秋雨梧桐葉落時——余秋雨金文明之爭始末》（2004年當代世界出版社），對余秋雨之作諸多質疑，言多有據，出語鋒利，因而聲名大噪。

化，但外面的世界卻歷盡滄桑，不可能依然如故。所以，說桃花源裏「男女衣著悉如外人」，實在難以講通。[6]

看來金氏把「外人」解為當時桃花源外的人，即晉時人，所以認為「難以講通」。因為由秦至晉已歷五百多年，山內山外環境隔絕，山內人的衣服不可能如當時山外的晉人。

金氏在文中，又引述一名中學教師的意見：鄭莊公殺弟叔段，《公羊傳‧隱公元年》云：「母欲立之，已殺之，如勿與而已矣。」何休注云：「如，即不如，齊人語也。」因此「悉如外人」，其實是「悉不如外人」。金氏認為這名教師的意見「似是而非」，因為「陶淵明的全部詩文創作」「通俗淺近，明白如話」，「說他會把『不如』特意寫成『如』，恐怕是沒有可能的。」因此，他這樣推論：為了將山內的理想世界同山外的人間現實作比較，肯定山內山外「往來種作、男女衣著」的相同，完全是為突出理想與現實截然不同這個主題服務的[7]。

金氏之說，是現代人理解古代文學作品的方式，未嘗無理，但有意深求，不免迂曲。我以為如將「外人」解為非晉人的外來人，則「男女衣着（著）悉如外人」，可解為男女的衣著完全像是來自外地之人而非當時晉人的衣著。在武陵捕魚人的眼中，秦人衣著與晉人不同，當然「悉如外人」。

這樣理解，該不是無據的妄測，也沒有「悖常理」。陶氏《桃花源記》之後，就附有詩：

---

6 見金文明《守護語林》，2007年1月上海人民出版社（上海），頁165。金氏引文，用「衣着」不用「衣著」。

7 參閱同上，頁165-167。

贏氏亂天紀，賢者避其世。黃綺之商山，伊人亦云逝。往迹浸復
湮，來逕遂蕪廢。……荒路曖交通，雞犬互鳴吠。俎豆猶古法，
衣裳無新製。[8]

詩句清楚點明，桃花源中的隱居者，是避贏秦之民，「俎豆猶古法，
衣裳無新製」，不就是說，他們所行仍然是古代祭饗之禮、所穿仍舊
是秦人的衣裳嗎？陶氏詩文所指互相應合，該是最可靠的述說。此
外，古代名人也有相類的看法。例如王維（701？-761）的《桃源
行》詩，論者認為敷陳陶氏《桃花源記》的文意最備[9]，詩云：

漁舟逐水愛山春，兩岸桃花夾去津。坐看紅樹不知遠，行盡青溪
不見人。山口潛行始隈隩，山開曠望旋平陸。遙看一處攢雲樹，
近入千家散花竹。樵客初傳漢姓名，居人未改秦衣服。[10]

王氏所謂「居人未改秦衣服」，在陶氏筆下，也就是「男女衣著悉如
外人」，「衣裳無新製」。如果把「外人」解釋為桃花源外面的晉人，
當然「難以講通」。
　　除了「衣著悉如外人」的「外人」，《桃花源記》中也出現另一
「外人」：

村中聞有此人，咸來問訊。自云先世避秦時亂，率妻子邑人，來
此絕境，不復出焉，遂與外人間隔。問今是何世，乃不知有漢，

8　見逯欽立校注《陶淵明集》卷六，頁167。

9　參閱李劍國編著《唐前志怪小說輯釋》之《南北朝編第三》，頁423。

10　參閱同上，頁423-424。王維詩亦見《全唐詩》第二函第八冊，1967年10月復興書局
　　（臺北）影印本，頁693。「去津」，一作「古津」。

無論魏晉。[11]

從上下文看，上面的「外人」，應通指桃花源外面的人，不過時代跨越頗長，包括秦、漢、三國、魏、晉，不限晉人，與「衣著悉如外人」的「外人」，意思顯然並不相同。同一詞語，因上下文的不同，有時不可作相同詮釋，這是閱讀文學作品及文獻資料的常識，大家應能理解。

說到「陶淵明的全部詩文創作」，是否如金文明所言，「通俗淺近，明白如話」，似乎也可一談。陶氏不少詩文，對現代讀者來說，仍然算得上是淺白易懂，但不是「全部」！例如他的《述酒》、《詠三良》、《感士不遇賦》、《閑情賦》等等，都不算淺易。即使我們認為，較淺易的《桃花源記并詩》、《歸園田居》五首，對一般讀者，也不是完全沒有理解的困難。這裏頭的原因，涉及時、地、人的因素。古今時代遠隔，詞語概念和表達方式固然會有古今之異，而各代社會或同代但不同社區的語文應用，也會有些差別，這是「時」和「地」的問題。至於詩文的作者，由於性格、思想、文化、家世各異，也會影響了他們的用語和行文習慣，如不切實掌握，有時也會妨礙我們對詩文的理解，這是「人」的問題。

再說，把「不如」寫成「如」這種表達方式，在我國古代典籍中應該不乏其例，不算僻罕；在現代漢語中，也有人把「好不容易」寫成「好容易」。因此，陶氏把「不如」寫成「如」，也不是完全「沒有可能」，只不過在「衣著悉如外人」這個句子中，把「如」解為「不如」，倒似乎想多了一些，未免徒增煩擾。其實「如即不如」之說，

---

11 見逯欽立校注《陶淵明集》卷六，頁166。據逯氏校注，「時亂」，《藝文類聚》作「難」；「間隔」，《藝文類聚》作「隔絕」。

所據大抵是顧炎武（1613-1682）的《日知錄》或俞樾（1821-1907）的《古書疑義舉例》，只是引述者在討論時沒有提及。俞氏在《古書疑義舉例・語急例》中說：

> 古人語急，故有以「如」為「不如」者。隱公元年《公羊傳》：「如勿與而已矣。」注曰：「如，即不如」是也。有以「敢」為「不敢」者。莊二十二年《左傳》：「敢辱高位。」注曰：「敢，不敢也」是也。詳見《日知錄》三十二。[12]

典籍中是有例可援了，但是否適用，還得要查閱上下文，還得要照顧常識。

　　最後，稍要強調的是：我們理解、欣賞古典文學作品，無論是字詞、語句或內容，有時不必利用自己的所知過分深求，即不要想得太複雜，否則易見、常見的材料，也會失諸眉睫。古今好學深思之士，由於不肯甘於平實，偶然會忽略了常識，被自己的「知」和「想」所障。沈德潛（1673-1769）《古詩源》曾論陶氏的《桃花源詩并記》云：

> 此即羲皇之想也。必辨其有無，殊為多事。[13]

沈氏之言，本指陶氏詩文中其事、其地、其人的有無，但對篇中字詞或語句的理解，如果曉曉作辨析，恐怕也是「殊為多事」罷？

---

12 見《古書疑義舉例五種》中之《古書疑義舉例》卷二，1957年1月中華書局（北京），頁26-27。

13 見《古詩源》卷八「晉詩」，1963年6月中華書局（北京），頁195。《古詩源》以詩為主，所以沈氏稱《桃花源詩并記》，「并記」兩字，以小字附標目「桃花源詩」下。

札記二　再談桃花源中人的「衣著」

　　《〈桃花源記〉「衣著悉如外人」辨》一文，主要是從《桃花源記》的內容，討論篇中的行文措詞。文中既沒有闡發陶淵明撰作的寓意，也沒有討論篇中內容是否有記實的問題。就文章論文章，陶氏筆下隱居桃花源的人，是「避秦」之民，而「秦」，應該是「嬴秦」，因為陶氏《桃花源記》所附詩，開篇即云：「嬴氏亂天紀，賢者避其世。」[14]我們有詩為據，就會同意「避秦」之民，衣著不可能像外面的晉人或時人。

　　不過，據陳寅恪先生（1890-1969）的考證，《桃花源記》所載，有記實的部分，而「所避之秦乃苻秦」。這會不會影響我們對「衣著悉如外人」一語的理解呢？為了方便討論，我們不妨先引述陳氏《桃花源記旁證》一文的總括要點如下：

（甲）真實之桃花源在北方之弘農，或上洛，而不在南方之武陵。

（乙）真實之桃花源居人先世所避之秦乃苻秦，而非嬴秦。

（丙）桃花源記實之部分乃依據義熙十三年春夏間劉裕率師入關時戴延之等所聞見之材料而作成。

（丁）《桃花源記》寓意之部分乃牽連混合劉驎之入衡山採藥故事，並點綴以「不知有漢，無論魏晉」等語所作成。

（戊）淵明《擬古詩》之第二首可與《桃花源記》互相印證發明。[15]

14　參閱逯欽立校注《陶淵明集》卷六，頁167。

15　見陳寅恪《桃花源記旁證》，《金明館叢稿初編》，1980年8月上海古籍出版社（上海），頁178。

上述各項，涉及桃花源時、地、人的論證，而（乙）項則與我們要討論的時代和衣著有明顯關係，因據此進一步述論。

陳氏在文中表示：

> 至其所避之秦則疑本指符生符堅之符秦而言，與始皇、胡亥之嬴秦絕無關涉。……由符生之暴政或符堅之亡國至宋武之入關，其間相距已逾六十三或三十年之久。故當時避亂之人雖「問今是何世？」然其「男女衣著悉如外人」。若「乃不知有漢，無論魏晉」者，則陶公寓意特加之筆，本篇可以不論者也。[16]

從引文顯示，陳氏認為「衣著悉如外人」的「外人」，指的是當時外面的人。不過，《桃花源記》中明明有人「問今是何世」，「乃不知有漢，無論魏晉」的語句，從文意看，「外人」不可能是外面的時人，因此陳氏不得不指出這是「陶公寓意特加之筆」，又在討論桃花源的事和人時，表示「文士寓言，故作狡獪，不嫌牽合混同，以資影射」[17]。

陳氏之文，就記實立說，提供論據，層層辨析，頗為詳細；又把「嬴秦」接合為「符秦」，也相當巧妙。因此，他的結論，信服的人不少。不過就文論文，陶淵明筆下的「秦」，仍只能是「嬴秦」，「衣著悉如外人」的「外人」，仍不可能是外面的晉人或時人。如果說這是陶氏「故作狡獪」，「特加之筆」，他心目中的「秦」是「符秦」而不是「嬴秦」，所謂「古典」中寓「今典」，也未嘗不可，但已不是篇章文字的理解，而是寓意的揣測了。我們對合理的揣測可以接受，只是「揣測類皆不易質證」[18]，陳氏已把話說在前頭了。而且，陶氏既

---

16 見同上，頁175-176。

17 參閱同上，頁174。

18 語見同上，頁175。

有意以「古」影射「今」，則下筆說故事時，何妨一切從「古」，說：「避秦」之民的「衣著」是時人（晉或苻秦）不習見的嬴秦衣著而不是時人衣著，即所謂「居人未改秦衣服」（王維詩句）[19]。這樣，既合乎情理，也不會妨礙「古典」與「今典」的會通，何必硬插一句，點明避嬴秦之民的衣著，竟然與時人的衣著無別，來透露所謂「今典」的消息呢？

自古以來，許多詩文作品都會有潛台詞，高明的作者，大多不會把自己有心隱藏的潛台詞，故意通過內容和字面的顯著矛盾，浮露在一般讀者的眼前。我對陶文「衣著悉如外人」這一句的看法，也是如此。

---

19 王維詩句見《全唐詩》第二函第八冊，頁693。又參閱李劍國編著《唐前志怪小說輯釋》之《南北朝編第三》所附王維詩《桃源行》，頁423-424。

《論語》的言語藝術與文學情味

一 引言

《論語》是語錄式問答體的散文集，內容主要是孔門弟子記述孔子（前551-前479）應答弟子、時人和弟子、時人互相談論的話語，各自成篇，並非出自一人之手。

《孟子》書中，常引述《論語》的語句，可知《論語》成書當在《孟子》之前，不過取名為《論語》，則始自漢初。趙岐（約108-201）《孟子題辭》說漢文帝（前202-前157）曾置《論語》博士[1]，可知那時已有《論語》的名稱。

《論語》原有《魯論》、《齊論》、《古論》三種，現只存《魯論》，共二十篇。《論語·先進第十一》載孔子以「正」稱許齊桓公，以「仁」稱許管仲，或疑現行本《論語》中雜有《齊論》[2]。

《論語》文字簡樸，每章或記言，或記事，往往三言數語，篇幅不長，意思便很圓足。一般來說，《論語》的價值，應該在思想方面，不過記錄者在記錄時，一方面保存了孔子和其他人的措詞和語調，另一方面也不免在文字上稍作潤飾或增刪。這可約略了解當時人的修辭功夫。而且，孔子或其他人談話的方式和內容，有時也會流露一種文學的情味；甚或記錄聚談時的情形，有時也可能出現一種生動

---

1 參閱焦循《孟子正義》，1957年10月中華書局（北京），頁10。焦循引前人之說云：題辭，「即序也。趙注尚異，故不謂之序，而謂之題辭也」。

2 參閱錢穆先生《論語新解》下冊，1963年12月新亞研究所（香港），頁481-486。

或動人的場景，而這類場景的勾勒，往往已是文學的描述，而不單是思想的表達[3]。

本文試選取《論語》的用語、句子和記事文字為例，說明《論語》的言語藝術和文學情味。而有關言語應用藝術的提示，也會稍作引述、說明。

二 《論語》言語藝術舉隅

語錄是記錄口語的文字，其中不免夾以方言俚語，文字也較質樸，我們看唐代僧徒和宋儒講學的語錄，大多如此。天趣動人、妙趣橫生的語錄不是沒有，但不多。

《論語》是一部語錄體的書，但行文措詞，往往遠勝於後世的語錄。大抵孔子和弟子出語精妙，而記錄者又是孔門的高弟或高弟的弟子。這一節先從言語藝術的角度，略舉詞語或句子為例，分類說明，而言語應用藝術和文學情味方面的例子，則會另節分別討論。

（一）疊字

疊字，又稱重言，指兩字相重的詞。篇中用疊字，一般用作形容而有加強之意，有時也可增加語句的節奏感，《論語》中有不少，如《論語‧八佾第三》：

子曰：「周監於二代，郁郁乎文哉！吾從周。」[4]

---

3 參閱詹安泰、容庚、吳重翰編《中國文學史‧先秦兩漢部分》，1960年3月高等教育出版社（北京），頁96-98。

4 見《論語集注》卷二，朱熹《四書章句集注》，2005年9月中華書局（北京），頁65。

朱注：「二代，夏商也。……郁郁，文盛貌。」[5]「郁郁」，是形容周朝禮儀制度的豐盛，讚歎之意明顯。

又《論語・述而第七》：

> 子之燕居，申申如也，夭夭如也。[6]

朱注：「燕居，閒暇無事之時。……申申，其容舒也。夭夭，其色愉也。」[7]這是孔門弟子描述孔子閒居時的氣象。

又《論語・述而第七》：

> 子曰：「君子坦蕩蕩，小人長戚戚。」[8]

「蕩蕩」，形容心境寬廣舒泰；「戚戚」，形容心境哀愁憂懼。君子其心坦然，小人則多憂懼。

又《論語・泰伯第八》：

> 子曰：「師摯之始，關雎之亂，洋洋乎盈耳哉！」[9]

「摯」，魯樂師名；「亂」，樂曲的末章。「洋洋」，形容樂聲的美盛。

又《論語・泰伯第八》：

5　見同上。
6　見《論語集注》卷四，頁93。
7　見同上。
8　見同上，頁102。
9　見同上，頁106。

子曰：「巍巍乎！舜、禹之有天下也，而不與焉。」[10]

朱注：「巍巍，高大之貌。不與，猶言不相關。」[11]孔子用「巍巍」來形容舜、禹高大的形象。

又《論語・子罕第九》：

子曰：「吾有知乎哉？無知也。有鄙夫問於我，空空如也，我叩其兩端而竭焉。」[12]

「空空」，極言無知之甚。孔子謙言自己的無知，不過人家有問於我，則會從所問所疑的兩端提出思考性問題來啟發他，使無餘蘊。或云「空空」即「悾悾」，誠慤的樣子；可備一說。

又《論語・先進第十一》：

閔子侍側，誾誾如也；子路，行行如也；冉有、子貢，侃侃如也；子樂。[13]

「誾誾」、「行行」、「侃侃」都是疊字詞。「誾誾」，是「和悅而諍」的樣子[14]；「侃侃」，是「剛直而和」的樣子；「行行」，是「剛陽勇武」

---

10 見同上，頁107。

11 見同上。

12 見《論語集注》卷五，頁110。

13 見《論語集注》卷六，頁125。

14 參閱《鄉黨第十》，《論語集注》卷五，頁117。關於「侃侃」，朱注釋為「剛直也」，意有未足，亦可參閱劉寶楠《論語正義》卷十一，1990年3月中華書局（北京），頁365-366。

的樣子[15]。

又《論語・子路第十三》：

> （子）曰：「言必信，行必果，硜硜然小人哉！抑亦可以為次矣。」[16]

朱注：「果，必行也。硜，小石之堅確者。小人，言其識量之淺狹也。」[17]可見「硜硜」是形容識量淺狹的鄙賤小人，這類小人，只知專自守於言行的必果必信，而缺乏通達的識見。

又《論語・子路第十三》：

> 子路問曰：「何如斯可謂之士矣？」子曰：「切切、偲偲、怡怡如也，可謂士矣。朋友切切、偲偲，兄弟怡怡。」[18]

朱注：「切切，懇到也。偲偲，詳勉也。怡怡，和悅也。」[19]「切切、偲偲」是互相討論、美善的樣子；「怡怡」，是融洽、和睦共處的樣子。

（二）重複

重複，又稱反覆，是修辭手法之一，表達時按需要連續或間隔使用同一詞語、句子或句群，以抒發強烈的感情，有強調所云或加強節奏感的作用。《論語》中可常見，如《論語・為政第二》：

---

15 參閱《論語集注》卷六，頁125。朱注對「行行」的解釋是：「剛強之貌。」釋為「剛強勇武之貌」，意思似較圓足。
16 見《論語集注》卷七，頁146。
17 見同上。
18 見同上，頁148。
19 見同上。

> 子曰：「視其所以，觀其所由，察其所安。人焉廋哉？人焉廋哉？」[20]

「以」有「為」義，「由」有「從」義，「安」有「樂」義，這是由外而內的觀察。又「廋」有「匿」義。重複「人焉廋哉」，強調對人多方觀察的重要。

又《論語‧公冶長第五》：

> 子在陳曰：「歸與！歸與！……」[21]

朱注：「此孔子周流四方，道不行而思歸之歎也。」[22]「歸與歸與」的歎息，無奈之情，溢於言表。

又《論語‧公冶長第五》：

> 子曰：「巧言、令色、足恭，左丘明恥之，丘亦恥之！匿怨而友其人，左丘明恥之，丘亦恥之！」[23]

前後都說「左丘明恥之，丘亦恥之」，強調自己對左丘明意見的認同。「丘亦恥之」後，中華書局（北京）《四書章句集注》本用句號，我以為用感歎號，會較富感情色彩。

又《論語‧雍也第六》：

---

20 見《論語集注》卷一，頁56。
21 見《論語集注》卷三，頁81。
22 見同上。
23 見同上，頁82。原書「恥之」後用句號。

伯牛有疾，子問之，自牖執其手，曰：「亡之，命矣乎！斯人也
而有斯疾也！斯人也而有斯疾也！」[24]

兩言「斯人也而有斯疾也」，悲惻傷痛之情盡出。「斯人」和「斯疾」
後都有「也」字，愈顯愛憐、歎惜的深長。

又《論語・雍也第六》：

子曰：「賢哉，回也！一簞食，一瓢飲，在陋巷。人不堪其憂，
回也不改其樂。賢哉，回也！」[25]

孔子的話只有二十八個字，但「賢哉」重複兩次，「回也」重複三
次，正因為有這樣的重複，才可使孔子對顏淵的欣賞、讚歎之情，充
分表現出來[26]。

又《論語・雍也第六》：

子曰：「觚不觚，觚哉！觚哉！」[27]

觚，指器皿之有稜角者，重複「觚哉」，力言無稜角的器皿，不得稱
為觚！

又《論語・子罕第九》：

---

24 見同上，頁87。

25 見同上。

26 參閱錢穆先生《中國文學中的散文小品》，《新亞遺鐸》，2004年8月三聯書店（北
   京），頁284-285。按：此書初版為1989年8月三民書局（臺北）。

27 見《論語集注》卷三，頁90。

子貢曰：「有美玉於斯，韞匵而藏諸？求善賈而沽諸？子曰：沽之哉！沽之哉！我待賈者也。」[28]

朱注：「孔子言固當賣之，但當待賈，而不當求之耳。」[29]兩用「沽之哉」，表明自己是「待賈」的，話語中有很濃的感情色彩。

又《論語‧憲問第十四》：

子曰：「桓公九合諸侯，不以兵車，管仲之力也。如其仁！如其仁！」[30]

朱注：「如其仁，言誰如其仁者，又再言以深許之。」[31]一再說「如其仁」，表示對管仲的強烈推許。

又《論語‧憲問第十四》：

蘧伯玉使人於孔子。孔子與之坐而問焉，曰：「夫子何為？」對曰：「夫子欲寡其過而未能也。」使者出。子曰：「使乎！使乎！」[32]

孔子歎說「使乎使乎」來讚美使者的善於應對。

又《論語‧陽貨第十七》：

---

28 見《論語集注》卷五，頁113。
29 見同上。
30 見《論語集注》卷七，頁153。
31 見同上。
32 見同上，頁155-156。

子曰：「天何言哉？四時行焉，百物生焉，天何言哉？」[33]

四時運行，百物生長，天不必言而天心昭顯。特別再言「天何言哉」以開示聽者。

又《論語・微子第十八》：

楚狂接輿歌而過孔子曰：「鳳兮！鳳兮！何德之衰？往者不可諫，來者猶可追。已而，已而！今之從政者殆而！」[34]

楚狂接輿以「鳳」比孔子。「已」，止；「而」，語助詞。重複「鳳兮」和「已而」，表達了強烈的慨歎之情。

（三）反詰

反詰也稱反問或詰問，這是用疑問的形式表達確定的意思，藉以加強語氣。在《論語》中，這種表達方式很多，如《論語・為政第二》：

子游問孝。子曰：「今之孝者，是謂能養。至於犬馬，皆能有養；不敬，何以別乎？」[35]

最後反問，其實是正面表示孝要有敬，養父母而不敬的子女，跟「皆能有養」的犬馬有甚麼分別？

又《論語・為政第二》：

---

33 見《論語集注》卷九，頁180。
34 見同上，頁183-184。
35 見《論語集注》卷一，頁56。按：「養」，有服勤、奉侍之意，朱注則云「飲食供奉」。

子夏問孝。子曰：「色難。有事弟子服其勞，有酒食先生饌，曾
是以為孝乎？」[36]

「曾是以為孝乎」的詰問是強調孝以「色難」為最重要。「曾」是轉
折語，意云「卻」或「竟」。

又《論語‧八佾第三》：

孔子謂季氏：「八佾舞於庭，是可忍也，孰不可忍也？」[37]

「佾」是舞人的行列。春秋時天子用八佾，大夫用四佾，季氏是魯國
大夫，應用四佾。孔子用反問的形式，來表示不能忍受季氏的違背
禮制。

又《論語‧八佾第三》：

子曰：「居上不寬，為禮不敬，臨喪不哀，吾何以觀之哉？」[38]

在上位以寬為本，行禮以敬為本，居喪以哀為本。如無本，「吾何以
觀之哉」？孔子用反問來提出正面的建議。

又《論語‧公冶長第五》：

或曰：「雍也仁而不佞。」子曰：「焉用佞？禦人以口給，屢憎於
人。不知其仁，焉用佞？」[39]

---

36 見同上。
37 見《論語集注》卷二，頁61。
38 見同上，頁69。
39 見《論語集注》卷三，頁76。

「佞」，口才；「禦」，應答。兩用「焉用佞」反詰，表示仁者不必賣弄口才。

又《論語‧公冶長第五》：

> 子曰：「吾未見剛者。」或對曰：「申棖。」子曰：「棖也慾，焉得剛？」[40]

「剛」謂堅強不屈。孔子的意見是，像申棖那種有「慾」的人，怎能堅強不屈！

又《論語‧雍也第六》：

> 季康子問：「仲由可使從政也與？」子曰：「由也果，於從政乎何有？」曰：「賜也，可使從政也與？」曰：「賜也達，於從政乎何有？」曰：「求也，可使從政也與？」曰：「求也藝，於從政乎何有？」[41]

「果」，有決斷；「達」，通事理；「藝」，多才能。孔子用反問的語氣，來肯定三名弟子——仲由、端木賜、冉求的治理政事能力。

又《論語‧子罕第九》：

> 子欲居九夷。或曰：「陋，如之何？」子曰：「君子居之，何陋之有？」[42]

---

40 見同上，頁78。
41 見同上，頁86。
42 見《論語集注》卷五，頁113。

「九夷」指東夷之地。「何陋之有？」表示陋不陋在人，不因外物，不受外面環境影響。

又《論語·先進第十一》：

> 季路問事鬼神。子曰：「未能事人，焉能事鬼？」曰：「敢問死。」曰：「未知生，焉知死？」[43]

「焉能事鬼？」「焉知死？」這是用反詰方式提供正面的答案：「事人」、「知生」最重要。

又《論語·顏淵第十二》：

> 司馬牛問仁。子曰：「仁者其言也訒。」曰：「其言也訒，斯謂之仁已乎？」子曰：「為之難，言之得無訒乎？」[44]

司馬耕，字子牛，據云「多言而躁」，所以孔子用詰問的語氣來鼓勵他慎言。慎言的表現，就是「其言也訒」。「訒」，意云言語不靈巧，即不「巧言」。

又《論語·子路第十三》：

> 子曰：「誦《詩》三百，授之以政，不達，使於四方，不能專對；雖多，亦奚以為？」[45]

多學為了致用，多學而不能用，就沒有意義。例如窮經是為了致用，

---

43 見《論語集注》卷六，頁125。
44 見同上，頁133。
45 見《論語集注》卷七，頁143。

否則只是章句之學。

又《論語・子路第十三》：

> 子曰：「苟正其身矣，於從政乎何有？不能正其身，如正人
> 何？」[46]

能正己才可從政，先正己才能正人，否則怎能從政？怎能正人？

又《論語・子張第十九》：

> 子張曰：「執德不弘，信道不篤，焉能為有？焉能為亡？」[47]

用反詰方式，表示「有」和「亡」（無），都不足道。錢穆先生
（1895-1990）這樣解釋：「若有執而不弘，有信而不篤」，「有此一人
不為重，無之亦不為輕。」[48]

（四）比喻

比喻又稱譬喻。描寫事物或說明道理時，用同它有相類的事物或
道理來打比方，可以把抽象的事物或深奧的道理，講得具體、形象、
易懂。孔門師弟間的談話，也常用多種比喻，如《論語・為政第
二》：

> 子曰：「為政以德，譬如北辰，居其所而眾星共之。」[49]

46　見同上，頁144。
47　見《論語集注》卷十，頁188。
48　參閱錢穆先生《論語新解》下冊，頁644。
49　見《論語集注》卷一，頁53。

「共」即「拱」。北辰為眾星所拱，為政以德，則天下歸心。這是以北辰譬喻有德之君。

又《論語‧為政第二》：

> 子曰：「人而無信，不知其可也。大車無輗，小車無軌，其何以行之哉？」[50]

牛車（大）橫木的關鍵稱「輗」，馬車（小）橫木的關鍵稱「軌」，沒有「輗」或「軌」，就沒法套住牲口。這是以「輗」、「軌」譬喻「信」的重要。

又《論語‧八佾第三》：

> 子夏問曰：「『巧笑倩兮，美目盼兮，素以為絢兮。』何謂也？」
> 子曰：「繪事後素。」曰：「禮後乎？」子曰：「起予者商也！始可與言《詩》已矣。」[51]

錢穆先生釋「素以為絢」云：

> 比喻美女有巧笑之倩，美目之盼，復加以素粉之飾，將益增面容之絢麗也。[52]

錢先生又釋「繪事後素」云：

---

50 見同上，頁59。

51 見同上，頁63。

52 見錢穆先生《論語新解》上冊，頁76-77。

古人繪畫，先布五采，再以粉白線條加以勾勒也。或說：繪事以
粉素為先，後施五采，今不從。[53]

這是以美女的巧笑、美目、素絢為喻，說明禮必有本之意。「巧笑」、
「美目」兩句，見於《詩經·衛風》的《碩人》篇，「素以為絢兮」
一句，可能是逸句[54]。有人認為這一句出自《魯詩》[55]。

又《論語·公冶長第五》：

子貢問曰：「賜也何如？」子曰：「女器也。」曰：「何器也？」
曰：「瑚璉也。」[56]

「瑚璉」是宗廟飾玉之器，祭祀時用來盛載黍稷，是祭器中的貴重華
美者。孔子以貴重華美之器喻子貢（端木賜），當然有讚許之意。

又《論語·公冶長第五》：

宰予晝寢。子曰：「朽木不可雕也；糞土之牆不可杇也；於予與
何誅？」[57]

朱注：「言其志氣昏惰，教無所施也。」「言不足責，乃所以深責
之。」[58]「杇」亦作「圬」或「釫」，有塗墁或粉刷之意。宰予晝寢，

---

53 見同上，頁77。

54 參閱同上。

55 參閱楊伯峻《論語譯注》，2005年9月中華書局（北京），頁25-26。

56 見《論語集注》卷三，頁76。

57 見同上，頁78。

58 參閱同上。「晝寢」，在古代農業社會裏，有浪費寶貴光陰的意思。或說「晝寢」作「畫寢」，今不從。

孔子用腐爛的木頭和像糞土似的牆壁來比喻他，並反問「於予與何
誅？」大意是「我有甚麼好責備呢」？斥責的語氣頗重。「誅」，意云
責備。

又《論語‧雍也第六》：

　　子謂仲弓曰：「犁牛之子騂且角，雖欲勿用，山川其舍諸？」[59]

朱注：「仲弓父賤而行惡，故夫子以此譬之。言父之惡，不能廢其子
之善，如仲弓之賢，自當見用於世也。」[60]周人祭祀的牛，以毛色
赤、角周正為適合，犁牛（耕牛）的色和角不符標準，並不適用。孔
子用犁牛之子喻仲弓，但色和角都合祭牛的標準，這樣說，當然有鼓
勵的用意。

又《論語‧子罕第九》：

　　子曰：「譬如為山，未成一簣，止，吾止也；譬如平地，雖覆一
　　簣，進，吾往也。」[61]

「簣」，即土籠，盛土之器。這是以堆土成山為喻，說明「為仁由
己」之意。

又《論語‧子罕第九》：

　　子曰：「歲寒，然後知松柏之後彫也。」[62]

59　見同上，頁85。

60　見同上。

61　見《論語集注》卷五，頁114。

62　見同上，頁115。

孔子以松柏比喻困厄事變中能堅守節義的君子。「彫」，同「凋」，意云凋謝、零落。

又《論語・衛靈公第十五》：

> 子曰：「直哉史魚！邦有道，如矢；邦無道，如矢。……」[63]

孔子以箭為喻，表揚史魚的剛直不屈。史魚，名鰌，衛大夫。箭射出後向前直行，不會迂迴。

又《論語・子張第十九》：

> 子貢曰：「君子之過也，如日月之食焉：過也，人皆見之；更也，人皆仰之。」[64]

君子之過，好像日蝕、月蝕，全不掩飾，人人皆見。「食」，即「蝕」。此篇第八章載：子夏曰：「小人之過必文。」[65]「文」，意云掩飾。君子、小人對待過失的態度截然有別。

（五）對比

對比，是把相反的事物或同一事物的相反方面互相比較的寫作方式或修辭技巧。對比可使事物的性質、特徵更加突出。在《論語》中，這種表達技巧很常見，如《論語・為政第二》：

---

63 見《論語集注》卷八，頁162。
64 見《論語集注》卷十，頁192。
65 參閱同上，頁189。

子曰：「君子周而不比，小人比而不周。」⁶⁶

朱注：「周，普遍也；比，偏黨也。皆與人親厚之意，但周公而比私耳。」⁶⁷君子、小人對比，前者以道義團結人，後者以利害勾結人。
又《論語・為政第二》：

子曰：「學而不思，則罔；思而不學，則殆。」⁶⁸

「罔」，迷惘；「殆」，危而不安。這是「學」與「思」對比，「學」指習其事，「思」指求諸心，兩者應並重，不可偏廢。
又《論語・為政第二》：

哀公問曰：「何為則民服？」孔子對曰：「舉直錯諸枉，則民服；
舉枉錯諸直，則民不服。」⁶⁹

「直」，正直；「枉」，邪曲；「錯」，捨置，意云加置其上。把正直的人放在邪曲的人之上，則百姓服，反之，則百姓不服。這是「直」與「枉」對比。
又《論語・里仁第四》：

子曰：「富與貴，是人之所欲也，不以其道，得之不處也；貧與
賤，是人之所惡也，不以其道，得之不去也。……」⁷⁰

66　見《論語集注》卷一，頁57。
67　見同上。
68　見同上。朱注：「不求諸心，故昏而無得，不習其事，故危而不安。」
69　見同上，頁58。
70　見《論語集注》卷二，頁70。

富貴、貧賤，不以所欲、所惡作選擇，而應以道為衡量的準則。

又《論語・里仁第四》：

> 子曰：「君子懷德，小人懷土；君子懷刑，小人懷惠。」[71]

朱注：「懷土，謂溺其所處之安；懷刑，謂畏法。」[72]君子、小人所懷不同：君子所重在德在法，小人所重在地在利。

又《論語・里仁第四》：

> 子曰：「君子喻於義，小人喻於利。」[73]

朱注：「喻，猶曉也。義者，天理之所宜。利者，人情之所欲。」[74]君子、小人之別，在喻義、喻利之辨。

又《論語・述而第七》：

> 子曰：「君子坦蕩蕩。小人長戚戚。」[75]

「蕩蕩」，寬廣；「戚戚」，憂懼。君子、小人心境不同，前者寬廣舒坦，後者侷促憂懼。

又《論語・子路第十三》：

---

71 見同上，頁71。
72 見同上。
73 見同上，頁73。
74 見同上。
75 見《論語集注》卷四，頁102。

子曰：「君子和而不同，小人同而不和。」[76]

朱注：「和者，無乖戾之心；同者，有阿比之意。」[77]君子、小人與人相處，有不同態度。意見可以不同，但不失和諧，是為君子；阿附逢迎，投人所好，卻得不到真和諧，是為小人。

又《論語・子路第十三》：

子曰：「君子泰而不驕，小人驕而不泰。」[78]

朱注：「君子循理，故安舒而不矜肆。小人逞欲，故反是。」[79]君子安詳舒泰，小人驕慢凌人。

又《論語・憲問第十四》：

子曰：「君子上達，小人下達。」[80]

朱注：「君子循天理，故日進乎高明；小人殉人欲，故日究乎汙下。」[81]「上達」，指通於仁義；「下達」，指追求財利。「殉」，亦作「徇」，有「從」義。

又《論語・衛靈公第十五》：

---

76 見《論語集注》卷七，頁147。
77 見同上。
78 見同上，頁148。
79 見同上。
80 見同上，頁155。
81 見同上。

子曰：「君子求諸己，小人求諸人。」[82]

上文的意義同於：「古之學者為己，今之學者為人。」[83]「求諸己」，是自我修養；「求諸人」，是顯揚於人。

又《論語・衛靈公第十五》：

子曰：「君子不可小知，而可大受也；小人不可大受，而可小知也。」[84]

朱注：「君子於細事未必可觀，而材德足以任重。」[85]小知，指小事；大受，指重任。做大事的人，往往忽略小節；斤斤計較的人，不一定可肩負大任。

又《論語・季氏第十六》：

孔子曰：「天下有道，則禮樂征伐自天子出；天下無道，則禮樂征伐自諸侯出。」[86]

孔子根據考察所見而得的結論：由天子發號施令，則天下可維持安穩；由諸侯發號施令，則會引發諸侯之間的鬥爭，天下就難以安寧了。

又《論語・季氏第十六》：

孔子曰：「益者三友，損者三友。友直、友諒、友多聞，益矣；

---

82 見《論語集注》卷八，頁165。
83 參閱《論語・憲問第十四》，《論語集注》卷七，頁155。
84 見《論語集注》卷八，頁168。
85 見同上。
86 見同上，頁171。

友便辟、友善柔、友便佞，損矣。」[87]

朱注：「友直，則聞其過；友諒，則進於誠；友多聞，則進於明。」
又：「便辟，謂習於威儀而不直；善柔，謂工於媚悅而不諒；便佞，
謂習於口語，而無聞見之實。」[88]這是益友、損友的對比。益友有三
種，損友也有三種。

三　言語應用藝術的提示

據《論語》的記載，孔門弟子性格、資質各有差異，孔子因材施
教，因此各有所長。例如德行方面，有顏淵、閔子騫、冉伯牛、仲
弓；言語方面，有宰我、子貢；政事方面，有冉有、季路；文學方
面，有子游、子夏；等等[89]。

在《論語》中，孔子教導的意見，無疑以德行、政事為多，但涉
及言語應用的意見也有不少。談應用，不免有技巧的要求，最恰當的
應用技巧，可說就是藝術的表現。下面試舉一些例子說明。

（一）場合和對象

言語應用，不可忽略場合和對象。《論語・鄉黨第十》云：

孔子於鄉黨，恂恂如也，似不能言者。其在宗廟朝廷，便便言，
唯謹爾。[90]

87　見同上。
88　見同上。
89　參閱《論語・先進第十一》，《論語集注》卷六，頁123。
90　見《論語集注》卷五，頁117。

鄉黨是父老長輩宗族的所在，所以要恭順謙卑，談話時「似不能言者」，即不可放言高論，以自我為中心。宗廟、朝廷是講究禮制和討論政事的場合，所以發言要清晰暢達，不可含糊，只不過態度要敬慎而不隨便。

《論語‧鄉黨第十》又云：

朝，與下大夫言，侃侃如也；與上大夫言，誾誾如也。[91]

朱注：「此君未視朝時也。……許氏《說文》：『侃侃，剛直也。誾誾，和悅而諍也。』」[92]劉寶楠（1791-855）《論語正義》指出，「侃」、「衎」古相通，「衎」有「喜樂」義，因此「侃」可釋為「和樂」。不過朱注引《說文解字》釋「侃侃」為「剛直」，劉氏認為於「義不相應」[93]。我以為「誾誾」既釋為「和悅而諍」，何妨釋「侃侃」為「剛直而和」，與前者相對，而各有不同重點。這是記述孔子在朝堂上因對象不同而調整言語應用時的態度，他的表現，也可算是言語應用藝術之一罷？

談到言語應用的對象，《論語》中還有一些意見。如《論語‧衛靈公第十五》云：

子曰：「可與言而不與之言，失人；不可與言而與之言，失言。知者不失人，亦不失言。」[94]

---

91 見同上。
92 見同上。
93 參閱劉寶楠《論語正義》卷十一，頁365-366。
94 見《論語集注》卷八，頁163。

在日常生活中，言語應用的對象，有「可與言」的人，也有「不可與言」的人，如何選擇，如何判斷，需要較高的智慧，否則應用對象錯配，就會「失人」或「失言」。

下面可舉兩個言語應用不可忽略對象的具體例子：

《論語·衛靈公第十五》云：

> 師冕見，及階，子曰：「階也。」及席，子曰：「席也。」皆坐，子告之曰：「某在斯，某在斯。」師冕出。子張問曰：「與師言之道與？」子曰：「然，固相師之道也。」[95]

師冕是樂師，古代樂官一般會用失明人。在《論語》中，孔子示範了跟失明人溝通的方式。這是因應特殊對象而作的言語應用。

又《論語·季氏第十六》云：

> 邦君之妻，君稱之曰夫人，夫人自稱曰小童；邦人稱之曰君夫人。稱諸異邦曰寡小君；異邦人稱之亦曰君夫人。[96]

這章開始雖沒有「子曰」兩字，但應該是孔子對學生的提示。在言語應用的過程中，不可忽視對象的稱謂。「小童」、「寡小君」是謙詞，「夫人」、「君夫人」是敬語，不適當的謙詞和敬語，會成為溝通的笑柄，甚至會破壞人我的關係。時至今日，稱謂或許沒有以前那麼嚴格的要求，但在一些正式場合，恰當的稱謂，還是讓人心裏舒服，並不可廢。

---

95 見同上，頁169。
96 見同上，頁174。

（二）「辭達而已矣」

關於言語的應用，孔子其實有他的基本要求，就是「辭達而已矣」[97]。「辭達」看似簡單，但最難掌握的，正是恰如其分的「辭達」，因為既不可「質勝文」，又不可「文勝質」，要「文質彬彬」[98]。一般來說，受過教育的人，往往會過「文」，孔門弟子中大抵也有人是這樣，所以孔子在這方面有提示。例如：

《論語・學而第一》云：

子曰：「巧言令色，鮮矣仁。」[99]

又如《論語・公冶長第五》云：

子曰：「巧言、令色、足恭，左丘明恥之，丘亦恥之。……」[100]

又如《論語・衛靈公第十五》云：

子曰：「巧言亂德。……」[101]

「巧言」，就是「文勝質」，是孔子所不取的。如果加上「令色」、「足恭」，那就更不堪了。恰如其分的言語應用，其難如此。因此，孔子因應不同弟子的性格、資質而再三告誡：

97　參閱《論語・衛靈公第十五》，頁169。
98　參閱《論語・雍也第六》，《論語集注》卷三，頁89。
99　見《論語集注》卷一，頁48。
100　見《論語集注》卷三，頁82。
101　見《論語集注》卷八，頁167。

君子欲訥於言而敏於行。[102]

仁者，其言也訒。[103]

其言之不怍，則為之也難。[104]

君子恥其言而過其行。[105]

言語的「訥」、「訒」、「怍」，就是在言語應用時要「約制」，不使「言」「過其行」。當然，過分的「約制」，使言語應用不能恰如其分，就會達不到「辭達」的要求。如果在「約制」與「辭達」之間取得真正的平衡，那就是藝術了。

（三）「學詩」和「雅言」

言語應用的提示，還有一項，可以一說。

《論語·季氏第十六》云：

陳亢問於伯魚曰：「子亦有異聞乎？」對曰：「未也。嘗獨立，鯉趨而過庭。曰：『學詩乎？』對曰：『未也。』『不學詩，無以言。』鯉退而學詩。……」[106]

陳亢就是陳子禽，伯魚是孔子的兒子，名鯉。為甚麼孔子說「不學

---

102 見《論語·里仁第四》，《論語集注》卷二，頁74。

103 見《論語·顏淵第十二》，《論語集注》卷六，頁133。

104 見《論語·憲問第十四》，《論語集注》卷七，頁154。

105 見同上，頁156。

106 見《論語集注》卷八，頁173。

詩，無以言」？朱注：「事理通達，而心氣和平，故能言。」[107]這是說，學詩可令人通達事理，心境平和。學詩的效能，《論語・陽貨第十七》中有進一步說明：

> 子曰：「小子何莫學夫詩？詩，可以興，可以觀，可以群，可以怨。邇之事父，遠之事君；多識於鳥獸草木之名。」[108]

原來學詩可提高一個人的認知能力，包括：聯想能力、觀察能力、合群能力、申訴能力，以至懂得人倫相處之道。所謂「多識於鳥獸草木之名」，則指知識的取得[109]。上述種種，都可增長一個人的言語應用能力，即人際間的溝通能力。此外，在春秋時代，國與國間、貴族與貴族間的交涉、酬酢，往往要通過誦詩來傳達訊息，因此，學詩有時代、社會的現實需要，所以孔子才會強調：「不學詩，無以言。」換言之，為了言語應用的需要，我們必須留意不同時代、不同社會對認知能力和知識的不同需求，不可脫節。我以為，這正是《論語》對言語應用的提示。論者常說孔子是「聖之時者」，這是例證之一。

　　至於「雅言」的問題，也是孔子所關注的。

　　《論語・述而第七》云：

> 子所雅言，《詩》、《書》、執禮，皆雅言也。[110]

107　見同上，頁173-174。

108　見《論語集注》卷九，頁178。

109　參閱同上。又，楊伯峻《論語譯注》，頁185。

110　見《論語集注》卷四，頁97。關於「詩書執禮」的「書」，陳垣先生的解釋是：「這個書字，是『書同文』的書，『子張書諸紳』的書，不是指《書經》，孔子平日所講的，就是教人寫字。」（見《教海一樁》，《陳垣全集》之七，2009年12月安徽大學出版社〔合肥〕，頁640。）陳氏的意見，可備一說。如果「書」解作「寫

錢穆先生說：

> 古西周人語稱雅，故雅言又稱正言，猶今稱國語，或標準語。[111]

春秋時代，各國語言並不統一，孔子是魯國人，日常交談，大抵會說魯語，但在誦《詩》、讀《書》，行禮時，他就會用西周人與各國溝通的共同語，即所謂雅言、正言或標準語。我國幅員廣大，各族共和，各地有不同方言和地區習慣用語。為了溝通的方便，有些場合的言語應用不能不用共同語或標準語，但這並不表示可排斥方言，打壓方言；至於地區習慣用語，只要不妨礙溝通，共同語或標準語也應容忍甚至酌量吸納。我以為孔子對雅言應用的態度，大抵也是這樣。

四　《論語》的文學情味

　　《論語》是一部記言的書，書中收錄了大量古代言語的資料。從這些資料，我們不但可了解古人的話語和溝通方式，同時也可看到人，看到事，甚至可彷彿看到古人溝通時的環境和情狀。話語有選擇，溝通有技巧，人物有性格和感情，而事情的發生、環境的氣氛和時間的先後，也往往由人物的自白或對話帶出。細味《論語》中所記的「言」，有時就會讓我們從中感受到一種言語資料以外的文學氣氛或情味。以下是一些相關的例子。

　　字」，則表示孔子教人寫字，用的也是「雅言」標準，即用周人與各國溝通較為通行的共同文字。

111 見錢穆先生《論語新解》上冊，頁238。

（一）述志的表現

《論語・里仁第四》云：

> 子曰：「朝聞道，夕死可矣。」[112]

錢穆先生說：

> 人生必有死，死又不可預知，正因時時可死，故必急求聞道。否
> 則生而為人，不知為人之道，豈不枉了此生？……本章警策人須
> 汲汲求道也。《石經》「可矣」作「可也」，「也」字似不如「矣」
> 字之警策。[113]

這是汲汲求道者的自白，也是宣言。錢先生認為「可也」不如「可
矣」，是從情感的角度出發，而文學的表達，往往需要感性的元素。
所謂「警策」，意云文字的辭義足以警動人心，孔子的自白，的確充
滿情感，有警動人心的力量，這就是文學的情味。

又《論語・公冶長第五》云：

> 子曰：「道不行，乘桴浮于海。從我者其由與？」子路聞之喜。
> 子曰：「由也好勇過我，無所取材。」[114]

錢穆先生說：

---

112 見《論語集注》卷二，頁71。
113 見錢穆先生《論語新解》上冊，頁120。
114 見《論語集注》卷三，頁77。

此章辭旨深隱，寄慨甚遙。戲笑婉轉，極文章之妙趣。兩千五百年前聖門師弟子之心胸音貌，如在人耳目之前，至情至文，在《論語》中別成一格調，讀者當視作一首散文詩玩味之。[115]

孔子自述志趣，語中有隱微之意。子路直覺的反應，是率直人的常態表現。孔子的評語，有勉勵（好勇過我），有慨歎（無所取材）。文字雖簡，但已顯示了師弟的心胸、音容和兩人之間情感，所以錢先生認為是「至情至文」，「極文章之妙趣」，足堪仔細尋味。

須補充說明的是，為甚麼「無所取材」是慨歎而不是教訓子路？錢穆先生這樣解釋：

朱子說「材」是剪裁之「裁」。……此處「材」字該作「材料」解，就是指的做桴的材料。孔子說：「你肯跟我去，很好！可惜我們沒有材料來做那桴又如何呢？」……在詼諧、幽默中，益見惋歎之深。所慨歎者，正是無所憑借以行道。……故此章亦得為文學中最高一流。[116]

錢先生的解說從慨歎著眼，正是看重語句中的文學情味。

又《論語·述而第七》云：

子曰：「富而可求也，雖執鞭之士，吾亦為之。如不可求，從吾所好。」[117]

---

115 見錢穆先生《論語新解》上冊，頁148。
116 見錢穆先生《中國文學中的散文小品》，《新亞遺鐸》，頁287。
117 見《論語集注》卷四，頁96。

錢穆先生說：

> 死生有命，富貴在天，此言不可求而必得也。……若不可求，此
> 則非道，故還從吾好。吾之所好，則惟道也。孔子又曰：「知之
> 者不如好之者，好之者不如樂之者。」昔人教人尋孔、顏樂處，
> 樂從好來。尋其所好，斯可得其所樂矣。[118]

「所好」有理性的思辯，但不能沒有感情，否則從何「好」起？「所
樂」從「所好」來，其中更多是感性的體會，因此，這是一種文學襟
懷。「如不可求」，是假設語，「從吾所好」，是感性的表述，有一往無
前的決心和勇氣。這樣表述，不是頗含有文學的情味嗎？

又《論語・述而第七》云：

> 子曰：「飯疏食，飲水，曲肱而枕之，樂亦在其中矣。不義而富
> 且貴，於我如浮雲。」[119]

錢穆先生說：

> 本章風情高邈，可當一首散文詩讀。學者惟當心領神會，不煩多
> 生理解。然使無下半章之心情，恐難保上半章之樂趣。[120]

又說：

---

118 見錢穆先生《論語新解》上冊，230-231。
119 見《論語集注》卷四，頁97。
120 見錢穆先生《論語新解》上冊，頁236。

用「浮雲」二字最重要，因其是比興。這一掉尾猶如畫龍點睛，
使全章生動，超脫象外，何等的神韻！……「於我如浮雲」章，
是我特別喜歡的，因它有詩境，有詩味。不僅是意境高，而且文
境也高。[121]

吃粗飯，飲涼水，仍可悠然自得，無礙「曲肱而枕」之樂，這是樂道
安貧的表現。其實樂道不單可以安貧，也可安富貴。錢先生說：

《中庸》言：「素富貴，行乎富貴；素貧賤，行乎貧賤。」君子
無入而不自得，然非不義之富貴也。[122]

能「無入而不自得」，自然稱得上「風情高邈」，這種風情，隱約透出
文學的情味，使讀者不禁擬想高邈的襟懷。

又《論語‧子罕第九》云：

子曰：「三軍可奪帥也，匹夫不可奪志也。」[123]

錢穆先生說：

三軍雖眾，其帥可奪而取。志則在己，故雖匹夫，若堅守其志，
人不能奪也。[124]

---

121 見錢穆先生《中國文學中的散文小品》,《新亞遺鐸》，頁285-286。
122 見錢穆先生《論語新解》上冊，頁236。
123 見《論語集注》卷五，頁115。
124 見錢穆先生《論語新解》上冊，頁321。

錢先生扼要闡明這章的義理，並沒有道及文學情味。就語文應用而論，這兩句真有意氣昂揚、驚濤裂岸的氣勢，我以為這就是文學情味。第一個「也」字，是稍一頓挫，蓄勢待發，然後第二個「也」字吐蓄儲的情感，一瀉而出。我們試推想梁漱溟（1893-1988）在文革中抵抗要他「非孔」的巨大壓力，對當權者拚死吐出這兩句話語的堅毅神態，就知道這十三個字的聲勢和力量。

（二）感慨的表現

《論語‧公冶長第五》云：

> 子在陳曰：「歸與！歸與！吾黨之小子狂簡，斐然成章，不知所以裁之。」[125]

錢穆先生說：

> 孔子周流在外，其志本欲行道，今見道終不行，故欲歸而一意於教育後進也。[126]

　　孔子離開魯國，周遊各地，想要實行自己的政治理想，即所謂「道」。可惜「道終不行」，甚至在陳國時，有絕糧之厄，因此趁著魯君要徵召冉求回國的同時，孔子不禁發出「歸與」的慨歎[127]。他的慨歎，有無奈，有沉痛，也有期待，情緒頗為複雜。無奈、沉痛可以理解，為甚麼還有期待？原來孔子的期待，是回歸魯國後可繼續教育後進。

---

125 見《論語集注》卷三，頁81。
126 見錢穆先生《論語新解》上冊，頁170。
127 朱注認為這是孔子因「道不行而思歸之歎」。參閱《論語集注》卷三，頁81。

　　無論怎樣，這一章並沒有描述孔子的形貌、態度、動作、聲音，也沒有說明他的情緒，但我們通過這章的記言，彷彿看到、聽到或感受到孔子的形貌聲情。文字能達到這樣的效果，可說就是文學了，當然，這需要一些想像。

　　又《論語‧述而第七》云：

　　　子曰：「甚矣吾衰也！久矣吾不復夢見周公。」[128]

錢穆先生說：

　　　此章斷句有異，或作甚矣斷，吾衰也久矣斷，共三句。今按：甚矣言其衰，久矣言其不夢。仍作兩句為是。或本無復字，然有此字，感慨更深。此孔子自歎道不行，非真衰老無意於世也。[129]

斷句涉及理解，斷句不同，理解也會不同，錢先生提供了很好的示例。錢先生的斷句意見，我以為是合理的，循著他的思路，似也可以斷句為：「甚矣，吾衰也！久矣，吾不復夢見周公！」錢先生又對「復」字的有無提出意見，他認為有此「復」字，顯示孔子的「感慨更深」。可見錢先生對這章的解說，著重文字的情味，也就是文學的情味。探求孔子話語中的情味，才可深切領會孔子言外的感慨和無奈！

　　又《論語‧述而第七》云：

　　　子在齊聞《韶》，三月不知肉味。曰：「不圖為樂之至於斯也！」[130]

---

128 見《論語集注》卷四，頁94。

129 見錢穆先生《論語新解》上冊，頁223。

130 見《論語集注》卷四，頁96。

錢穆先生說：

> 今按此章多曲解：一旦偶聞美樂，何至三月不知肉味。一不解。
> 《大學》云：心不在焉，食而不知其味，豈聖人亦不能正心乎？
> 二不解。又謂聖人之心應能不凝滯於物，豈有三月常滯在樂之
> 理。三不解。積此不三解，乃多生曲解。不知此乃聖人一種藝術
> 心情也。孔子曰：「發憤忘食，樂以忘憂。」此亦一種藝術心情
> 也。藝術心情與道德心情交流合一，乃是聖人境界之高。[131]

孔子聞《韶》「三月不知肉味」，是對音樂藝術的陶醉，這就是所
謂「藝術心情」。孔子的歡息，是對自己藝術心情的自白。他的表
現，他的話語，就有文學的情味。至於話語的言外之意——嚮往舜之
禮樂和德治，那是道德心情，因此錢先生認為孔子聞《韶》的歡息，
是「藝術心情與道德心情交流合一的境界」。

再說，聖人的冠冕，是後人送給孔子的。孔子其實是個有理想、
有性格、有感情、有情緒的活人，他陶醉於他所認識和喜愛的《韶》
樂，並發出欣賞的感性讚歎，有甚麼問題呢？

又《論語‧子罕第九》云：

> 子在川上，曰：「逝者如斯夫，不舍晝夜！」[132]

錢穆先生指出，本章雖是散文，但與同篇「歲寒然後知松柏之後彫
也」章，同樣是詩材、詩體，又是詩人吐屬，所以是文學[133]：

---

131 見錢穆先生《論語新解》上冊，頁233。「不三解」，疑作「三不解」。
132 見《論語集注》卷五，頁113。
133 參閱錢穆先生《中國文學中的散文小品》，《新亞遺鐸》，頁284。「彫」同「凋」。

詩中最重要的是比、興，此乃中國文學中之主要技巧。「歲寒」章及「川上」章之所以為文學，乃因其是比、興，話在此，意在彼。用比、興方法的，不論韻文或散文，都一樣有文學的境界。[134]

「川上」章除了表達技巧用了比、興，還可注意的是：遲暮傷逝，歎息飽含傷痛之情，那是文學的感情，而不是哲理的思辨。「子在川上」一語，文字簡約，但傷逝者因奔流不息的流水而落寞、而惆悵之情，卻感染了自古以來的讀者。

下村湖人在《論語故事》中，對「子在川上」有很形象的文學藝術描寫：

在一片寂靜無邊的曠野，夕陽慢慢地浸入草原邊緣。……靜靜的流水……溶解了天邊金紅的落照，漸漸流入遠處的晚霞裏。……（孔子）孤零零地站在……河邊。在蒼色暮茫中，他的影子顯得多麼孤寂……七十多年來，不斷地探求真理而切磋琢磨的生活，如今回想起來，竟然是孤寂而且是漫長的旅程。在這長期漂泊的旅程裏，他始終沒有遇到能夠採納他的政見的明君。五十年間……獨生子的伯魚也死去。尤其最令他傷心的，是顏淵的夭折。……太陽把它的餘暉，留在一片暮靄中，沉落於草原裏了。河畔暮色已深……（孔子）告別了晚霞，喃喃地說道：「唉，水流著，流著……這樣不分晝夜地流著呢！」[135]

有了以上的想像，「子在川上」的文學情味就出來了，雖然下村湖人

---

134 見同上。

135 見《論語故事》（林耀南譯），1967年9月協志工業叢書出版社（臺北），頁257-259。

的措詞和想像，也有稍可商榷的地方，一些浮詞，我也酌量刪略了。

（三）記事的表現

《論語‧公冶長第五》云：

> 顏淵、季路侍。子曰：「盍各言爾志？」子路曰：「願車馬衣輕裘，與朋友共，敝之而無憾。」顏淵曰：「願無伐善，無施勞。」子路曰：「願聞子之志。」子曰：「老者安之，朋友信之，少者懷之。」[136]

錢穆先生說：

> 此章見孔門師弟子之所志所願，亦即孔門之所日常講求而學也。子路、顏淵皆已有意於孔子之所謂仁，然子路徒有與人共之之意，而未見及物之功。顏淵有之，而未見物得其所之妙。孔子則內外一體，直如天地之化工，然其實則只是一仁境，只是人心之相感通而已，固亦無他奇也。[137]

此章記述孔子與弟子日常講學、答問的情狀，顯出老師、弟子修養、識見的不同。錢先生指出子路、顏淵的不足，而孔子則人心感道，內外一體。這是思想層次的說明。但這一章內容之所以好，除了思想，其實還因為它描述了師弟三人閒居隨意述志的情狀和境界。

周作人（1885-1967）在《〈論語〉小記》中說：

---

136 見《論語集注》卷三，頁82。「衣輕裘」，「輕」字似當刪。
137 見錢穆先生《論語新解》上冊，頁177。

我喜歡這一章，與其說是因為思想，還不如說因為它的境界好。
師弟三人閒居述志，並不像後來文人的說大話，動不動就是攬轡
澄清，現在卻只是老老實實地說說自己的願望，雖有大小廣狹之
不同，其志在博施濟眾則無異，而說得那麼（有）質素，又各有
分寸，恰如其人，此正是妙文也。我以為此一章可以見孔門的真
氣象，至為難得，如《先進》末篇，子路、曾皙、冉有、公西華
侍坐那一章便不能及。[138]

周作人有學者的學養和造詣，但其實是文人，文人對文學藝術的表達
特別敏感。他指出這章文字記人「恰如其人」，他們的發言「又各有
分寸」，顯現了「孔門的真氣象」，可說是「妙文」。周氏提到這一章
的內容「境界好」，說的其實是文學情味。

關於顏淵之死，《論語》的記述頗為具體。

《論語・先進第十一》云：

顏淵死，顏路請子之車以為之椁。子曰：「才不才，亦各言其子
也。鯉也死，有棺而無椁。吾不徒行以為之椁。以吾從大夫之
後，不可徒行也。」[139]

又云：

顏淵死。子曰：「噫！天喪予！天喪予！」[140]

---

138 見周作人《我的雜學》，2005年3月北京出版社（北京），頁51。「那麼」與「質
　　素」之間，可能脫「有」字。
139 見《論語集注》卷六，頁124。
140 見同上，頁125。

又云：

> 顏淵死，子哭之慟。從者曰：「子慟矣。」曰：「有慟乎？非夫人之為慟而誰為！」[141]

又云：

> 顏淵死，門人欲厚葬之，子曰：「不可。」門人厚葬之。子曰：「回也視予猶父也，予不得視猶子也。非我也，夫二三子也。」[142]

錢穆先生指出：

> 觀此四章，孔門師弟子對顏子之喪之情義備至，真千古如見矣。[143]

錢先生又說：

> 顏淵死凡四章，以次第言，當是天喪第一，哭之慟第二，請車第三，厚葬第四，而特記請車在前，因若連記請車厚葬，使人疑孔子不予車，即為禁厚葬，故進請車章在前，使人分別求之也。[144]

《論語‧先進》這四章記顏淵之死和孔子師生的反應頗詳。錢先生認為這四章的記事，令人可想見孔門師弟對顏淵之死的情義。能達到這

---

141 見同上。
142 見同上。
143 見錢穆先生《論語新解》下冊，頁373。
144 見同上。

個效果，當然是言語應用的功力。錢先生又談及這四章記事的次序，這是討論篇章的組織，也是文章寫作的要義之一。

顏淵是孔子最期許、最喜愛的高弟。孔子對顏淵之死，情感是複雜的，因為他視顏淵如自己的兒子，但他的門人卻讓他知道顏淵到底不是自己的兒子。不過，他對顏淵的深情，是不容懷疑的，只不過「情深而禮薄」，就顯得「約禮之為難」[145]。

這四章記事，條理清晰，人物性格、情緒呼之欲出，合而為一，是一篇觸動人心、敘事精采的妙文。

又《論語・先進第十一》云：

> 子路、曾皙、冉有、公西華侍坐。子曰：「以吾一日長乎爾，毋吾以也。居則曰：『不吾知也！』如或知爾，則何以哉？」子路率爾而對曰：「千乘之國，攝乎大國之間，加之以師旅，因之以饑饉；由也為之，比及三年，可使有勇，且知方也。」夫子哂之。「求，爾何如？」對曰：「方六七十，如五六十，求也為之，比及三年，可使足民。如其禮樂，以俟君子。」「赤，爾何如？」對曰：「非曰能之，願學焉。宗廟之事，如會同，端章甫，願為小相焉。」「點，爾何如？」鼓瑟希，鏗爾，舍瑟而作。對曰：「異乎三子者之撰。」子曰：「何傷乎？亦各言其志也。」曰：「莫春者，春服既成，冠者五六人，童子六七人，浴乎沂，風乎舞雩，詠而歸。」夫子喟然歎曰：「吾與點也！」……[146]

---

145 參閱同上。

146 見《論語集注》卷六，頁129-130。

錢穆先生說：

> 蓋三人（子路、冉有、公西華）皆以仕進為心，而道消世亂，所
> 志未必能遂。曾皙乃孔門之狂士，無意用世，孔子驟聞其言，有
> 契於其平日飲水曲肱之樂，重有感於浮海居夷之思，故不覺慨然
> 興歎也。然孔子固抱行道救世之志者，豈以忘世自樂，真欲與
> 巢、許伍哉？然則孔子之歎，所感深矣，誠學者所當細玩。[147]

錢先生認為孔子「吾與點也」之歎，「所感深矣」，值得仔細玩
味。這是抉發孔子「與點」的用心。周作人對《論語·公冶長》「顏
淵、季路侍」那一章很稱許，而對這一章則稍有貶詞。文章欣賞，各
有所喜，不必求同。不過我們細讀這一章，也該同意這是一篇很好
的記事文。

這篇文字，讓我們看到一個生動、活潑的場景，把孔子、子路、
冉有、公西華、曾皙師弟五人的志趣、品格、感情、意欲和當時說話
的情態、動作，都活現出來。尤其是曾皙發言前的動作和話語的內
容，很能勾畫出一種瀟灑脫俗的美感，透露濃濃的文學情味。而從子
路、冉有、公西華的應對，也清楚顯示三人的不同性格。用對話來寫
人物的性格，這一章的記述是很好的示例。

又《論語·陽貨第十七》云：

> 陽貨欲見孔子，孔子不見，歸孔子豚。孔子時其亡也，而往拜
> 之，遇諸塗。謂孔子曰：「來，予與爾言。」曰：「懷其寶而迷其
> 邦，可謂仁乎？」曰：「不可。」「好從事而亟失時。可謂知

---

147 見錢穆先生《論語新解》下冊，頁393。

乎？」曰：「不可。」「日月逝矣，歲不我與。」孔子曰：「諾，
吾將仕矣。」[148]

上文中的兩個「不可」，究竟是孔子答語還是陽貨自問自答，向來有
不同意見。錢穆先生認為是後者，因此顯出「陽貨欲親孔子，絮絮語
不休」[149]。

　　這篇文字，彷彿是篇微型小說。從小說寫作的角度，我傾向選擇
這兩個「不可」是孔子答語。孔子對陽貨的質問不加辯說，只簡單地
答以「不可」，最後更回應陽貨的勸說，正面地回答：「諾，吾將仕
矣。」乍眼看來，孔子似乎已被說服，但細心的讀者，應該看出這是
孔子和權臣交際的機變。這篇記事巧妙的地方是，它讓讀者明白：孔
子表面沒有拒絕陽貨的出仕邀請，但從回答的態度和語調，卻可看出
孔子沒有答允甚麼。錢穆先生說：

> 初若不知陽貨所言之用意，亦不加辨說，只言將仕，孔子非不欲
> 仕，特不欲仕於貨耳。其語直而婉，雍容不迫，而拒之已深，此
> 見孔子一言一行無往而非具甚深之妙義也。[150]

這一章如實記錄陽貨當時咄咄逼人的質問和孔子毫不辯解的冷淡答

---

148 見《論語集注》卷八，頁175。

149 參閱錢穆先生《論語新解》下冊，頁588。俞樾《古書疑義舉例》卷二「一人之辭
而加曰字例」本閻若璩《四書釋地》說，指出陽貨見孔子，兩「曰」字仍是陽貨
語，是「一人之辭中加『曰』字自為問答者」。（參閱《古書疑義舉例五種》，1957
年1月中華書局〔北京〕，頁28-29。）閻、俞之說，是從《論語》文法的角度來考
慮。朱熹《論語集注》卷七指出：「隨問而對者，理之直也，對而不辯者，言之
孫（遜）而亦無所詘也。」注云「隨問而對」，可知朱氏認為兩「曰」字是孔子答
陽貨語，不是陽貨自答語。（參閱頁175。）

150 見錢穆先生《論語新解》下冊，頁588。

語，真能呈現兩人的神態和語調。說它是一篇含有文學情味的微型小說，應該並不為過。

（四）議論的表現

《論語》主要在記言，但在記言的同時，往往描述了人物的神情語態，特別是孔子與門人弟子交談議論中，散發出文學的情味。下面試舉四例。

《論語·子路第十三》云：

> 子路曰：「衛君待子而為政，子將奚先？」子曰：「必也正名乎！」子路曰：「有是哉？子之迂也！奚其正？」子曰：「野哉由也！君子於其所不知，蓋闕如也。名不正，則言不順；言不順，則事不成。事不成，則禮樂不興；禮樂不興，則刑罰不中；刑罰不中，則民無所措手足。故君子名之必可言也，言之必可行也。君子於其言，無所苟而已矣。」[151]

孔子答子路問為政之道，認為須以「正名」為先。子路不同意，他是個坦率的人，竟脫口對老師說：「有是哉？子之迂也！」從子路的措詞、語調，我們應可想像他的神態、語音和身體語言。孔子在糾正子路之說前，先來一句「野哉由也！」然後再說：「君子於其所不知，蓋闕如也。」我們大抵可以想見孔子責備弟子的嚴正態度。跟著他用層層遞增的方式，一口氣說明名不正的禍害：

名不正—言不順—事不成—禮樂不興—刑罰不中—民無所措手足。

151　見《論語集注》卷七，頁141-142。

這番議論，富有感情色彩而理據充實、思辨清晰，孔子的神情、面貌、語調、動作，彷彿如在眼前。

又《論語‧子路第十三》云：

> 樊遲請學稼，子曰：「吾不如老農。」請學為圃。曰：「吾不如老圃。」樊遲出。子曰：「小人哉，樊須也！上好禮，則民莫敢不敬；上好義，則民莫敢不服；上好信，則民莫敢不用情。夫如是，則四方之民襁負其子而至矣，焉用稼？」[152]

錢穆先生說：

> 本章樊遲請學稼圃，亦言為政之事，非自欲為老農老圃以謀生也。然時有古今，後世文治日隆，臨政者不復能以教稼自務。孔子非不重民食，然學稼學圃，終是小人在下者之事；君子在上臨民，於此有所不暇。戰國時，有為神農之言者許行，孟子辭而闢之，亦孔子本章之意。[153]

「稼」，指種五穀；「圃」指種蔬菜；說的都是從事農業的事。孔子批評樊遲的本意，錢先生抉發甚明，不待申說。

樊遲是從政的人，卻向孔子問種五穀、種蔬菜的事，這就顯得他提問內容和提問對象都不適當。孔子拒絕回答，態度率直，其實有意引導樊遲進一步問該問的事。可惜樊遲並不領悟，於是孔子在他離開後用「小人哉，樊須也」來引起其他在場弟子的注意，再清楚表達自己的意見，目的在讓其他弟子了解為政之道，並讓他們轉告樊遲。這

---

152 見同上，頁142。
153 見錢穆先生《論語新解》下冊，頁438-439。

本來是教學技巧的一種方法，但孔子由平和應答樊遲之問到急於期望其他弟子了解及轉告自己意見之情，則彷彿如在眼前。筆錄者只是如實記錄，並無意作人物情貌態度的描摹，但由「小人哉，樊須也」的批評到最後「焉用稼」一語的反詰，中間孔子表達意見的話語，無疑已染上感情的色彩，同時讓讀者彷彿看到孔門師生談論的情景。

又《論語・憲問第十四》云：

> 或問子產。子曰：「惠人也。」問子西。曰：「彼哉！彼哉！」問管仲。曰：「人也。奪伯氏駢邑三百，飯疏食，沒齒無怨言。」[154]

這是記述孔子評論當時人物的意見。孔子對子產和子西的評語都很簡要：「惠人」，意思是「惠愛於民的人」；「彼哉！彼哉！」（他呀！他呀！），以不答為答，意思是「那個人無足稱道」。對管仲的評語，則是「他是個有才能的人」（或「他是仁人」），跟著還舉了實例[155]。

從孔子的評論，我們彷彿看到他說話時的神態和聽到他說話時的語音。三問三答，答案不同，措詞不同，語調不同，表情大抵也有分別。這篇記言文字，稍作尋味，便覺得頗含有感情色彩，也呈現出一種文學的氣氛。

又《論語・季氏第十六》云：

> 季氏將伐顓臾。冉有、季路見於孔子曰：「季氏將有事於顓臾。」孔子曰：「求！無乃爾是過與？夫顓臾，昔者先王以為東蒙主，且在邦域之中矣，是社稷之臣也。何以伐為？」冉有曰：

---

154 見《論語集注》卷七，頁150。
155 參閱錢穆先生《論語新解》下冊，頁473-474。

「夫子欲之，吾二臣者皆不欲也。」孔子曰：「求！周任有言曰：『陳力就列，不能者止。』危而不持，顛而不扶，則將焉用彼相矣？且爾言過矣。虎兕出於柙，龜玉毀於櫝中，是誰之過與？」冉有曰：「今夫顓臾，固而近於費。今不取，後世必為子孫憂。」孔子曰：「求！君子疾夫舍曰欲之，而必為之辭。丘也聞有國有家者，不患寡而患不均，不患貧而患不安。蓋均無貧，和無寡，安無傾。夫如是，故遠人不服則修文德以來之。既來之，則安之。今由與求也，相夫子，遠人不服而不能來也，邦分崩離析而不能守也，而謀動干戈於邦內。吾恐季孫之憂，不在顓臾，而在蕭牆之內也。」[156]

熊憲光在《先秦文學‧諸子之文》中說：

在這三次問答之間，孔子的聲容語態表達得淋漓盡致。其聲音之高亢，聲息之嚴厲，大不同於平居之日。語言的感情色彩非常鮮明，人物的精神狀貌也十分突出。這樣的篇章雖是語錄，卻非後代的「語錄」所能比擬。[157]

《論語》記孔子的言論大多「簡而直」，這章「獨繁而曲」，「與前十五篇不類」[158]，不過頗能顯示孔子的語態神情，而熊氏的評說也清楚，我就不作補充了。

---

156 見《論語集注》卷八，頁170-171。

157 見郭預衡主編《中國古代文學史》第一冊第五章「諸子之文」，2004年7月上海古籍出版社（上海）重印本，頁88-89。本書「先秦」部分，由熊憲光執筆。

158 參閱錢穆先生《論語新解》下冊，頁567。

五　結語

　　《論語》是一部記述孔子和孔門弟子言行的典籍，也是一部優秀的語錄體散文集。這部書，目的是記錄言談，無意刻畫人物的神態、面貌、動作。不過，通過《論語》，我們仍可約略擬想孔門師弟之間的言談笑貌。劉勰（466？-537？）在《文心雕龍・徵聖第二》中說：

　　夫子風采，溢於格言。[159]

「風采」為甚麼「溢於格言」？這是說，我們可從《論語》的語句中，領略到其中的文學情味。例如上文提到有關述志、感慨、記事、議論的記言，全用口語，淺顯易懂，而且生活氣息濃厚，常有生動鮮活的姿采，不同於《尚書》、《春秋》的文字。此外，孔門雖以「巧言」為誡，但並不忽視文采，師弟間問答一般都能言而有文，即使只是一言兩語，也不同於尋常筆墨。其中雖有記錄者的加工潤色，卻仍然給人自然素雅的印象。論者認為，這部著作，對後世的文章頗有影響。不過，影響歸影響，《論語》的文字是不容易模仿的。如揚雄（前53-後18）的《法言》、王通（？-618）的《中說》（亦稱《文中子中說》），都有意仿效《論語》的語體，卻不免貌合神離。後來的《朱子語類》、《二程語錄》等等，雖有許多哲思、精語，但大多缺乏文采，不耐細味。可以說，《論語》文采之富，在先秦諸子中有它的特色，而後世「以語錄為文」的著作，大多不能相比[160]。

159　見劉勰《文心雕龍》卷一（范文瀾《文心雕龍註》上冊），1969年4月商務印書館（香港），頁15。唐寫本「風采」本作「文章」。

160　參閱郭預衡主編《中國古代文學史》第一冊第五章「諸子之文」，頁88-89。或說「揚雄」的「揚」本作「楊」。又《中說》的作者和真偽歷來有爭論。

　　我選擇《論語》的「言語藝術」和「文學情味」來討論，目的是：我國古代以思想為主要內容的典籍，其中也有不少言語藝術和文學情味可供認識、欣賞，只要我們肯開放胸懷，不存成見，不畫地自限，就可以有發現，有收穫。《論語》，只是其中的一例。至於言語應用的提示，《論語》也收錄了不少，裏面頗有些屬於言語藝術方面的意見，本文也一併討論了。

　　——原載《新亞學報》第三十三卷，新亞研究所（2016年7月）

文學研究叢書 · 文學理論叢刊　0800005

撥雲倚樹雜稿——古今文學辨析叢說

作　　者	李學銘	
責任編輯	蔡雅如	
特約校稿	林秋芬	
發 行 人	陳滿銘	
總 經 理	梁錦興	
總 編 輯	陳滿銘	
副總編輯	張晏瑞	
編 輯 所	萬卷樓圖書股份有限公司	
排　　版	林曉敏	
印　　刷	百通科技股份有限公司	
封面設計	菩薩蠻數位文化有限公司	

發　　行　萬卷樓圖書股份有限公司
　　　臺北市羅斯福路二段 41 號 6 樓之 3
　　　電話 (02)23216565
　　　傳真 (02)23218698
　　　電郵 SERVICE@WANJUAN.COM.TW
大陸經銷　廈門外圖臺灣書店有限公司
　　　電郵 JKB188@188.COM
香港經銷　香港聯合書刊物流有限公司
　　　電話 (852)21502100
　　　傳真 (852)23560735

ISBN 978-986-478-067-9
2017 年 5 月初版一刷
定價：新臺幣 400 元

如何購買本書：
1. 劃撥購書，請透過以下郵政劃撥帳號：
　帳號：15624015
　戶名：萬卷樓圖書股份有限公司
2. 轉帳購書，請透過以下帳戶
　合作金庫銀行　古亭分行
　戶名：萬卷樓圖書股份有限公司
　帳號：0877717092596
3. 網路購書，請透過萬卷樓網站
　網址 WWW.WANJUAN.COM.TW
大量購書，請直接聯繫我們，將有專人為您服務。客服：(02)23216565 分機 10

如有缺頁、破損或裝訂錯誤，請寄回更換

國家圖書館出版品預行編目資料

撥雲倚樹雜稿——古今文學辨析叢說/ 李學銘
著. -- 初版. -- 臺北市：萬卷樓, 2017.05
　面；　公分
ISBN 978-986-478-067-9(平裝)

1.中國文學　2.文學評論　3.文集
820.7　　　　　　　　　106002611